Blossom of Time

岁月是朵两生花

唐七 著

浮生若梦

Blossom of Time

文化发展出版社
Cultural Development Press

目录

第一章

今生再见，你不是你

回过神来的时候，坐在对面的才俊已经把话题从《周易》转移到了周恩来。

我松了口气。

这位工科出身的才俊，其人的联想能力丰富得令人发指，当他从门德尔松谈到龙门山周口店又从龙门山周口店谈到《周易》时，我就一直担心他会从《周易》谈到《易筋经》。

出门前，促成这次相亲、并对其寄予厚望的好朋友周越越语重心长地教导我："宋宋，我大舅的这个朋友吧，特别欣赏才女，尤其是跟他志同道合的才女。你要把握机会。等把他搞上手了，带到林乔和韩梅梅跟前一晃，保管你什么气都出了，那叫一个神清气爽，那叫一个翻身农奴把歌唱！"

话毕在我肩膀上搭了条市价三十五块人民币的波西米亚风格大披肩，并勒令我将平底单鞋换成一双匡威牌帆布鞋，以增强我是一个才女的可信度。

由于之前的二十四年我从来没有穿过披肩这种服装，对它的运用不够纯熟，所以在和这位才俊用餐时，不慎打倒装满水的杯子一个，碰落沾满酱汁的刀叉一双。才俊很有修养地皱了皱眉头。

我肩负着将才俊搞上手的使命，为了不辜负周越越的期望，丝毫不敢懈怠。但话题曲折回环九转十八弯，却总弯不到时尚八卦这种我擅长的方面。在我几乎要绝望的时候，才俊终于意识到不给我发言机会有点违背我们此次相亲的公正平等原则，握着杯子笑道："颜小姐平时喜欢看什么书、听什么音乐？"

我把最后一口肉咽下去："看书？哦，偶尔看看《金瓶梅》《玉蒲团》什么的，听歌……就偶尔听听《洪湖水》或者《大刀向鬼子们的头上砍去》之类。”

才俊的笑僵在了脸上，沉默片刻后挣扎着试图挽救话题：“颜小姐还有其他的兴趣吗？”

我收起叉子问他：“哎，你听说过安利吗？”

才俊彻底沉默了。

付账的时候才俊的气色不太好，看得出来他不是很满意我，觉得付出去的这几张钞票是无意义投资，他亏了。我本来想安慰他，现代社会有很多上班族压力太大，每个星期不得不花钱请心理医生听他们倾诉，心理医生两个小时的收费比今天我们吃的这顿晚饭贵太多了，如果他实在想不通，可以当作这两个小时其实是在看心理医生，但突然想起周越越提过这位才俊比较好面子，我思考再三，决定还是保持沉默。

窗外万家灯火，我裹着披肩跟在才俊后面。途经一张餐桌时，蓦地感觉到两道凌厉的视线，条件反射地侧头一看，看到了一个中国人和两个外国人。不过，在这个凭借人种面部特征已经很难分辨国籍的年代，也有可能是一个外国籍华人和两名中国籍洋人，虽然说后者的可能性常识上来说不太大。

向我这个方向致以凌厉视线的是那位华人青年。我有一刹那心花怒放地觉得这个视线可能是投向我的，但是下一刻，就立刻否定了自己的这个假想。电视里不是经常演吗？美女在街对面边挥手边对着主角做各种暗示性强烈的诱惑动作，当主角乐颠乐颠地跑过去占美女便宜时，热辣的美女嘟着嘴一边大喊“Honey”一边兴高采烈地投进了站在主角背后的猛男的怀抱……

周星星的每一部电影都在数十年如一日地向我们传达这样一个中心思想：“表错情是件很悲摧的事。”

按照周星星定律，这位中国籍帅哥或是外国籍华人帅哥的视线终端必然连接着某位惊世骇俗的大美女，我客观地欣赏了下这位帅哥的美貌，识时务为俊杰地掉转视线，侧头回去向前大迈两步，正好赶上今晚买单的才俊的步伐。

我和才俊在餐厅门口和平分手，意料之中他并没有问我要电话号码。这一点我表示理解。但令人气愤的是，他不打算送我回家，却一厢情愿地叫来了出租车，并坚持将我塞了进去。这使我不得不多花了十一块冤枉钱，而我本来是可以步行到对面汽车站，花一块钱硬币坐230路公共汽车直接坐到小区门口的。

洗澡时似乎听到窗外风吹树叶的沙沙声，作为深秋的夜风，它今天晚上吹得有点狂暴。

我隐约觉得刚才餐厅里那位用视线扫射我的帅哥有点眼熟，擦头发时突然福至心灵，记起他长得像颜朗喜欢的某个女明星的绯闻男朋友。前两天颜朗还在电视上指给我看过，怪不得眼熟，那男的叫秦啥来着？我决定等颜朗上完奥数补习班回来问问他。

擦头发擦到一半，周越越在外面边挠门边大叫我的名字。那门挠得撕心裂肺惨不忍睹。我不得不放下毛巾前去接应她。

周越越义愤填膺地倒了杯水，义愤填膺地喝了一口，义愤填膺地指着我的脑门数落：“你出息啊你，刚才人家小伙子打电话来把我骂了一顿，说他明明要求介绍一个才女，我却弄一个革命欲女给他，欲女就不说了吧，还是个卖安利的。你说说你都干了些啥。我不是告诉你了吗？装天真装忧郁不好装，装才女还不好装啊？又不需要你四十五度角仰天流泪，他说什么你点头微笑应着就行了呗。为了你能成功，我还特别借给你我的匡威牌帆布鞋。你这倒霉孩子，你多么叫人失望啊！”

虽然觉得对不起周越越，但我还是不得不指出一个事实：“你那双匡威牌帆布鞋其实是仿冒的吧？”

周越越生气地甩门而去。

这次相亲虽然惨败而归，但它在某一方面成功地改造了我的人生观和世界观。

今晚以前，受诸多言情小说的影响，我对于“才俊”这两个字一直抱有一种不切实际的美好幻想。在我的美好幻想中，才俊必然是有才的，而且是俊的，就像《赤壁》中的金城武一样，谈笑间草木为之含悲、风云为之变色，偶尔弹弹琴带带兵，业余还能给战马接接生。

所以当周越越对我说对方是个才俊时，可想而知我是多么激动啊。但这位才俊，他先是用他稀疏的头发和鸭梨一般的体形颠覆了我对“俊”这个字的理解，再用关公战秦琼和龙门山周口店发现元谋人的历史故事颠覆了我对“才”这个字的理解。当我好不容易调整出听穿越故事的心态，他却用“司马迁遭受腐刑之后，身体全腐烂了，该是多么痛苦啊”这个感叹句再一次深深地刺激了我。

我不晓得为什么这位才俊一定要找个才女处对象，但我晓得他想要找个才女处对象的愿景是有点难于实现的。

颜朗八点半才回来，错过了电视上《火影忍者》第306集的播出，发了一会儿脾气。我和他商量，只要周五他语文测试能考过八十分就告诉他家里电脑的密码，他表示接受。

补习班老师留了题目，让他们思考“在十个房间里，有九个房间开着灯，一个房间关着灯，如果每次同时拨动四个房间的开关，能不能把全部房间的灯关上？”这个问题。我给他做了碗蛋炒饭，陪他坐在灯下思考了一会儿，没思考出来，就先去睡了。

我忘了问颜朗他喜欢的那个女明星的绯闻男朋友到底叫秦啥来着。

周越越三天没跟我说话，令我得到了空前的平静和难得的清闲。在这空前平静且难得清闲的72个小时里，我让于阿红得了白血病客死异乡，从而结束了我的长篇小说《对面竹楼上的裸女》的创作。编辑表示欣慰，看完后建议我重新写结局，把白血病换成肺痨，她觉得《对面竹楼上的裸女》作为一部乡土气息浓厚的文学作品，不适合使用白血病这样时尚的、富有韩国气息的文化元素。我严词拒绝了她的提议，表示乡村文化和工业文化的融合是大势所趋。在这部作品中我要有所提高，要让多种文化元素和谐共存。编辑威胁我如果不改的话这本书的出版将困难重重，稿费打入我账户的日子将遥遥无期，我把钱包里工商银行卡、建设银行卡、招商银行卡以及农业银行卡中的所有存款统计了下，对编辑表示了妥协。

第四天下午的文艺美学课上，周越越发来短信，邀请我下课后去吃钵钵鸡。她说昨天晚上她大舅生日，她终于见到了曾经和我相过亲的那位才俊。她觉得挺对不起我，她以前听她大舅赞赏过这位才俊长得像某位伟人，便古道热肠地介绍给了我，但她绝没想到这位才俊长得像皮球版的朱元璋。我就知道，区区一个胖才俊是毁灭不了我和周越越之间山无陵，天地合，乃敢与君绝的深厚友谊的，遂欣然应约。

人一旦有了追求，光阴就荏苒了，岁月就如梭了，时间就白驹过隙了。在到底是去北门吃陈记钵钵鸡还是去南门吃廖记钵钵鸡的痛苦抉择中，下半堂文艺美学课悄然而逝。

我和周越越各抒己见，经过一番磋商，最终决定光顾南门的廖记钵钵鸡。

南门校门口有家书报亭，周越越突然想起要买一份《参考消息》。事后我非常后悔自己因为去上了个厕所，没有及时制止她这个冲动的行为。

据说在买六角钱一份的《参考消息》的过程当中，透过琳琅满目的书报读物，周越越一眼看中了一本以一位端庄典雅的美男做封面的全铜版纸豪华杂志。这本叫作《名筑》的豪华杂志价格一点都不名著，薄薄一小本竟然要三十六块钱人民币。随身只带了四十块人民币的周越越本来牢记着要请我吃钵钵鸡的誓言，准备明天再来买这有且仅有最后一本的杂志的，哪晓得半路突然杀出个程咬金想夺她的心头爱，于是她毅然掏出了人民币，酿成了只能请我吃个烧饼的惨剧。

我把那本罪恶的杂志接过来翻了翻，配图大多是酒店度假村什么的，原来是本建筑类专业杂志。

手里的黄糖烧饼吃完之前，我一直在琢磨周越越为什么要去买一本建筑杂志，最后终于想起来她是建筑系的研究生。周越越就是有这种本事，能够轻易让人遗忘她竟然是个研究生，竟然读的还是建筑系。每当我想起来她是建筑系研究生，都要疑惑一遍她当年到底是怎么考上的，当然不可能得出结论，只能将之归结为世界第九大奇迹。

吃完烧饼后，我们决定去基础教学楼后面的快活林歇歇脚。

天气转凉后，快活林也并不像春天和夏天那样令情侣们快活了。没钱开房只能退而求其次来此打野战的男男女女们日渐稀少。夜幕笼罩下的快活林有一种禁欲式的忧愁。

虫鸣阵阵，我正准备掏出手机来计算一下，看这个月还能不能余出钱来给颜朗买件过冬的棉衣，前一刻还在路灯底下抱着杂志认真钻研的周越越突然大吼一声，猛地扑上来抱住了我的脖子。

旁边路灯底下走过一对男女。

女的说：“呀，看，蕾丝边。”

男的说：“啊！蕾丝边！啊？什么是蕾丝边？”

女的说："蕾丝边你都不知道，L-E-S-B-I-A-N 啊。"

男的说："L-E-S-B-I-A-N 是什么啊？"

女的生气道："L-E-S-B-I-A-N 是什么你都不知道，你英语有没有过四级啊？你英语没过四级我可不跟你处对象啊。"

男的惶恐道："我英语是过了四级的啊，我还考了 79 分呢，这个单词挺熟的，就是一时半会儿想不起来，你等等啊，等等我查查文曲星。"

男的从书包里掏出一款步步高牌文曲星，女的跺了跺脚，转身跑了。男的在后面边收拾书包边喊："小丽，你回来啊，我英语确实是过了四级的啊，你不相信我回去给你看证书啊……"

我拍了拍周越越的背："快松开，你看，别人都以为我们是蕾丝边了。"

她放开我的脖子，眼睛里放射出一种近似癫狂的光芒。她说："啊……宋宋宋宋宋宋，秦漠居然到 C 市来了，他居然到 C 市来了。我从没想过这辈子居然有幸能和他呼吸同一座城市的空气，怎么办啊宋宋宋宋，我觉得好激动好激动好激动好激动，啊……我要晕了要晕了要晕了……"

我说："女侠！！！求求你别再用你沾了黄糖的爪子碰我的毛衣！！！"

我不止一次听周越越用膜拜的口吻提起秦漠这个人。据说此人乃当代建筑界的一朵奇葩，麻省理工学院建筑系的高材生，二十五岁就跟人合伙在纽约开了自己的建筑设计事务所，是个实践型建筑师，五六年来做出了很多精品，美国的什么什么州立美术博物馆和什么什么纪念堂就是出自他的手笔。

我记得高中时代有个数学次次考满分的女同学，我们都很妒忌她。这个女同学后来被保送上了清华，前年去了国外留学，就是去的这个麻省理工大学。她的名字叫什么我已经没有印象了，那时候大家也没怎么叫过她的名字，一直亲切地称呼她外星人。

我和周越越离开快活林的时候，看到一棵大树后面，韩梅梅正攀着林乔接吻。他们藏身的那个位置相当隐蔽。周越越大概并没有注意到，因为她正忙着预演她和秦漠的初次相遇，况且她还有轻度近视。虽然我的眼睛也近视，不仅近视还带散光，但值得一提的是，我的隐形眼镜配得很好。

周越越一直处在一种极端亢奋的状态中，令人担心一个烧饼的热量是否足以支撑她亢奋一个晚上。不幸的是，我的担心很快变成了现实，她果然没有吃饱，无耻地在我们家蹭了顿汤面，临走时还顺走了一个羊角面包，尽管我暗示过那是颜朗明天的早饭，尽管我还暗示了不止一次。

颜朗的语文考试依然没有突破80分大关，自从他升上三年级开始学习作文以来，就没有哪次语文考试是过了80分的，但数学次次都能考到95分以上，这严重违背了我的基因。我曾经无限忧愁地和周越越讨论过，颜朗也许不是我亲生的。周越越说这不可能，你看他的英语跟你的英语一样烂。她的这个论据太强大了，立刻就打消了我的疑虑。

颜朗吃完汤面之后主动去刷了他自个儿的碗，然后坐到我跟前来，企图用可怜巴巴的眼神攻陷我。

我说：“颜朗，一次七十八，两次七十八，三四五六七八次你还是考七十八，能把这分数老维持在一个点上，你也不容易啊。”

他谦虚道：“哪里哪里，你过奖了。”

于是我让他把周越越用过的那个碗也刷了。

看不了《火影忍者》第306集，颜朗显得有点失落。为了排解这种失落，他坐在沙发上翻杂志。我坐在电脑跟前，准备使用百度的搜索引擎查找一下肺痨的症状，以备修改《对面竹楼上的裸女》的结局。

颜朗突然“啊”了一声，指着手上的杂志封面，用一种疾恶如仇的语气说：“这不是郑明明的男朋友吗？老妈，你怎么买这个杂志啊？一看到秦漠这个男的我就烦，都三十多岁的老男人了，还好意思跟二十多岁的小姑娘处对象。”

颜朗手上的杂志正是周越越忘了带回去的。我仔细看了会儿封面上那个端庄典雅的美男，突然惊悚地发现，那天晚上在和胖俊杰相亲的餐厅里用视线扫射过我的美男，跟周越越这本杂志封面上的美男简直就是一个模子里印出来的。

我咳了一声：“不是绯闻男朋友吗？”

颜朗继续疾恶如仇：“不是男女朋友的话，又哪来的绯闻啊。”

第二章

谁家少年 侧影翩然

周越越说我应该好好管管颜朗，他才八岁，已经知道卫生棉是干什么用的了，而她周越越八岁的时候，还纯真地以为卫生棉是一次性鞋垫。我说我们家颜朗确实不能跟你这种八岁还在读幼儿园大班，用“飞龙在天”这个成语造出“陈飞龙在天上飞”这样句子的人相提并论。周越越气得踢了我一脚。

第二天是星期六，颜朗不用上学，也不用上补习班，于是待在家里看吴奇隆主演的《梁山伯与祝英台》。周越越下来找吃的，从厨房里搜出来一块面饼，边泡边说：“你就让朗朗看这个片子，你就不怕他看不懂？”

颜朗咬着面包说：“剧情还是能懂，我就是不明白祝英台既然女扮男装扮了这么久都没被他们班同学发现，说明她本来就长得挺像男的吧。一个长得像男人的女的还有这么多人喜欢，有点发人深思。”

周越越说：“这其实是个同志电影来的，梁山伯本来就喜欢男的，但是封建社会嘛，男的喜欢男的不符合“五讲四美三热爱”，他压力大啊。正好遇到祝英台这样一个长得像男人的女的，既满足了他喜欢男的的愿望，又满足了他“五讲四美三热爱”的愿望，他觉得挺合适，就好上了呗。”

颜朗说：“唉，可惜祝英台常有而梁山伯不常有。”

周越越说：“啊？”

颜朗说：“如果梁山伯和祝英台一样多，你就不会到现在还待字闺中嫁不出去了。”

周越越沉默了一会儿，颤抖着说：“宋宋，你这儿子是从哪里穿越过来的吧。”

我不能置信地注视着颜朗，气愤道：“你竟然会这么多成语！！！你既然会这么多成语，为什么语文考试老考不过八十分？”

颜朗不好意思地说：“因为语文考试不只考成语。”

周越越认为颜朗早熟，结合颜朗的实际情况来看，她这个判断合情又合理。

上个月的某一天，在帮颜朗收拾书包结果收拾出三封小女孩给他的情书之后，我陷入了恐慌。

当周越越说，你怎么就能断定那三封情书是小女孩给他的而不是小男孩给他的呢？我陷入了特别巨大的恐慌。

后来我不得不旷了半天课，到他们班主任家去家访了一趟，得知那三位小女孩确实是货真价实的小女孩，心里才有所放松。

家访之后，我便立刻开始着手准备一场会谈，打算和颜朗本着平等自愿的原则沟通一下早恋这个问题。但我的会谈还没有拉开序幕，他就轰轰烈烈地宣布今生今世非水陆空三栖明星郑明明不娶，匆匆将我的会谈扼杀在了摇篮里。

周越越对颜朗说：“郑明明今年已经二十一岁了，就比你妈小三岁，你才八岁，你娶了她，叫你妈情何以堪？”

颜朗说：“我记得有个科学家八十二岁时还娶了个二十八岁的小姐姐，小姐姐的妈妈是怎么堪的，我妈就怎么堪呗。”

周越越对我说：“你儿子的学识真是渊博。”

颜朗的性格实在是没有半点像我，鉴于他古诗词默写从来没及过格、不喜欢吃糖葫芦，也从来不唱“沧海一声笑”，我们基本上推翻了他是穿越过来的这个假定，于是周越越认为，颜朗的性格应该是全盘继承了他的父亲。不得不说，这是一个更加难以求证的假定。因为自八年前被一辆别克车当街撞倒后，我就不太记得颜朗的爹是谁。亏得我和颜朗的生命力都特别顽强，这一撞只撞得我脑震荡了一下、他早产了一下。出院后我们茕茕孑立、举目无亲，当初撞倒我们的别克车车主就成了我的养母、他的养奶奶。人生苦短，一晃八年。

上上个星期，医学院那边搞义诊咨询活动，因为不要钱，我就去咨询了一下，想问问小孩子早熟有没有得治。

可能是我咨询的这个问题专业性太强，坐台的五个医学生没一个立刻回答出来。他们决定先开一个研讨会论证一下，请我在旁边等两个小时。我严词拒绝了这个提议，因为我很忙，要赶着去给自行车补轮胎。

其中一个医学生看出我是个不轻易妥协的人，但作为他们坐台半天以来唯一接待到的客人，我实在太难得，他不忍心看到我失望，就擅自做出了一个决定，决定请他的大师兄出山。

医学生从裤兜里摸出一个山寨橘子手机，接通线后点头哈腰道：“师兄啊，劳烦你过来帮忙接个客啊……对，是学生社团联合会下属生理卫生协会下属泌尿系统疾病研究会下属膀胱发烧友俱乐部搞的一个公益活动啊……主要是我们把形势估计错误啦，以为淋病梅毒尖锐湿疣和堕胎保养比较热门，出动的同学就全部是这几个方面的精英，哪晓得我们落后啦，人家姑娘儿子都生下来啦，来咨询小儿早熟问题，我们没一个答得上来啊。”

估计那边在说什么，他停了一会儿，羞涩地打量了我一眼，转过身半捂着嘴说：“长头发，对对对，那头发长得跟刘德华梦中情人似的，长得挺不错一姑娘啊，不知道怎么就有个儿子了。”

医学生再三向我保证，他大师兄的咨询同样不要钱，我就爽快地妥协了。但没想到这个医学生的大师兄是林乔，要早知道就是倒贴我钱我也不能来做这个咨询。

林乔坐在我跟前，穿着V字领的黑羊绒毛衣，右手握了支笔镇静地看着我，金丝眼镜后边的一双眼睛黑而沉默。

我和他展开了如下对话。

他说：“听说朗朗遗精了？”

我说：“妈的你以为我们家颜朗是超人生的啊，你们家孩子才八岁就遗精呢。”

他抬了抬眼镜：“不是说他性早熟吗？”

我说：“妈的你才性早熟呢。”

他皱了皱眉：“你就不能好好跟我说话吗？”

我说：“妈的是你先要流氓的。”

他叹了口气：“朗朗究竟怎么了？”

我说：“关你鸟事。”

他手里的笔“啪”一声断成两截：“颜宋，我们得好好谈一谈。”

我说：“对不起，我很忙，我要去补轮胎。”

然后转身骑上车呼地就消失在了操场的地平线上。这让我意识到了自行车之于奔驰、宝马、奥迪等豪华轿车不可比拟的优越性：不管爆胎还是没爆胎，只要有个钢圈，自行车依然可以滚得虎虎生风。

不知道林乔想和我谈什么，但我实在没什么好和他谈的。

我那年被我妈，也就是我养母的车撞坏了脑子，除了颜朗的确是我儿子这个事实无法抹杀外，其余不管该不该抹的全被杀了，就连撞车以前我钱包里到底还有多少钱这个特别重要的事情也未能幸免。而世上的事就是有这么凑巧，头年开春时，我妈的独生女飞机失事，年纪轻轻就让白发人送黑发人，令我妈痛不欲生。我妈痛了半年，就出了车祸撞了我，看我脑子被撞坏了，镇上的公安机关一时半会儿又没办法验证我的身份，于是滥用她一镇之长的职权，走了点关系把我和颜朗一起收养了。

据说我妈过世的女儿就叫颜宋，所以给我起名叫颜宋，说我是老天爷重新还给她的女儿。颜宋过世时十六岁，所以户口本上我也是十六岁。

颜朗满一岁的时候，我妈看我一副文盲样，觉得我得去读点书，做个有文化的人，于是再次走了点关系，把我弄进了镇中心小学念一年级。但她明显低估了我的智商。

半个星期后，我的班主任老师哭着到她办公室找她，说教不了我，我实在太聪明了。我妈大惊，立刻出了一道小学二年级的算术题给我做，我一下子就做出来了。于是她又给我出了道小学三年级的，我又一下子做出来了，以此类推，直到我做完一道小学六年级的、必须用反比例方法才解得出来的、高难度的奥数应用题时，我妈震惊了。

第二天，她仔细梳理了一下自己的关系网，跨越了地级城市和省会城市的鸿沟，找到了省里一个给省委书记开车的远房亲戚，企图把我弄进省城一所国家级重点中学念高中。据说那位亲戚是我妈的表姐的情敌的生意合伙人的秘书的弟弟，我和外婆都认为机会渺茫，但可怕的是她竟然取得了成功。于是我不得不离开刚满一岁的小颜朗和这个风景如画的边陲小镇，到相距三百多公里的省城去深造。

就是在这个省城的国家级重点高中里，我认识了苏祈和林乔。多年后回忆往事，还总是会令人情不自禁爆出两句粗口，妈的真是一场孽缘。

居里夫人说，女人一旦生了孩子总是特别容易健忘。这么说起来，自从生下颜朗后，我就开始健忘。

如今我已经忘记了当年是怎么稀里糊涂跟苏祈变成好朋友的，但我依然清晰地记得，自己是怎么一步一步对林乔日久生情的，就像清可见底的小溪，溪水里的鱼一动不动，从色彩到种类都能辨识得清。可见有健忘症的女人，她们的记忆力通常都十分可怕。因为能记住的东西实在不多，所以弥足珍贵。不到万不得已，她们一定不愿意轻易放弃这些好不容易才记住的东西。

我妈的妈，也就是我外婆，特别爱看琼瑶小说。我坐月子的时候，没有其他娱乐活动，于是她自告奋勇地天天来给我念琼瑶小说。从《梅花三弄》到《碧云天》到《一帘幽梦》，她妄图使我坚信，每个女人都是天使，且不管你在认识男主角之前有没有生过孩子，只要你是女主角，你就能得到幸福。但要成为女主角，你必须得首先成为一个爱在雨中漫步的文艺女青年。

那时我还是个少女，正处在可塑性最强的年纪，况且少女情怀总是诗，立刻便被这些小说征服，解放了自己的个性，燃起了为小颜朗找个后爹的强烈冲动。但我所在的这个边陲小镇其实有点民生凋敝，十五岁到二十五岁的男青年屈指可数。不到半个月，我便发现为小颜朗找个英俊漂亮开着保时捷有点忧郁症的继父是那么地难以实现。

我一度陷入了否定宇宙否定自我否定所有言情小说的人生低潮。这个低潮辐射范围虽不广大，但持续时间相当长久。

林乔就在这个低潮期闯入了我的生活。

因为我妈在我的教育问题上先是犯了保守主义错误，紧接着立刻又犯了冒进主义错误，致使我在相当长一段时间内跟不上这个国家级重点高中三年级学生的学习步伐，拖了同学们的后腿。

尽管我有那么硬的后台关系，班主任也不得不让我留级。但就算是留级也无法阻挡我拖所在班级后腿的脚步。为了避免将我由高中部留到初中部这种惨剧发生，我留级后的班主任立刻安排了班上一个三好学生来辅导我的功课。

这个三好学生就是林乔。

据说林乔是这所国家级重点高中建校以来长得最好看的男

生。而这所国家级重点高中已经有104年的历史。他的美貌甚至感动了兄弟学校，已经有不止一个兄弟学校的怀春少女宣布，愿意在佛前求五百年，求佛让她和林乔结一段尘缘……

林乔总是以白衣黑裤或黑衣米色长裤的形象出现，七年以来，我只看他穿过这三种颜色。那时我撞坏了脑子，人也变得格外淳朴，根本不知道品牌和品位是什么东西，还一厢情愿地以为可能林乔他们家比较穷，买不起花布给他做衣服。他免费帮我补习功课，我很感激他，中午吃午饭的时候就从饭盒里分他些猪肉，因为那时我觉得，买不起花布做衣裳的家庭必定在吃肉这方面也有点困难。

还记得我第一次分林乔猪肉时，他瞪大了眼睛，完全不能置信。我怕伤了他的自尊心，只能假装很讨厌吃猪肉，说："这个东西太难吃了，倒了吧又浪费，不如你帮我吃点吧，不吃就是看不起我啊，吃，使劲儿吃。"

于是他不得不用实际行动证明他并没有看不起我，皱着眉头把我拨给他的猪肉全吃了。我流着口水看他把猪肉吃完，有一种帮助了人之后，人生价值得到升华的满足感。

可直到高三毕业后我才知道，林乔的饭盒里之所以从来只有蔬菜没有肉，是因为他严重挑食。可想而知，三年以来他为了表示看得起我，吃了我那么多猪肉，该有多么痛苦。

在这样的朝夕相处中，我不喜欢上林乔简直是一项不可能完成的任务。

他长得那么好看，而且我不会的应用题以及解析几何题他全部都会，简直是色艺双全。我深深为他所折服。

有一天下午，他偏头给我讲物理题时，正好有一束阳光透过窗户打在他的侧面上。他的手指修长，右手食指关节微微发力，我的五块五角钱的同心牌圆珠笔立刻在他的大拇指上行云流水地转起圈圈来。于是，一种文艺女青年的忧思瞬间击中了我。

就是在这天下午，我觉得我对林乔的喜欢，经过一系列的光学反应，成功地升华成了爱情。我爱上了林乔。

我决定写一封情书向林乔表白。于是当天晚上，我回去熟读了由译林出版社出版的《百年情书大全》。这本书收录了近两百年来欧洲数十位名人的近百封情书，一封比一封直击人的灵魂，非常具有参考价值。并且，最好的一点是这本书的每一封情书都附有中英文对照。

我直觉地认为，光直击林乔的灵魂是没有用的。作为一个男人，也许他更喜欢击中女人的灵魂而不是被女人击中灵魂。但关于这一点，我其实也不能完全肯定。所以我决定加个双保险，写一封全英文的情书，如果他不喜欢我的言辞直击了他的灵魂，那作为班长兼英语科代表，他至少会对我的英语水平竟然已经到达能写情书这样一个巅峰表示赞许。

但冒充有文化的人是一件很困难的事，我必须先对这近百封情书的中文译稿进行解体组合，然后再根据这篇组合后的译稿寻找英语原文。这项工作一直持续到凌晨四点。我抱着这封来之不易的英文情书，热血沸腾地躺在床上，眼睁睁等到东方翻鱼肚白。

这封情书最后并没有到达林乔的手中。因为在我还没有踏进教室的时候，苏祈兴高采烈地跑来跟我说，她刚跟林乔确立了关系，他们是男女朋友了。

对了，苏祈，这段往事中不可或缺的第三个元素。我一直力求在回忆中忽视她的存在。这样就能制造出一种“其实高中时代我和林乔曾单独相处过很长时间”的错觉了。然而事实却是，自从我把苏祈拉进我和林乔的学习小组以来，我再也没有和林乔单独相处过。

不，其实也有单独相处过一次。仅有一次。

高三毕业的那个夏天。我喝了酒，脑袋不清醒，错得离谱。为此我付出了巨大的代价，那代价实在太过沉重，不得不让我学乖了。

第三章

周越越相亲

寒流滚滚来袭，冬天到了。

我的导师由于星期天去农家乐打麻将少穿了衣服，身先士卒不幸伤风。他收入门下的四个聪明伶俐的弟子，会打麻将的三个全被安排去医院陪床了，唯一一个不会打麻将的倒霉蛋被安排去帮他代大一新生的现代汉语课。那个倒霉蛋就是我。这个故事深深地教育了我们，在这个知人知面不知心的社会里，学会打麻将是非常重要的。

从新校区代完课回来已经六点四十了。

小区楼底下那盏刚修好的路灯旁边站了个小伙子，左手拿着一张稿笺纸，右手握着一只高音喇叭，正以四十五度角仰望天空，声情并茂地朗诵一首英文诗。喇叭将他的声音无限放大，放大。楼上不时有啤酒瓶丢下来落在不远处，噼里啪啦的，间或混杂几声大喝："妈的吵什么吵，打扰老子看《新白娘子传奇》。"

虽然形势是这么地严峻，但这位念英文诗的小伙子根本不为所动，表情一直神圣又庄重。

我在旁边听了一会儿，没听懂，于是走过去问他在念什么。小伙子转过头来凄美一笑："我在向我心爱的姑娘表白，雪莱的《爱的哲学》，see,the mountains kiss high heaven,and the waves clasp one another. 浪漫吗？"

我说："浪漫，浪漫。"

他再次凄美一笑："既然一个陌生人都觉得浪漫，那为什么我心爱的姑娘却一点回应都不给我呢？"

我说："也许你心爱的姑娘没有听懂。"

他愤然说：“不许你侮辱周越越，周越越是我见过的最有内涵的女孩子，我坚信她能把雪莱的所有诗歌都背得滚瓜烂熟，不仅能背雪莱的，还能背济慈的，背华兹华斯的，背……”

我没等他说完，转身上了楼。

周越越正窝在我们家的沙发上紧紧抱着颜朗的胳膊，表情十分惶恐，颜朗一派安详地在看《大风车》。

我说：“周越越，你怎么了？”

周越越瑟瑟发抖地说：“你经过楼下的时候有没有看见一个拿喇叭的男的？哎呀，那是个神经病，他今天下午在学校的时候跟我说喜欢我，我没理他，估计他报复我呢，拿了个喇叭从六点钟就开始在楼底下嚷嚷，他欺负我听不懂新疆话，以为我不知道他是在拿他们家乡话骂我呢。”

我在门口站了一会儿，说：“他说的不是新疆话，他说的是英语。”

此后的三天，周越越被那位坚信她很有内涵的小伙子在学校里围追堵截烦得没辙。第四天早上她给我发了个短信，说想找个杀手把那小伙子做了。我说你这样就太冒进了，你不如先正经找个男朋友，彻底绝了那小伙子对你的一片痴心，如果这样还不能让他死心，你再找个杀手给他致命一击也不迟。周越越觉得我说得很有道理。周越越她舅舅的办事效率实在令人惊叹，在我给她发那条短信的三个小时后，她舅舅立刻为她联系了一个适龄男青年相亲，时间就定在晚上八点。

我预感这次相亲周越越一定会拉上我，五次相亲五次都相中

gay的事实让她对自己的眼光彻底失去了信心。我的预感很快成为了现实，她果然拉上了我，但我不明白的是，她为什么死活还得把颜朗拉上。

周越越说："那是因为男人和女人的眼光有本质的不同，我要综合参考你们两个人的意见，以便得出最客观的结果。"

我不得不指出一个残酷的事实："颜朗他还只是个儿童，你指望他给出你男人角度的中肯意见还不如指望斯里兰卡和毛里求斯联合征服美国。"

周越越"啊"了一声转头对颜朗道："那你就不要来了吧，牛排其实也没什么好吃的。"

颜朗愤怒地看着她："你说话不算话，我要诅咒你一辈子买方便面没有调料包。"

估计是颜朗的这个威胁实在太具现实意义，周越越害怕道："好吧好吧，你还是跟着一起来吧。"

我问周越越："你就不担心到时候你的相亲对象没把你相上反而相上我？电视里都这么演的，女主陪着朋友去和男主相亲，虽然女主的朋友比女主要漂亮很多，但男主愣是不为美色所动，一眼就透过眼睛这扇心灵的窗户看透了女主纯善的内在，为女主神魂颠倒得从此海可枯石可烂山无陵天地合……"

周越越说："那你就上呗，既然都是男主了，那不是个豪门也是个暴发户吧，你先把男主拿下，然后再把他的豪门弟兄或者暴发户弟兄介绍给我，你想想，咱前途多光明啊。"

我想想，说："我今天晚上还是戴副墨镜吧。"

于是这天晚上我果然戴了一副墨镜。

我戴着墨镜牵着颜朗的手跟在周越越身后，于北京时间十九点五十分出现在了 C 市最昂贵的西餐厅门口。周越越驻足观赏了会儿这家西餐厅的大门，赞叹道："不错，很有格调。"

我觉得周越越之所以认为这家餐厅有格调主要在于它有个外国名字。在这个崇洋媚外的时代里，不跟中国字沾边的东西都很有格调。比如你的好朋友跟你说今天晚上她男朋友带她去"small red hotel"用了餐，你一定会觉得，哇噻，真高档，真有格调。虽然事实其实是她男朋友带她去小红大排档撮了一顿回锅肉炒蒜苗……

周越越手一挥："我们进去吧。"我和颜朗就跟着她进去了。

服务员把我们领到指定的餐桌旁，那位注定要和周越越相亲的适龄男青年连忙站起来，伸出手憨厚一笑："您二位哪位是周小姐？"

周越越愣了。

周越越没法不愣，因为穿过这位适龄男青年头上那几根打理得油光焕发的黑头发，恍惚间，我们都以为自己见到了在新中国获得重生的三毛。

周越越的舅舅果然很公平，既然介绍给了我一个皮球版的朱元璋，必然也会介绍给周越越一个沧桑版的三毛。

我看出来周越越有拔腿就走的冲动，颜朗也看出来了，因为他立刻蜷曲到地上，装作肚子很痛的样子痛苦道："妈妈，我肚子痛。"

周越越入戏入得比我快多了，马上抱起颜朗撒腿往餐厅外边跑，我没办法，只好跟着撒腿跑。门口正有人从一辆计程车上下来，周越越不顾一切地冲了上去，我回头看那位适龄男青年并没有跟着追出来，正想叫住她，她却又立刻从车上下来，两把将我推上了车后座，自己跑去前边跟司机挨着坐了。

我说：“周越越，你着什么急啊，没看出来是我聪明儿子装病帮你解围吗？”

颜朗头放在我大腿上，气息奄奄道：“妈妈，我没装病，我肚子真的很痛。”

周越越及时转头补充：“说发作就发作了，别是急性阑尾炎啊。”

我脑子里轰地炸开，颤着声音道：“师傅，麻烦开快点，T大附属医院。”

师傅说：“成，我知道一条人烟稀少的近路，你把孩子抱稳点啊，我十分钟就飙过去。”

然而祸不单行的是，当师傅刚刚拐上这条人烟稀少的近路，他的车居然就爆胎了。

这条路人烟稀少，于是计程车也很稀少，颜朗痛得脸发白，死死揪着我的毛衣，周越越和热心师傅回头去主干道拦车了，我把脚上的绑带高跟鞋脱了扔在路旁，准备背着颜朗先往医院冲。

颜朗闭着眼睛，睫毛颤动得厉害，我心里怦怦直跳，在他额头上亲了一口：“儿子，你忍着点，妈妈背着你，马上就到医院了。”

前方一整块黑沉沉的天幕，本来就微弱的路灯被这咄咄逼人的黑挤压得更加微弱，昏黄的光在路上扯出几个破碎的影子，这条路蜿蜒向前，似乎没有尽头。

忽然一束强光利落地打过来，我条件反射地往路边让了让，一辆银色的奥迪R8“嘎”一声在我身边定定停住。我对汽车不了解，心想也许这又是一个爆胎的，把背上的颜朗往上边托了托，继续向医院冲。背后响起开车门的声音，我想这果然又是一个爆胎的，再高级的车也有爆胎的一天，真是人算不如天算。

我这么想着走了两步，背上却突然一松，紧接着有男声低沉道：“怎么了？”

我惊吓得赶紧回头，颜朗正被一个男人接过去抱在怀里。

我有点发蒙，借着汽车头灯的光和路旁奄奄一息的路灯光，这个男人的脸部轮廓清晰可见，以至于我一眼就辨识出了他是个名人。

我在电视上见过他一次，杂志上见过他一次，还在相亲的餐厅里见过他一次。因为他是我这辈子唯一见到的一个活的名人，以至于我对他印象非同寻常的深刻。周越越的偶像，颜朗的情敌——秦漠。

秦漠抱着颜朗看了两秒钟，托起颜朗的后脑勺，额头抵着额头试了试他的温度，说：“发烧了，这孩子病了吗？”

我立刻从震惊中回过神来，急道：“是啊是啊，阑尾爆胎了。”

他疑惑道：“什么？”

我愣了一会儿，忙摆手：“不是不是，我是想说这孩子阑尾发炎了，还想说秦老师你的车如果没爆胎能不能救个死扶个伤，先把我们娘儿俩送去医院一趟。一紧张就说错话了。”

我还没表达完，他已经将车门拉开，把我推上了后座，又把颜朗重新放回我大腿上，自己也坐回了驾驶座。我心想今天真是碰上好人了，忙感激道：“谢谢你啊秦老师，T 大附属医院。”

他发动车子，偏头道：“去 A 医吧，那边的医生医术比较过硬。”

我担忧地望了一眼紧闭着眼睛的颜朗说：“不用不用，去 T 大就成，那边我能借到学生医疗卡，可以打对折。”

他看了我一眼，没说话。

秦漠的车像离弦的箭一样冲了出去。我有一种坐云霄飞车的感觉。

肚子再痛也一直忍着一声不吭的颜朗终于无法忍受，他说：“妈妈，我想吐。”

车子蓦然向一边打飘，幸好立刻正了回来。

作为一个合格的母亲，我本来应该说：“宝贝，吐吧，放开了吐，想吐就吐。”但这是秦漠的车，这个车很高级，如果颜朗真把这车弄脏了，估计把我们娘儿俩加一起卖了都赔不起。我想了一下，把外套脱下来搁在颜朗的嘴巴底下说：“吐这上面。”

正专心开车的秦漠腾出一只手来在车座旁翻了翻，翻出一只白色的纸袋说：“用这个。”我把纸袋接过来，想这车确实高级，设计得很人性化，连这么细节的设施都配套齐全，果然和桑塔纳 2000 不可同日而语。

吐完后颜朗的情况似乎有所好转。

秦漠转头看我们：“这孩子叫什么名字？”

可怕的是他做这个动作时仍然保持着风驰电掣般的车速。

我提心吊胆道："颜朗，颜料的颜，晴朗的朗，秦老师您看着前边，您看着前边。"

秦漠点了点头，终于把视线放到了前方的大马路上，说："这名字起得不错，挺干净利落的。"

我想，是啊，是不错，我妈一直觉得她给颜朗这名字起得好，读起来上口，寓意也深刻。改天得写封信告诉她，连名人都夸她这名字起得好。这个消息肯定能为她枯燥的牢狱生活平添一抹亮丽的色彩。

颜朗在我怀里动了动，我想把他抱上来点，他却开始挣扎。我一颗心猛地沉到底，颤抖着说："秦老师，能再开快点吗？颜朗好像疼得更厉害了。"

估计再开快点这车就能飞起来，秦漠说："你给朗朗讲讲故事，转移一下他的注意力，对了，他喜欢听故事吗？"

我说："他不喜欢听故事，他喜欢听冷笑话。"

他说："那你给他讲讲冷笑话。"

我伤感说："我不会讲冷笑话。"

他沉默了一会儿，一只手握着方向盘，沉思状说："从前有一个剑客，他的剑很冷，他的表情很冷，他的眼神很冷，他的心也很冷。最后……他冷死了。"

颜朗果然没再挣扎了。

车在A医跟前停下。

秦漠没有听从我的合理化建议，义无反顾地将车飙到了A医。我抱着颜朗蹒跚着从车上爬下来，觉得以我的脚为支点，整个世界都在晃荡。

颜朗果然是急性阑尾炎，医生建议动手术。而A医不愧是秦漠这个名人推荐的医院，单是手术费就要四千。

我说：“这个是不是必须马上动手术啊，缓个两天对孩子有影响吗？”

医生说：“影响倒是没什么影响，我们可以先开点药控制住孩子的病情，但是伸头也是一刀缩头也是一刀，早晚都要做这个手术的，缓两天没什么意义。”

我说：“这个时间其实还是有意义的，足够我转院了。”

去年周越越去T大附院割阑尾，连手术带住院二千五，因为借了医学院同学的医疗卡，打对折下来省了个零头才一千二，这还不算，住院三天期间院方还赠送了三顿食堂的盒饭。

周越越去年二十四，比颜朗大三倍，那阑尾也肯定比颜朗大三倍，割下来这么便宜，没道理颜朗割个小阑尾却要花周越越的三倍多价钱。

何况作为一个上有七十太婆，下有八岁小儿要赡养和抚养的穷学生，我根本不可能一下子拿得出四五千块钱来。虽然市场经济之后，我们没有办法选择挨不挨宰，但万幸还可以选择在哪里挨宰。于是我决定带着颜朗去T大附院挨宰。但秦漠却坚持要颜朗立刻动手术。我觉得他可能认为只有让颜朗立刻动了手术，才显得他今天晚上这一趟不虚此行。作为一个名人，秦漠显然不了解有免费公厕上就绝对不上收费公厕的穷人的世界。

我叹了一口气说：“秦老师，是这样的，您可能不知道，我们这儿A医的医生们艺高人胆大，所以他们这里收费也收得特别胆大，除了特别傻的人民群众，我们一般的人民群众是不会随便来 A 医看病挨宰的。”

秦漠抱着打了针之后在睡觉的颜朗说：“我病了就都是来 A 医看病的。”

我吞了口口水说：“啊哈哈，我不是在说您，您肯定不傻呀，您看，您不是本地人，您不了解情况嘛，啊哈哈……”

秦漠没在意，说：“我这里有张他们医院的 VIP 卡，据说中小手术可以一到两折优惠。”

我说：“哦，难怪您要照顾他们，果然市场经济了，连医院这种公益服务机构都开始搞促销了。”

秦漠轻描淡写地缓缓说：“既然他们宰了那么多人民群众，我们不反过去宰他们几次也说不过去。”

我说：“对，您说得太好了秦老师。”

因为有秦漠的卡，颜朗得以立刻在 A 医动手术。秦漠说他先出去一下。

我曾经听周越越说他们学建筑的有很多人都是秦漠的粉丝。粉丝们还在网上自发建立了一个民间组织来拥护支持秦漠，叫作禽兽俱乐部。这个禽兽俱乐部顾名思义，里边的每一个会员无论男女都是禽兽。我第一次听她这么说的时候，心里直犯怵，想这姓秦的得是多禽兽一个人啊，才能有这种感召力把五湖四海的禽兽们都聚集在一起。后来才弄清楚，原来禽兽是对秦漠的粉丝的昵称，这是当今社会的一种流行说法，就比如说如果是周越越的粉丝就得叫月饼，如果是我的粉丝就得叫颜料一样。

虽然我至今仍觉得，这得是多神经病的粉丝，才能容忍自己有个昵称叫禽兽啊。总之，秦漠出去之后，立刻就有一个禽兽来向我搭讪。我判断她是一个禽兽主要在于她问我三句话句句不离秦漠。

我和她的对话是这样的。

她说："小姐，刚跟你在一起那个人是秦漠吧？"

我说："啊？秦漠是谁？小姑娘，你戴着墨镜可能没看清，那人不叫秦漠。"

她把墨镜拉下来一点说："你别想骗我，那人要不是秦漠我把'郑明明'三个字倒着写，我看你们表现得挺亲热嘛，你跟秦漠是什么关系？"

我想这下可不好，遇到一个行家。但好在秦漠不是什么大名人，除了搞建筑的和搞建筑的人的朋友们应该认识他，一般人不认识他也是正常的。就跟全津巴布韦人都应该知道他们的总统叫穆加贝，而我们中国人只需要知道津巴布韦这个国家叫津巴布韦不叫津韦布巴就很可以了。

我说："啊，原来那个人叫秦漠啊。我不认识他，真的，我跟他就是路人甲和路人乙。你说的这个郑明明我倒认识，水陆空三栖大明星啊，呵呵，我儿子还是她粉丝呢。话说回来，你干吗要倒着写人家郑明明的名字啊，人家郑明明又没有得罪你。"

她把墨镜再拉下来一点："你不要狡辩，秦漠那种个性，会跟一个路人甲表现得那么友好亲热？算了，你不告诉我，我自己去问他。还有，你真认识郑明明？我就是郑明明。"说完高跟鞋一跺，顺着秦漠离开的方向跑了。

我愣了半天，觉得当今的化妆技术真是高超，这明星卸妆前和卸妆后简直就跟两个模子印出来似的。又觉得今天真是个黄道吉日，在人烟稀少的马路上能碰到一位名人，在人烟同样稀少的手术室外边居然还能碰到一位名人，难道全C市的名人集体倾巢而出体验生活来了？

不过颜朗的直觉真是敏锐，秦漠和郑明明之间果然是有点什么。虽然颜朗由于个人偏见一直十分反对秦漠和郑明明在一起，但客观来说，我认为秦漠和郑明明在一起确实比颜朗和郑明明在一起更加般配。我想要是秦漠和郑明明真在处对象，而我作为一个路人甲，竟然不经意间就做了颜朗的帮凶，直接引发了人家两口子的家庭矛盾，这个罪过就实在太大了。所以直到秦漠回来，我一直很惶恐。

手术室外，我惶恐地看着秦漠走近。他身上的风衣被脱下来搭在手上，右手提了个鞋盒。走到我跟前坐下，把鞋盒打开，拿出一双女式运动鞋。我想他果然是把郑明明惹毛了，要买双鞋子赔礼道歉把别人小姑娘的心再追回来。受TVB台庆大剧《珠光宝气》的影响，我还以为名人给他们女人送礼物不是送外国进口纯血马就是送钻石，那钻石还不能是碎钻，还得是特别大一颗一颗的顶级钻石，原来实际情况是只要一双阿迪达斯的运动鞋就可以把这些名媛搞定，现实真是残酷得令人发指。

秦漠说：“来，试试看。”

我背颜朗来医院的时候嫌高跟鞋碍事，就直接把鞋子脱了甩在路边，这一晚上都只穿了双棉袜行走江湖，此时白棉袜已完全看不出它的本来色彩。

我推辞道："不好不好，您找个小护士帮您试鞋吧，我试了准得让您再把这鞋刷一遍才能送您女朋友，其实这鞋子不用试，您眼光好，就这么看着都很好看，穿在您女朋友脚上肯定更好看。您女朋友一看这么好看的鞋子穿在自己脚上，心里肯定特别乐意特别开心，有什么不开心的事就全部忘了。"

秦漠愣了愣，接着笑了笑。

人家说不爱笑的人笑起来都格外漂亮，可见秦漠平时是不怎么爱笑的。这春回大地百花盛开的一笑之后，他把鞋带解开："刚才医生跟我说医院里禁止只穿袜子不穿鞋，这鞋子你先暂时穿着吧。"

我端详了会儿这双鞋子，以一个外行人的眼光判断它定然不是盗版的，而且这么精致的做工必然会搭配一个奢华的价格，心里顿时觉得暗无天日。我说："秦老师，这鞋子您还是留着送您女朋友吧，我待会儿出去随便买双布鞋就成。"

他皱了皱眉："别任性。"

我说："啊？"

他自己也在那边愣了半天，愣完了把鞋子收起来淡淡说："对不起，颜小姐，你长得很像我一位故人，不知不觉就把你当成她了。"

有句家喻户晓的谚语，说"好事做到底，送佛送到西"。其实秦漠只需要把我和颜朗送到医院门口就很日行一善了，可他这么跑前跑后的比自己儿子病了还尽力，这下还专门买了一双运动鞋过来，让我简直不能理解。

我听说有的名人爱好酗酒，有的爱好嗑药，有的爱好当第三者，有的爱好打老婆，但从来没有听说哪个名人特别爱好做好事，而且还得把经手的好事做得一丝不苟的，秦漠真是个与众不同的名人。

秦漠说："朗朗这个手术还得再做一会儿，走吧，我带你去找被你扔了的那双鞋。"

我犹豫了一下，他没再说什么，把鞋盒提起来开始往外走。

一个假装很忙实际上一直在周围旁观的中年护士悄悄靠近我："姑娘，你可别跟着去，那人跟你非亲非故的却这么帮你，一看就是别有用心，你跟着去了肯定要吃亏。"

我深刻认识到社会果然已经不再淳朴了，因为做好事要想不被舆论谴责竟然显得那么困难。

第四章

这么多年，你过得好不好？

窗外的夜色格外迷离。

其实C市不管白天还是夜晚都迷离，因为它是一个污染严重超标的重工业城市。为了保护祖先们给我们留下的历史文化遗产，这个城市盛产烟尘的工业区不得不绕过一座拥有大量棺材的古建筑遗址，从而建在生活区的上风口。于是每次刮风时工业区的烟尘都能最大面积地成功覆盖整座城市，以至于C市根本没有条件不迷离，区别只在于有时候它有点迷离，有时候它分外迷离。

我想也许不久的将来，C市的居民们就会因为环境污染集体死翘翘，然后现有的生活区又成功地变成一个遗址。我们的子孙后代为了保护这个遗址的原貌，只能含着热泪再一次将工业区建到生活区的上风口，以此类推，早晚有一天，C市将会变成全中国古遗址最多的城市，从而实现它的夙愿，成为一个有实力的历史文化名城。

霓虹灯从我眼前快速闪过，秦漠右手离开方向盘，看起来像是要拿碟放歌。车里的气氛有点沉闷，无声的速度总令人感觉沉闷，让人急于挑起话题。但当舒鸣的《因为想你才寂寞》在这个狭窄而快速移动的空间里响起时，我深深懊悔自己此前没有对这个爱吃川菜的广东歌手进行更深层次的研究。

这首歌是这么唱的："……因为想你才会寂寞，因为爱你才会难过，听到你的名字都会让我失措，因为想你才会沉默，因为爱你才会落寞，我们的故事不想对任何人说。你有没有想过我，你有没有念着我，还是选择忘记当作是解脱？你还会不会想到我，你还会不会继续爱我，再见面的时候是拥抱还是错过？"歌写得又辩证又有逻辑，并且所有歌词都没有语法错误，这真是很不容易。

秦漠问：“吵到你了？”

我说：“没有没有，看不出来秦老师也喜欢流行乐啊，这歌还挺好听的。”

秦漠“嗯”了一声：“随便买的碟。”说完笑了笑，“以前跟我学画的一个女孩儿特别喜欢流行乐，一到冬天就哈着气唱‘你就像那一把火’。那时候她妈妈给她零花钱给得比较少，她想买碟又没钱的时候就来磨我，一年半载的慢慢养成了习惯，音像店里有出什么新碟我都帮她留意着。”说完看向我。

我震惊地睁大了眼睛。主要是没想到秦漠居然可以一次性开口说这么多话。我看电视里那些名人，为了在粉丝面前保持神秘性，基本上都很少开口说话，逼不得已要说的时候就统统说省略句，像秦漠这样一次性连着说好几句话的实在难能可贵，并且这些句子的主谓宾竟然没有一个被省略的就更加难能可贵了。

我搭话说：“您这学生其实也不地道，她妈妈不给她零花钱她该去磨她爸爸呗，找您要，您偏还给了，要让其他学生知道了，没零花钱都来找您要，您这负担得多重啊。”

车拐了个弯，秦漠低笑了一声：“还好，我就收过她一个学生。”

刚那弯道拐得急，我贴着车门缓了一会儿，悟道：“原来是一对一教学啊，这个好，国际上都提倡这个，既然是您亲自带出来的，这姑娘现在也出息了吧？”

秦漠脸色一僵：“她死了。”

我说：“啊？”

车子慢慢停下来，他拿了包烟出来：“她死了，很多年了，她去世那年，刚满二十岁。”良久，又道，“她和你长得挺像的。”

我愣了一会儿，不知道该说什么。秦漠转头来看我，目光很深，很沉默，我被看得毛骨悚然，觉得此情此景一定得说点什么。但这就像考试最后那五分钟收卷子，越急越搞不清楚到底该说点什么，不由得让人生出一种看透人世的沧桑感，真是“书到用时方恨少，人间正道是沧桑”。

秦漠说：“到了，该下车了。”说完下车抽烟去了。

我定睛一看，被车头灯染成金黄色的夜雾中，的确停了一辆计程车。再定睛一看，前车轮扁得钢圈都贴地了，果然是之前载过我那辆爆胎的计程车。

我边下车边说：“秦老师，你眼睛真好，这么大的雾竟然还能注意到前方有车，要我来开，肯定就把车开得直接撞上去了。”

秦漠说：“这条路是双行道，那辆车在左我们在右，你能把我们的车开得跟它面对面撞上去其实也挺难得的，更何况这辆车还是静止的不是运动的。”

我惭愧地说：“是挺难得的。”

他笑了笑，手突然伸过来揉了揉我的头发。揉完后我们两个都愣了，双双陷入尴尬的气氛中不能自拔。他拔得比较快一点，咳了两声道：“对不起……”

我赶紧说：“没关系没关系，我知道您这又是把我当成您那位过世的弟子了。”

他笑了笑没说话。

那辆爆胎的出租车折腾了这么久竟然还没被拖走。以出租车为坐标轴向右前方走两米，我胡乱摸了一阵，竟然成功摸到了自己那双趁小区门口皮鞋店换季大处理购买的黑皮鞋。

我一度担心它们会被路过的流浪汉捡走，没想到这条路实在太过偏僻，连非法居留的流浪人群也不愿轻易路过，真是个杀人越货打劫强奸的理想场所。

找到鞋子的狂喜让我突然想起去主干道帮忙叫车的周越越，不知道她叫到车后发现我已经失踪了有没有去打110。我觉得应该立刻给她打个电话说一声，拿出手机一看才发现没电了。

秦漠指间夹了支烟，侧靠在车门旁，一米相隔的路灯光线昏黄得正好。我两步跑过去，本来想说借他的手机打个电话，但临时想到名人的手机号都是要保密的，于是话出口硬生生转成了："我能把我的卡换在你手机里打个电话吗？"

他探身去车里拿出手机来，神色有些复杂："要给你先生报个平安吗？就用我的吧。"

我看他不像在客套，怀着感激之心接过，拨通了周越越的号码，还没来得及说话，就听周越越的声音破空而来："我靠你晚5分钟打过来会死啊，你不知道中国移动九点之后接听才免费啊，你是何方高人有话快说有那什么快放，别浪费老娘电话费。"

我说："周越越，我是颜宋。"

破空的周越越的声音立刻温顺下去："啊，宋宋是你啊你可急死我了我好不容易叫到车赶过来一看你人都不在了，打你电话你手机又没电我以为你去附院了马上掉头去附院结果把附院翻过来了都没找到你，我现在还在附院呢林乔正全市一家一家医院拨电话企图通过这种手段搜到你，你到底在哪儿啊朗朗没事吧？”

我急忙说：“没事没事，我现在在A医，你先回家吧，明天早上我回来拿点东西，颜朗还得住几天院。”

周越越说：“我马上过来。你放心我不会跟林乔说你在A医，本来今晚上也没他什么事，他值夜班，我来找你不小心遇到他了而已。”

我说：“林乔是哪位我跟他不熟。你真不用过来。”

她说：“我就过来就过来就过来你越不让我过来我就越要过来。”然后愤然挂了电话。

我想，周越越也是个性情中人啊。

电话递还给秦漠时，他皱了皱眉：“你先生……”

我连忙说：“我不会告诉她是用你的手机和她通话的。”

他看了我一会儿，偏头将烟头掐灭，道：“上车吧。”这些名人果然还是很注重个人隐私保密的。

秦漠在车上接了个电话，说是有点急事赶回去处理，明天再过来看颜朗，顺便拿他的VIP金卡。我感恩戴德地目送他的车直到它消失在茫茫地平线上，才转身一路跑着赶回手术室。秦漠实在是个好人，做完好事还要回访，简直比东北人还东北人、活雷锋还活雷锋。周越越私下演练了那么多次和秦漠的初相遇，转眼就要变成现实，真是叫人期待又感动。

时间掐得刚刚好，五分钟后手术室的灯灭了，护士推着还被麻药麻着的颜朗去病房。医生笑逐颜开地向我道贺，说手术做得特别成功，我的孩子也特别勇敢，手术过程中连哼都没哼一声，真是太坚强了。我不是很敢苟同他的这个想法。我觉得颜朗之所以哼都没哼一声，可能是因为他被打了麻药。

颜朗被安排进了一个双人病房，他的病友是个酷爱读书的青年。因为自从颜朗被推进这个病房之后，他就一直在持续不间断地读书，真是“躲进小楼成一统，满地梨花不开门”。

我在颜朗的病床跟前百无聊赖地坐了二十多分钟，正打算起身上个厕所，刚打开门，迎面就奔来风风火火的周越越。我连忙敏捷地让开，感觉到周越越从我身边掠过，带起一股凉风。我打了个哆嗦，周越越喘了两口气，破口大骂道：“妈的什么破医院，找死老娘了。”一直在读书的对床青年终于抬起头来，我们惊奇地发现他竟然长得有点像郭富城。

周越越的眼神里闪过一道光，我解读出那是一道懊悔之光，大意应该是：“靠居然在帅哥面前丢脸了我操他 × 的。”翻译成文明话就是“适才见笑于此潘郎者前，吾甚愧甚愧，宁与其母行周公之事，亦不愿美男子前失颜至此，吾恨矣。”之类的。

刚关好的门“啪”一声再次被拍开，我和周越越一起回头看，林乔衣冠楚楚地站在门口，走廊上的灯光全被他挡完了。

我立刻以眼神谴责周越越。

周越越无视我谴责的目光，巨有气势地瞪着林乔：“你这人怎么这么没礼貌啊，我叫你别跟着别跟着，你还老跟着。学过法律吧？懂法吧？你知道你这是在侵犯我吗？你这个行为的性质很严重啊！”

我愣了，对床酷爱读书的青年也愣了，林乔面无表情地绕过她去看颜朗了。

周越越看我们发愣于是她自己也愣了一会儿，愣完了一拍脑门：“别误会别误会，他侵犯的是我的人权，我刚说的是省略句，我们昨天选修课刚学的，省主语还是省宾语来着？他没侵犯我，他真没侵犯我，我还是个处女。”

我说：“嗯，我知道你还是个处女。你真懂法，语文也学得好。”

林乔用他专业的眼光上下左右打量了会儿颜朗，没话找话地说：“刚动完手术？”

我说：“你眼睛瞎的不会自己看啊？”

林乔说：“只是普通的阑尾炎？”

我说：“你眼睛瞎的不会自己看啊？”

林乔抬头说：“颜宋你今天吃了火药了？”

我说：“你眼睛瞎的不会自己看啊？”说完感觉有点不对劲，反应过来后立刻破口大骂“你才吃火药呢你全家都吃火药你祖宗十八代都吃火药。”

林乔没再说话，转身在颜朗病床前的一把椅子上坐下，抱臂冷冷看着我。我在颜朗的床头坐下，目不斜视地望向前方，前方是关得严严实实的窗户，一首关注粮食和石油问题的歌曲冉冉在室外升起：油 and 米，我喝你，什么什么的。

我想家里好像没菜油了，花生油倒还是有一罐，上上个月周越越送的，但是用花生油炒菜就太奢侈了，这油得留着给颜朗下面吃，明天还是去买点菜油回来。

周越越兴致勃勃地一会儿看看我，一会儿看看林乔，其间还时不时地瞟两眼对床那个长得像郭富城的酷爱读书的文学青年。但我和林乔的双双沉默让戏剧高潮的到来显得遥遥无期且不可捉摸，她耐着性子等了一会儿没等出结果来，就蹭到对床的读书青年跟前去搭讪了。

周越越说："同志，看书啊？"

同志抬头看了她一眼说："嗯。"

周越越说："同志，看的什么书啊？"

同志微微一笑，立起书面来晃了晃。

周越越说："哦，是巴金的书啊，我也喜欢看巴金的书，巴金，是个伟人啊。"

我十分惊悚地看向周越越。

那同志大概也被勾出来点兴趣，又微微笑了一笑。

周越越说："我最喜欢他的那篇《谁是最可爱的人》，大冬天英勇跳冰窟窿拯救失足未成年儿童的黄继光同志实在太值得我们学习了。"

同志的脸瞬间黑了。

周越越继续说："他的其他东西我也看的，都写得挺好的，不过这几年倒没看他有什么新作品出来，大概是江郎才尽了吧，可惜了。"

我怜悯地看着周越越，觉得她和那同志多半也就缘尽于此，没有后续了。但可怕的是她竟然还想再接再厉，我痛苦地闭上了眼睛。

周越越自掘坟墓地说：“他早期还有一篇什么来着，写得挺狂的，那真是有文采啊，我读了立刻就喜欢上他了，我想想我想想，好像叫《一个神经病的日记》，对，就叫《一个神经病的日记》。”

同志已经有点忍无可忍，说：“你说的可能是《狂人日记》。”

周越越一拍大腿：“啊，我记岔了，是《狂人日记》，学名就是这个，你怎么这么博学呢？”

我觉得我不能再坐视事态这样发展下去了，立刻起身打开门走到户外。

周越越在后头喊：“宋宋，你去哪里？”

我说：“你们慢慢聊你们慢慢聊，我去买点吃的去。”

我前脚刚出病房门，林乔后脚就跟了出来。我想我一定得摆脱他，但今天没骑自行车，事情显得有点难办。

直走到医院大门口，他仍然保持着两三米的距离不紧不慢地跟着。我完全搞不懂他要做什么，于是一直在想他到底要做什么，但越想越搞不懂他要做什么，这疑问折磨得我寝食难安，拐进一条小巷子时终于忍无可忍地吼出来：“你他妈到底有什么企图啊？”

这话一吼完我还没反应过来就被他压在了路边的墙壁上。

他低头看着我，由于距离实在太近，呼出来的二氧化碳正好喷到我的脸上。当年的花样美少年如今已经长成了高大的青年，真是令人不能逼视，我低头看着地面说：“大侠，有什么话咱们好好说，你先放开我成不？”

林乔在我头顶上笑了一声：“我算想明白了，只有这法子能治住你，放了你你就又跑了。”

我苦口婆心地说：“我不会跑的，我保证绝对不跑，你要相信我，我们共产党员是不会说谎的，你看，你长得这么高这么壮，我跑也跑不过你。”

虽然我说得很有道理，但他并没有听取这个意见，依然保持着握住我两只手把我压在墙上的尴尬姿势，半晌说：“颜宋，一直没有机会问你，这么多年，你过得好不好？”

我恍惚了一下，被他说的“这么多年”触动，高三那个夏天立刻像放电影一样，以迅雷不及掩耳盗铃之势从我脑海里快速掠过。其实到现在我还经常做梦梦到那时候，不过并不像今天这样连贯，全是些片段，比如林乔的妈妈当场给了我一耳光，比如我在苏祈他们家楼底下连跪了两天，比如我妈被哇哇乱叫的警车带走，比如染血的刀片和割了一半没敢彻底割下去的腕动脉，什么什么的。

那正是五年前，林乔和苏祈在一起第三年，我暗恋林乔第三年。

第五章

我们是一辈子的朋友

我从高二开始喜欢林乔，林乔和苏祈在一起后，受琼瑶阿姨那些讴歌第三者的早期小说影响，我也想过是不是豁出去争取一把。但那时我毕竟只有十七岁，没有当第三者的经验，况且那时候因特网并不像今天这样流行，无法在BBS上寻找到一位成功上位的第三者前辈来做指路明灯全程指导我，我的胜算显得那样渺小。但我被心中的爱情所激励，实在太想将这件事做成功，考虑了很久，决定回家请教无所不知的外婆。外婆得知这件事后，十分悲愤："我给你念了那么多的琼瑶爱情小说，就是想告诉你第三者是当不得的，破坏人家的婚姻是注定没有好下场的。你看那个新月格格最后不就死了？哼，死得好。颜宋我跟你说，你要真去破坏了人家男女朋友的感情，看我不打死你。"

那时候我的外婆虽已六十有二，但保养良好的她依然孔武有力。我生怕被她打死，不得不试图将对林乔的那点心思扼杀在摇篮里。但这真是一项艰苦的工作，每当我觉得差不多了，我已经不喜欢林乔了，他却又主动出现在我的面前，用一个娃娃头雪糕或者一包九制橙皮轻松将我的防御工事全部摧毁。我知道他只是给苏祈买零食时顺便带给我一包，但就是没有办法抵挡住这种不经意间流露出来的对朋友的温柔。

林乔和苏祈搞对象完全是众望所归。那时候我们那所国家级重点高中在市场经济的影响下，多是帅哥恐龙、美女青蛙的配对，学校里的有识之士普遍觉得这样的人文环境强奸了大众审美，纷纷摇头叹息。而林乔和苏祈的组合则让他们看到了大众审美反攻的曙光，大家无不欢欣鼓舞。

所以现实就是，我喜欢林乔，林乔和苏祈互相喜欢，倘若我果然要当一个第三者插进林乔和苏祈之间，不仅会被我外婆打死，还要被全校五千师生共同辱骂唾弃。这压力如此巨大，我纠结了半个学期才总算释然，决定和林乔、苏祈拉开距离，以避免有一天我控制不住自己从而悲哀地踏上第三者的不归路。

但残酷的是林乔并不想和我拉开距离。

在连续一个星期拒绝了他一起回家的邀请后，他终于发火了："你什么时候变得这么婆婆妈妈的？叫你一起回去就一起回去，啰唆什么！"

窗外是已经见黑的天幕。苏祈站在教室门口漫不经心地修手指甲。

我嘿嘿道："这不是不想当你们俩的电灯泡吗？"

林乔说："冬天放学晚，你又是在外边租房住，一个人单独回家，我和苏祈都不放心。"

苏祈笑笑挽住林乔的手臂："对啊，把你送回家我们两个再去约会也是一样的。宋宋，你再不走就该耽误我和林乔看电影的时间了。"

林乔转头对她笑了笑。

我收拾完书包说："那好吧，你们两个既然要当活雷锋就给你们个机会吧。"

苏祈环着林乔的腰坐在自行车后座上，白色的羽绒服，黑色的长头发，笑起来有两个浅浅的酒窝。那时我想，电视里说毛宁和杨钰莹是对金童玉女，客观来说，林乔和苏祈其实也不差。

回家的这条路真是漫长。

我被迫在林乔和苏祈身边水深火热地煎熬，这一熬就又是一个多学期。

早上上学得和他们待着，中午吃饭得和他们待着，下午放学还得和他们待着。这让我很快成为了一个爱好上课并爱好上厕所的好学生。因为一走进教室，只有上课和上厕所时他们不需要我作陪。

但很快地，就在中国加入 WTO 这件大事发生后没几天，我终于失去了自由上厕所的宝贵时间，因为苏祈欣喜地发现了我和她属于同一个性别，我们可以手牵着手一起上同一个厕所。

我觉得也许有一天他们开房时也会邀请我旁观，而高中三年，他们究竟有没有去开过房，至今仍是一个未解之谜。同学们纷纷觉得我是一个电灯泡，但同时他们也十分纳闷，作为一个电灯泡，我竟然能和男女主角相处得如此融洽，我真是一个和谐的电灯泡。

在这整整一个学期的痛苦试炼当中，我的灵魂得到了升华。

刚开始，就算看见他们牵个小手也会胸闷一整天，甚至想过给苏祈的饭盒投毒，但学期结束时，我已经能在他们拥抱接吻时坐一旁帮着站岗放哨了。

林乔对苏祈的忠诚和迷恋是对我藏在心里边那点龌龊心思的温柔镇压。他是这样一位坚贞不屈的好男友。寄情于他的我显得山河黯淡，可以剃度出家，遁入空门了。

那时候也想过，明明我比苏祈先和林乔熟起来，明明在他连苏祈到底坐第几组第几排都没搞清楚的时期里我有那样多的下手机会，但最后却是这样的结果，只能叹一句：缘，妙不可言。

我在日记本上写他的名字，林乔，林乔，林乔。草书代表他今天很烦躁，隶书代表他今天很平和，行书代表他今天很开心，楷书代表他今天很沉默。我深知在这个连安全套都不一定安全的时代，带锁的日记本也并不像人们想象中那样可靠，但满腔的情绪实在难以找到出口，所以，只敢在日记本上一遍又一遍写他的名字，林乔，林乔，林乔。没过多久，我就熟练掌握了庞中华字帖上关于林乔这两个字的所有写法，但可惜的是，这是一门永远没有办法在人前展示的绝技。

高二下学期，这本写满了林乔名字的日记终于成功被我遗失，几经辗转，最后落入苏祈手中。其实捡到这个日记本的同学想法很朴实，他砸开本上的小锁之后，发现每一篇日记都写的是林乔的名字，理所当然判断它应该是属于苏祈的。碰巧他又很拾金不昧，立刻就到我们班来把日记本还给了她。

我从教研室回来，正看到苏祈脸色发白地坐在我的座位上，手上握着我的日记本，锁被敲开了。

那时我想，好了，这一天终于来了，知道了吧，知道了就离我远远的，我早不想遭这个罪了。

苏祈是一个热爱英语的女孩子，而且她热爱英语还不像我这样因为林乔是英语科代表才热爱，她是发自肺腑真心实意地热爱。

她将日记本“啪”一声甩在我的课桌上说：“颜宋，午自习前在 three teaching building 后边的银杏树底下等我。”

我说：“好。”想想又说，“three teaching building 是什么？”

她说：“第三教学楼。”

我说：“哦，那不是 three teaching building，是 the third teaching building。而且前段时间卖酸辣小黄瓜发家的大富豪周翠花女士捐款整修了它，校长已经报教育部门批准把它改成翠花教学楼了，简称翠花楼，cuihua building。”

苏祈瞪了我一眼。

我想第一回合既然已经完胜，穷寇莫追，于是连忙说：“反正就是在那幢 building 后边的银杏 tree 底下等你是吧？”

苏祈又瞪了我一眼，上课铃在她这愤然一瞪中哇地响了起来。

翠花楼后边的两棵银杏树在严冬的摧残下掉光了叶子，不得不裸裎相对。如果树也分公母的话，而这两棵树不巧正是一公一母的话，可真是一件分外尴尬的事情。

苏祈说：“颜宋，那本日记是你的吧？”

我说：“我……”

她说：“我以为你是例外，没想到连你也被林乔的美色所惑。”

我说：“我……”

她说：“不，这不是真的。”

我说：“我……”

她说：“告诉我，那本日记不是你的，你并不喜欢林乔。”

我说：“我……”

她捂上了耳朵："我不要听我不要听，你一定是骗我的，你可是我和林乔最好的朋友。"

我痛苦地闭眼道："同学，你能不能等我把话说完再发表意见？"

如今想起来，那时我其实可以全盘否认，因为日记本上并没有落"颜宋"这个大名。可事实上我是那样急于承认勇于承认并添油加醋地承认，我说："苏祈，我喜欢林乔七个月零二十一天了，所以以后别犯傻，林乔让我跟着你们，为了讨他欢心你就也贤妻良母地让我跟着。我是林乔的好朋友没错，但跟你的友情还差点儿，你也不太喜欢我吧，我其实也看得出来。咱们三个这样的关系，成天还腻在一块儿，到时候你被我撬了墙脚可怎么办呢？"

她愣了一会儿，眉心攒起，冷笑一声："你也太看得起自己了，你以为就凭你也撬得了我的墙脚？"

我其实也觉得就凭我是撬不了她的墙脚的，但输人不输阵，为了面子，还是勉强抖擞起精神道："难说。"

她脸红了又白了两下，又冷笑一声："果然是十六七岁就生了孩子的人说得出来的话，够不要脸的。你要想撬我墙脚也得有资本啊，你有什么资本？就凭你十六七岁就不知道和谁生了个野孩子？"

所以说爱情这东西真不得了，竟能让长期语文不及格的无逻辑少女在顷刻之间成为一个辩论高手。

我学着她冷笑了一声："如果我说林乔就是我儿子他爹呢？"

苏祈脸色发绿，绿了好一会儿咬牙道："颜宋，东西可以乱吃，话不可以乱说。”

我说：“哈哈，我确实是乱说的。”

她被我的无耻打败，跺了跺脚踩着冬天干枯的野草泪奔了。

我和苏祈的梁子就这么结下。我本来以为，让她知道我对她男朋友有觊觎之心，可以让她有点危机感，快点把林乔带离我的身边。但她竟然像什么事都没有发生过，唯一改变的只是上厕所时再也不邀请我了。

不久之后，班里传得沸沸扬扬，说高一有个学弟在疯狂追求苏祈，企图离间林、苏二人的感情。这位学弟长得虽然不如林乔那么好看，但也是虎背熊腰相貌堂堂的一位帅哥，舆论觉得，即使苏祈离开林乔和这位学弟在一起，也不算大众审美向异端人文环境妥协，于是，在这场明显第三者插足的桃色纠纷中，舆论普遍失语了。

苏祈没有明显拒绝学弟的追求。每天早上下早自习，都有一枝玫瑰花送到她的座位上。细心的同学们通过玫瑰花外包的玻璃纸，分析出这些花居然不是从学校花坛里摘的，而是在花店里用人民币买的，纷纷被他的痴情感动，舆论开始渐渐偏向这位虎背熊腰的学弟。

林乔依然上他的课打他的球午饭吃我的猪肉，也依然记得每天放学送我回家，只是这些活动再没苏祈参与了。

我说：“你和苏祈到底怎么回事？”

他投进一个三分球，转身伸手，我丢过去一瓶矿泉水，他接过仰脖灌了一大口，微微皱眉道：“没什么，我们在冷战。”

我说：“那什么，你们还是快点恢复邦交吧，省得我夹在中间不自在。”

他扬眉道：“你听到什么了？说我和苏祈其实已经分手了，我现在和你在一起？”

我呵呵笑了两声：“你消息挺灵通的嘛。”

他将篮球放在手里转了一个圈，笑了笑：“颜宋，我们是一辈子的朋友，你不会因为这两句流言就要跟我拉开距离吧？”

蓝天白云底下，他说颜宋，我们是一辈子的朋友。

我苦涩地打了个哈哈：“怎么可能呢，你都说了，我们是一辈子的朋友。”

那一刻，看着眼前这个挥汗如雨的漂亮小伙子，我产生了一个很暴力的想法，我想把他一巴掌拍死。

星期六晚上，林乔打电话过来，说他爸单位上发的电影票快要过期了，恰好最近有新片上映，他想找个伴星期天一起看。

我说：“这不行，我挺忙的。”

他说：“你忙什么？”

我说：“什么都忙。”

他说“就这么定了，明天下午两点，我直接到你们家来找你。”

电话再拨过去就没人接了。

他不知道，我虽然不害怕流言，却害怕管不住自己的心。

无知的人多么幸福，只要轻松两三句话就可以把别人的防守线捣鼓完蛋，真是比导弹还导弹。

既然这场电影不可避免，我立刻调整心态，瞬间觉得作为林乔的暗恋者，有生之年能够和他单独看一场电影其实是很奢侈的。兄弟学校有那么多女生暗恋他，她们之中的大多数人都只能对着高价买回的他的照片望洋兴叹，但我已能看着鲜活的他望梅止渴，这难道不值得珍惜吗？这太值得珍惜了！

我翻箱倒柜找出了颜朗满月时外婆送我的一条粗呢连衣裙，穿上身到户外走了一圈，觉得有点冷，又在外边加了件羽绒服，但肥大的羽绒服立刻喧宾夺主，连衣裙好不容易勒出的身段全被盖住。我抱着手臂举棋不定地思索了一会儿，林乔敲门时，立刻把棋定下来，一把将羽绒服脱了。

穿着大衣的林乔站在门口愣了愣，从上到下打量我一遍说：“你不冷吗？”

我摸了把脖子上冻出的鸡皮疙瘩说：“不冷。”

在电影院门口碰到苏祈和追她的那位学弟是始料未及的一件事。苏祈怀里抱了一桶特大号的爆米花，学弟正低头对她说什么。我想学弟真是舍得花钱，并立刻去看林乔的表情。林乔的表情很僵硬。

也许是恋人之间的心灵感应及时发作，本应向左转头往影院里走的苏祈突然向后退了一步彻底转身面向我们，我记得刚才路过一个公厕，估计她是打算趁电影开场前去上个厕所。

她立刻就看见了我们，十分震惊，怀里的爆米花哗啦一声全部落在了地上。旁边蹿过一个大妈，深情地感叹了一句：“哎哟，真是浪费。”

苏祈气得浑身发抖："你们，你们……"

林乔突然握住我的手，冷笑一声道："我们怎么了？"

苏祈不能置信地盯住我和林乔交握的右手，半晌说不出话来，憋得眼圈都红了，学弟在一旁急得抓耳挠腮，林乔依然无动于衷。

苏祈终于哭出声来，哽咽道："林乔，我恨死你了。"说完转身就向楼梯口跑。林乔僵了一下，突然甩开我的手，大步追了过去。

他终于在楼梯口成功截住她并紧紧抱住了她。她在他怀里狠狠地哭，狠狠地踢打。以至于多年以后每当我看琼瑶电视剧男女主角因误会而再相聚的镜头时总感觉分外眼熟，因为艺术果然来自于生活。

苏祈说："你去找颜宋啊，你去找颜宋啊，你和她手牵着手去看电影啊，你还来管我做什么？"

林乔说："冷静一点，你知道我和颜宋什么都没有，乖一点，别任性。"

苏祈趴在林乔的肩上抬起头来看了我一眼。

学弟凑过来，猛踩了一脚地上的爆米花，恨恨道："我怎么觉得自己被耍了？"

我说："小伙子，你才发现啊。"

他白了我一眼："有什么好得意的，你不也被耍了？"

我说："是啊，我们都被耍了。"

很久之后，周越越失恋哭得一塌糊涂地问我："宋宋，你怎么就从来没有哭过呢？你是不是没长泪腺啊？”

我说：“你才没长泪腺呢，你全家都没长泪腺。”

越越，要想不哭出来其实挺简单的。

第一步，抬头。

第二步，闭眼。

这样，眼泪就都流进心里了。

任何人都看不见你的软弱，他们会以为你是只傲慢的孔雀。

第六章

那个夏天 让人骨头冷

那天下午，我冒着凛冽的寒风在街上盲目地游荡，直到华灯初上才惊觉应该回家。

我觉得自己有点受伤，需要休息两天缓一缓。但最近我们学校正在争创国家级示范高中，没有正规医院医生开出的病假条，不可能轻易允许学生请假。而正规医院医生的病假条是那样难以弄到，除非你有直系亲属切身参与了本市医疗系统或医疗相关系统，且这些直系亲属还不是这些医疗及相关系统中守大门的或打扫卫生的。

我被如何才能不交病假条又可以顺利请到假这个问题困扰，躺在床上翻来覆去睡不着。大约过了半个小时，电话铃突然响了。我勉强从被子里伸出一只手来接电话。

林乔的声音从听筒里传过来，沉沉的："颜宋你去哪儿了？怎么现在才回来？"

我说："啊？"

他说："我今天下午打了好几个电话给你，一直没人接。"

我说："哦，你把苏祈带走了，结果学弟那两张电影票没用武之地，我看他怪可怜的，就花半价买了一张，把裴勇俊演的《丑闻》看完了。"

他沉默了一会儿，半晌说："忘了把电影票留你一张了。"

我说："没事没事，你那时候不是激动着吗？学弟挺厚道的，我半价买他一张票，他还送了我两包话梅两袋鱿鱼丝，挺划得来的。"

他又沉默了一会儿。我想多半今天下午他和苏祈谈判了，苏祈让他打这个电话跟我断绝关系，他正难以启齿。

他果然很难以启齿，半晌说：“那电影好看吗？”

这简直不是他的风格。我耐着性子说：“挺好的，就是把裴勇俊的裸戏全剪了，让人怪失落的。”

他笑了一声，但马上戛然而止。清晰可闻的呼吸声之后，他压低了嗓子：“颜宋，对不起。”

我说：“啊？”

他说：“我没想到会在那里遇到苏祈他们，一时冲动拿你当了靶子。”

我哈哈笑了两声：“这有什么好说对不起的，要我是你指不定也那么做了，咱们不是一辈子的朋友嘛，朋友不就是用来插刀的吗？”

他疑惑道：“什么？”

我说：“有句俗话不是这么说的嘛，做朋友要互相插刀，你插我两刀，我插你两刀什么的。”

他说：“我记得好像说的是要为朋友两肋插刀。”

我说：“哦，那也没差，反正都是白刀子进红刀子出。”

那边顿了一会儿，我看着手表计时，八秒钟后，林乔说：“颜宋……”说完这两个字后又顿了一会儿。

我说：“什么？”

他说：“没什么，晚安。”

那天晚上我做了个梦，梦到一把明晃晃的西瓜刀从天而降，直直插进我心口。我一把将西瓜刀拔出来，看着染血的刀口深深赞叹：“古人诚不欺我，果然是白刀子进红刀子出。”说完低头一看，胸口破了个大窟窿，血正像喷泉一样从这个窟窿里汹涌而出。

电影院事件成为一个导火索，我和林乔、苏祈走在钢丝绳上的平衡终于被打破。

我如愿和林、苏二人组拉开距离，而我的角色很快被苏祈的好朋友韩梅梅取代，真是“江山代有才人出，一枝红杏入墙来”。

韩梅梅和我们不同班。我们在三班，她在九班。每个宝贵的课间十分钟，她都要穿越六个班的教室，从九班跋涉到我们班来和苏祈相会。我觉得她真是一个有毅力的人。

有一天同桌问我：“你最近怎么都不和林乔他们在一起了？”

我说：“哦，最近猪肉涨价了。”

她一本书拍过来：“我跟你说正事呢。以前你和林乔他们在一起的时候吧，大众虽然觉得你是一个电灯泡，但毕竟瓦数不算太大，你又有做电灯泡的自觉，不该发光的时候从来不发光。可九班这个韩梅梅是怎么回事啊，每天打扮得花枝招展的来找苏祈，她以为我们大众不知道她那一双眼睛都放在林乔身上呢，太不把我们大众放在眼里了。”

我说：“是大众想太多了吧，万一人家就是单纯来找苏祈联络感情的呢？”

她说：“你找女性朋友联络感情要一天换一套衣服地来联络啊？大众挺关怀你的，都想问问你什么时候再重新杀回林乔和苏祈身边去。”

我说：“帮我跟大众说声谢谢啊，感谢大众。但我妈让我考T大，我不能再跟林乔他们鬼混了。”

同桌说：“那怎么算是鬼混呢？你是在呵护一对情侣啊。耶稣不是说过，呵护情侣，胜造七级浮屠吗？”

我说：“不好意思啊，我得考T大，我不能再呵护他们了。”

很快到了学期末，在期末考的前一个星期，班主任把分班志愿书发了下来。

当我和林乔、苏祈还好着的时候，大家一起约定要读理科，并报考同一所大学。但此情此景，谁还能铭记这个约定并坚持将它贯彻执行就实在太二百五了。我显然不是个二百五，于是拿到志愿书后立刻填报了文科。

志愿书交上去后，班主任找我谈了次话。大意是学好数理化，走遍天下都不怕，我这个成绩留在理科班更有发展前途，希望我认清形势，回头是岸，不要埋没自己。我不得不向他坦白，其实每次考物理，选择题我都是蒙的，多亏运气不错才能次次蒙对，但恐怕我的运气已行将用完，支撑不到高考了。他沉默了一会儿，说：“那你还是留在文科班吧。”

和班主任谈过话之后，我选报文科的事不胫而走，当天晚上便接到了林乔的电话。

他说：“你不是想当儿科医生吗？为什么要报文科？”

我愣了一会儿说：“啊，是有这么回事来着，难为你还记得。”

说完了之后觉得语气稍嫌僵硬，又立刻加了两声“呵呵”。

他没说话，半晌道：“是因为我和苏祈吗？”

我心里咯噔一声。

他接着说：“苏祈对你是有一点偏见，我也听说……”

我赶紧打断他的话道：“哈哈，你说什么呢，再怎么和苏祈有矛盾我也不能拿自己的前途开玩笑，实际上是我妈让我考T大中文系，学文，以后考公务员从政，好接她的衣钵。”

他沉默了一会儿，突然说：“我记得第一次见你的时候，你就穿的一条白裙子，扎个马尾巴，还挺像我爸医院里那些女医生的。”

我说：“那得有一年了吧，你记性真好。”

“嗒”的一声，好像是话筒摔地上了，又是稀里哗啦一阵响，他在那边说：“不好意思，喝了点酒。”

我没说话。我们彼此沉默了很长一段时间，他说：“我先睡了，晚安。”

然后，还没等我回过神来他就把电话挂了。

而这是我和林乔高中两年的最后一通电话。

高三整一年，没有林乔和苏祈的干扰，我一心扑在学习上，过得清心寡欲。每个月最愉快的事就是中旬能回一次家，带颜朗去市区的游乐园坐几趟碰碰车。

七月，高考在一片蝉叫蛙鸣中结束。为了让我在省城好好念书而专门租的房子也差不多到期，房东表示收回房子刻不容缓，希望我能尽快搬出去。

搬家的前两天晚上，高二时坐我后排的一个男同学找到我，说想征用一下我的房子，供他们十几个兄弟开一个纯爷们儿的联欢会。这位男同学因擅长修理自动铅笔著称，被我们尊称为铅笔兄。铅笔兄曾经主动帮助我修好了不止一支自动铅笔，我无以为报，只得答应把房子借给他。他拍了拍我的肩膀说："颜宋你真够朋友，我做主，这个聚会你也参加哈，咱们一起喝点酒，看点片，追忆追忆往事。"

我被他的"看点片"吓住，觉得他们一定是要看A片，立刻拒绝说："我还是不参加了吧，你们这都纯爷们儿的聚会了，加我一个女的，多不纯爷们儿啊。"

但他已骑上自行车，像离弦的箭一样飞奔了出去，徒留下雄浑的男低音在马路上久久回荡："今晚八点，就在你家，咱们不见不散哈。"

十来个男的再加一个女的，还要喝酒，还要看A片，这样的聚会可想而知是多么危险。我本来打算晚上等铅笔兄到了之后，就立刻把钥匙交给他，然后随便找个借口开溜，溜出去找个小旅馆过一夜。但没想到他的兄弟们都比他守时，并纷纷带来了自己的女朋友。女朋友们均表示自己其实并不想来，是被自己家那口子死乞白赖求着来的。但有识之士还是能一眼看出来掩盖在诸位兄弟凄楚眼神背后的真相。

北京时间八点半左右，铅笔兄在兄弟们望穿秋水的眼神中摸黑登场，令人感叹的是，他的身边竟然还跟着从不跟人拉帮结派的林乔。

我已经有一年多不曾和林乔正面接触，对他的近况全不了解。一瞬间只觉得世道果然变了，独行侠的时代已经过去，我们的民族不再需要英雄，二十一世纪呼唤的是团队精神。组团看电影，组团上厕所，如今，连林乔都开始跟人组团，这真是一个“不组团，毋宁死”的世界。

林乔紧皱着眉头，深深看了我一眼。

这真是意味深长的一眼，因为我完全没看出他这一眼有什么意味来。

我打了个哈哈说：“多久没见你了啊，又长高了不少嘛。”

他没理我，干脆把头偏向了一边。铅笔兄很快和他的兄弟们打成了一片。

林乔突然说：“你们酒还够吗？我和颜宋再出去买点酒回来。”

所有人都来不及反应，同时，我也来不及反应，就已经被他拖出了门外。

正是七月中旬，这个城市气温最高的时节。

我们艰难地穿过一条密不透风的胡同，来到稍微有点凉快的大街上。

夜生活刚刚开始，几个穿着稀少的年轻姑娘和我们擦肩而过，其中一个穿得特别稀少的还回头对林乔吹了个口哨。看着她白花花的胸脯和大腿在路灯下闪闪发光，我突然觉得，如果政府不立刻下一道命令禁止姑娘们内衣外穿的话，C 市旷日持久且居高不下的强奸犯罪率还会在来年更创新高。

目送姑娘远去的背影，我觉得必须找点话来说，趁机感叹道：

“身材真是辣啊。从来没见过身材这么辣的女的。”

一路沉默的林乔终于开口发表意见：“一般吧。”

我转头看了他一眼说：“这么性感的你都觉得一般，难不成你还见过更性感的？”

他皱眉说：“如果衣服穿得少就是性感的话，那她确实挺性感的。”顿了顿又补充说，“那刚出生的婴儿无疑是世界上最性感的。”

我说：“你真是见过世面的人啊。”

他没说话，突然叹了口气：“颜宋，你是笨蛋吧？”

我说：“什么？风太大我没听清。”

他停下步子，双手抱在胸前，目不转睛地看着我：“我说，你是笨蛋吗？他们开口跟你借房子你就借，开口让你参加他们的聚会你就参加，你一个女孩子，就不怕到时候出点什么事儿？”

我干笑了两声：“大家都是同学，能出什么事儿？你思想不要那么复杂。”

但他立刻目露凶光，像是忍受了极其强大的怒气，半晌说：“颜宋，你真是太不自爱了。”

我觉得自己呆了一下。胃里猛然涌上一股黄连的味道，这味道是如此具象。我说：“对不起啊，我不自爱惯了，那什么，你一个人去买酒吧，我有点头晕，先回去缓缓，再见。”

说完一溜烟跑了。

铅笔兄见我一个人空手而归有点吃惊，立刻展开了询问。我说林乔嫌我跟着碍手碍脚，中途把我赶回来了。

他说："这小子有病啊？明明是他主动要拉着你的，结果又嫌你碍手碍脚？"

我说："你多体谅一下，他一向就是这么矛盾的一个少年。"

铅笔兄露出怜悯的神色："跟这样矛盾的少年做朋友很不容易吧？真是辛苦你了啊颜宋。"

我说："还好，还好。"

林乔在二十多分钟后扛着一箱 1573 出现在门口，震撼了在场的所有年轻朋友。只喝过汽水味香槟的年轻朋友们带着朝圣一样的表情把这箱白酒小心翼翼地抬进来，惊讶又兴奋地说："呀！白酒啊！这酒可真白啊！"其实，大家都是见过白酒的，只是眼下突然有了一箱属于自己的白酒，有点不知所措而已。

而当年轻朋友们得意扬扬并跃跃欲试的时候，我完全没有意识到酒的危险性，也有点跃跃欲试。现在回忆起来，这件事简直不能想象，那样一个方方正正的纸箱子，除非拿它里面装的酒瓶子去砸人的脑袋，除此之外没有任何途径能够使它成为杀伤性武器，却在一夕之间，差点断送了我的人生。

整件事的起因源于一个喜欢看台湾爱情小说的女孩子提议大家玩"真心话大冒险"的游戏。我一直觉得这个游戏的发明者一定是个特别闷骚的少男或者少女，而他或她发明这个游戏的根本目的只是为了顺利打探到心上人的隐私并揩他们的油。

铅笔兄拿出一副纸牌来定规矩："谁的牌面最小谁就算输，得接受牌面最大的那个同学的提问或处罚。"

第一轮是一个男同学中招，他选择了真心话，而提问的女同学为了表现自己的清纯，提了个让所有人都觉得索然无味的问题，她说：“跟你同学了三年，我还不知道你是哪里人呢，你是哪里人啊？”

男同学说：“我爸是甘肃的，我妈是河南的，而我生在四川，所以算起来我既是甘肃人又是河南人又是四川人。”

女同学恍然大悟：“啊，原来你是河南、甘肃和四川这三个省交界线上的人啊，三省交界啊，不容易啊。”

我想河南、甘肃和四川这三个省能够交界的确是挺不容易的，而且这真是一次失败的开场，但好在接下去的同学不负众望。

接下去的同学是我和铅笔兄，中招的是林乔。而林乔真是尤其倒霉，因为铅笔兄和我一起拿到了老 K 这个最大的牌面，这意味着他必须同时经受我们两个人的摧残。如果林乔选择了大冒险，我一定要让他到马路上去脱裤子。但可惜的是他选择了真心话。

铅笔兄不愧是课桌里长年堆满了黄色漫画的人物，他看着林乔的眼睛，特别诚恳地说：“有个问题想问你很久了，你自慰过吗？”

我一口水喷在桌子上。在座的女同学们显然都没想到铅笔兄竟敢当着她们的面问出如此猥琐的问题，纷纷痛苦地闭上了眼睛。

铅笔兄这个问题实在缺德，如果林乔摇头否认的话，我们大家势必要怀疑他有隐疾；而他如果点头承认的话，势必要在在座所有女同学面前丢面子，因为在我们这些充满幻想的女同学的认知里，帅哥都是从来不自慰也不上厕所的。

我觉得好笑，憋着笑去看林乔，正好和他目光相对。他的神色有一瞬间呆滞，呆了五秒钟不到居然也笑了笑，然后低头喝了口水，抬头特别镇定地对铅笔兄说：“自慰过。”

周围立刻响起一片纯爷们儿的欢呼声，女同学们全都不好意思地面面相觑。

铅笔兄说：“是条汉子，来，颜宋，该你了。林乔，你还是选真心话？”

林乔点头，似笑非笑地望着我。

铅笔兄给我使了个眼色。

我和他默契有限，不能准确解读出这个眼色的含义，只得转头问他。他靠近我耳边悄悄说：“问他自慰时想的是谁。”

我说：“这个问题，我一个女生，怎么好意思，再说，你刚才怎么不问？”

他一本正经地说：“凡事要循序渐进嘛。”

所有同学都用希冀的目光望着我，林乔盘腿坐在地上，手中拿了个玻璃杯，眼角弯弯的，不是挑衅胜似挑衅。而我突然想起明亮的路灯底下，他说：“颜宋，你真是太不自爱了。”

我觉得既然他已经这么看我了，我又何必苦苦矜持，干脆就豁出去了。

我神色凝重地看着林乔，说：“既然铅笔兄提到自慰，那我也问个关于自慰的问题吧，你自慰的时候，最让你觉得焦虑的性幻想对象是谁？”

林乔弯弯的眼角简直都要抬得和眉毛等高了，而神奇的是这竟然完全无损于他的美貌，可见这是一个何等天生丽质的帅哥。铅笔兄目瞪口呆地对我竖起了大拇指，年轻的男性朋友们在经历了短暂的沉默之后集体吹起了口哨。

大家都在迫切地等待林乔爆料，但他只是沉默地看了会儿玻璃杯，半晌说："还能选大冒险吗？"

我瞟了眼客厅正中央的白酒箱子，说："要么你就喝一斤白酒下去，要么你就回答我的问题。"

说这句话时，我居高临下，气势十足，群众被我的气势震慑，没有任何人动弹，现场连一根针掉下去的声音也听得见，衬得林乔拆酒箱子的声音越发清越。

他宁愿挑战一斤白酒也不愿意回答这个问题，我觉得他真是个傻瓜，说到底也只是个游戏而已，他完全可以告诉我们最让他感到焦虑的性幻想对象是吴孟达。

善恶终有报，天道好轮回。很快我就遭到了报应。而且我觉得自己一定是全中国报应来得最快的人，因为下一轮里，连过渡都没有，我立刻就成了被拷问的对象。

拷问我的女同学害羞道："我就不问你太高难度的问题了哈，问个简单点的吧，你的初恋对象是谁啊？"

我说："流川枫。"

她说："不说实话就咒你一辈子嫁不出去。"

我说："好吧，我还是大冒险吧。"

她眉飞色舞地说："成，那你也喝一斤白酒吧。"我才看出她原来是林乔的一个粉丝，替林乔报仇来了。

林乔醉眼迷离地朝我望了一眼，递过来一瓶酒。我说："你们配合这么默契，怎么不结婚呢？"

他撑着头，突然笑了笑。

那一夜，我和林乔双双大醉。

我只记得不能酒后吐真言，所以直到意识清醒的最后几秒还在心里暗暗告诫自己千万不能吐真言，这个心理暗示严重干扰了我的注意力分配，大部分注意力都放到嘴上去了，就没能好好注意身体。

我果然没有酒后吐真言，却在酒后做了更加严重的事。

按照林乔他妈妈的说法，我小小年纪就是个狐狸精，勾引他的儿子，长大了也不会是什么好东西。我一直不能承认那天晚上是我主动，况且，我根本就没有那天晚上的记忆，但有录像带为证，这次酒后的事故，林乔才是受害者，而我是加害人。

我是被砸门声吵醒的。

我一向并不愿意回忆这一段，一有回想起这些事情的兆头就需要立刻做点别的什么将其打断。那就像是一出诡异的木偶剧。门内是林乔，门外是头天晚上一起聚会的一个女同学，旁边站着苏祈。苏祈嘴唇咬得死紧，脸色煞白。

女同学尴尬道：“那个，我只是来拿我的DV，半路碰到苏祈……”

林乔说：“你等一下。”

苏祈终于哭出来：“太脏了，你们太脏了。”一把掀开林乔杀进客厅，拿起茶几上的DV转身就跑了出去。

林乔也立刻追了出去。

我从清醒过来睁眼开始，所看到的不过是林乔的一个背影。而搞笑的是，直到他们一前一后双双冲出我的房子，我才慢慢搞清楚苏祈的那句“你们太脏了”是什么意思。

那时候我真是惶恐，又惶恐又震惊又不能置信。

这事不能告诉我妈更不能告诉我外婆，但没有大人的指引，我一个十八岁的无知少女在面对这种情况时必然要茫然不知所措。

我在附近的公园坐了一上午。

那天太阳分外毒辣，我在三十七八度的高温里冻得瑟瑟发抖。

其间的心路历程实在太复杂，以至于如今我根本不能记清，只记得最后我做了个决定，决定再也不能见林乔了，并且必须得把这件事情快点忘记。

可是这事注定不能默默无闻。

把 DV 忘在我家的那位女同学，她把机子打开后就一直忘了关上，据说 DV 记录了我和林乔醉酒后的全过程，苏祈看了带子后深受刺激，毁了带子后吞掉半瓶安眠药企图自杀，幸亏抢救及时才没有酿成惨剧。

我到现在也没搞清楚那盘被毁的带子最后怎么会辗转到林乔父母的手上。但当天下午，他的父母就来找我了。

我刚把门打开，林乔他妈迎面一个耳光扇在我左脸上。随之而来一通痛骂，大意是，苏祈和他们家门当户对，双方家长都很赞成两家结亲，全都是因为我勾引了她儿子，让苏祈心灰意冷，对林乔有了意见，才闹得要自杀。苏祈已经说了，如果我肯跟她下跪道歉，并发誓永远不和林乔再有什么交集的话，就原谅林乔。她觉得，如果我还有点羞耻心的话，就应该立刻去苏祈病床前给她下跪道歉。

我怒不可遏地说："这件事又不是我一个人的错，为什么要我一个人负责？"

他妈冷笑了两声，厌恶地说："不是你的错？不是你勾引，我儿子会犯这种错？别以为我不知道你，十六岁就生了孩子是吧，你这样的丫头片子，作风能好到哪里去？"

那时我的生活还没经历过什么挫折，太年轻气盛，虽然也晓得自己确实对不起苏祈，可终于还是没有答应去她床前下跪认错。而没能在苏祈刚入院就去她病床前跪一跪这件事，终于成为短短二十多年来最让我后悔的事情。

半个月后，我妈因为涉嫌贪污被拘留。一个沾亲带故的叔叔偷偷跟我说，你妈这是被人整了。

我去苏祈他们家楼下跪了两天，苏祈抱着手臂对我说："你现在知道错了吗？可惜晚了。"

我妈贪污的罪证确凿，被判了十年。她倒想得开，觉得自己是罪有应得。贪了就贪了，迟早要还的。但如果不是我的话，我想，她至少可以还得稍微晚一点。

我们家的财产基本上被没收干净。幸好政府宽大处理，还给我们留了套房子。虽然是镇上的祖屋，但至少可以住人。外婆一气之下病倒，全家的重担都落在我一个人肩上。而在高考分数明明超了 T 大录取线几十分却仍然没有被 T 大录取的情况下，我也终于不幸崩溃。

那个夏天花红柳绿，每天的日头都很毒辣，但总让人情不自禁地觉得骨头冷。

八月下旬的一个晚上，外婆开始咳血。镇上的医生说，这病得马上到大医院去治，老人家拖久了怕出大事。那时全家上下只有三百多块钱。我觉得再也不能支撑下去，决定立刻自杀。

我去文具店买了特别锋利的刀片，去菜市场买了土豆、排骨和半只鸡，又去丧葬店买了点纸钱。

那天中午，我给外婆和颜朗做了顿特别丰盛的午饭。下午，一个人去镇外的河边烧了半篮纸钱，算是烧给我和外婆，因为我预计在我自杀不久后，外婆的病也将要支撑不下去，我们就可以在地下团聚了，而那时，我们一定要过得快快乐乐的，所以，钱很重要。

第七章

十八岁，流年似水

传说镇外的这条河曾经结果了不少条人命。

最近的是一个儿子死在我们镇上的老寡妇。老寡妇是山里人，她儿子年轻的时候向往山外的繁华，于是到我们镇上来打工背煤渣，背了没两年，因为蓄意谋杀被抓，判了死刑，被枪毙的时候刚满二十五岁。

十三年后，镇上派出所一个警察抓了个抢劫犯，案子办得干净利落，不仅落实了抢劫犯的抢劫罪名，还顺便查出来他十三年前犯过一条人命。至此，在花样年华被枪毙的老寡妇的儿子终于沉冤得雪。

老寡妇听闻这个消息，连夜从外地赶过来，去她儿子的坟上放了挂鞭炮上了炷香。市里还专门来记者采访了老寡妇，并给老寡妇买了面锦旗，让她给破案的警察送去。

结果送完锦旗的第二天，老太太就跳河了。

我在河边烧纸钱的这个下午，透过污浊的河水，仿佛看见了水中的老太太。

而那时抬头天空正蓝，低头死水微澜，方圆十里不见人烟，正好很有跳河自杀的氛围。我想早走也是走晚走也是走，跳进这条河还有前辈们跟我做个伴，运气好的话漂流到远方，也帮家里省了一副棺材钱，于是有点跃跃欲试。正当我准备一闭眼跳下去的时候，似乎听到有个声音说：“姑娘，你肚子饿不饿？肚子饿着就别来跳水了，不然死了也一直饿，一直饿着太难受了，太难受了。”

我一惊，觉得肚子确实有点饿。

很多年后，我想，如果那时候没那个声音劝阻我，我就一定跳下去了。

即使用马克思主义哲学武装了自己，并且考研的时候政治考了 91 的高分，至今我仍坚信那个声音属于当年跳河的老寡妇。老寡妇之所以要救我，是因为我妈自己掏腰包帮她买了副棺材下葬，没让她千里迢迢暴尸荒野。可见，人在做天在看。

但我下定了决心要自杀，并且认为只有自杀才能过上更好的生活。

回家吃了一顿饱饭做好准备工作之后，在外婆持续不间断的咳嗽声中，我拿出了中午买的明晃晃的刀片。

我找了半天腕动脉，刚刚成功找到，刀片才滑下去一点，不满三岁的颜朗就跌跌撞撞跑了进来。他一看到我手中的凶器和已经开始滴血的手腕，立刻哇哇大哭。外婆在里间好不容易止住咳嗽，问："朗朗哭什么呢？"

我说："没什么没什么，他尿裤子了。"

外婆没再说话，又是一阵急促的咳嗽。

我抱着颜朗亲了一口说："乖儿子，你先出去玩一会儿。"

颜朗没有动。

我高中两年因为学习和早恋忙得不可开交，和颜朗在一起的时间太短，没有察觉他已成长得如此聪慧。

他带着哭腔悄悄问："妈妈，你是不是快要死了？"

我说："没有，我就是这两天上火，放点血。"

他说："骗人。电视里有演这个，你快要死了。"

我觉得心里堵得厉害，说："如果妈妈真的要死了呢？"

他立刻说：“你不要朗朗了吗？”

我说：“你看，外婆坐牢了，太婆又得了这么重的病，妈妈上不了大学，也没有别的本事，要不起你了。”

他说：“我每天吃饭就只吃一点点。”

我说：“你只吃一点点也没用啊，太婆要吃饭，妈妈也要吃饭，总有一天会把饭全部吃完的。”

他说：“那我就一点点都不吃，全给太婆吃，全给妈妈吃。”

我说：“傻儿子，不吃饭你会饿死的。”

他被我劝服，想不出更有力的说法来反驳，只好转移话题，泪水包在眼眶里，着急地说：“可妈妈死了朗朗怎么办啊？”

我终于忍不住落下泪来，我说：“妈妈觉得难受，撑不住了。妈妈死了以后，就会有阿姨来把你领到一个有很多小朋友的地方，天天都有饭吃，还有好玩的玩具可以玩。”

他撞进我怀里说：“妈妈，那你把朗朗也带走吧。我知道你说的那个地方是孤儿院，外婆以前就常说，朗朗不听话就把朗朗送到孤儿院。孤儿院的小朋友最会欺负人，妈妈不在的话，朗朗一定会被欺负死的。”说完，伤心地哭了起来。

我对于那个夜晚的最后记忆，是外婆艰难地靠在门框上，深深凹陷的双眼中蓄满了泪水，我和颜朗紧紧抱着，哭得不可开交，窗外飘进桂花香，带着一股淡淡的血腥味。而十八岁那个夏日气息浓郁的暑假，我总是能在空气中闻到一股若有若无的血腥味，即使此后我再也没有尝试过自杀。

生活就像是一趟长跑，只要能坚挺地跑过那个最痛苦的临界点，不需要下载任何数据包，人的体能就可以自动升级。自杀之后，我的体能虽然没有升级，但命运确实升了点级，不再像之前那样倒霉了。

这具体表现在八月底，我居然收到了来自F大的录取通知书。

F大是一所扎根在祖国边疆的三流大学，因为太过偏僻，已经快要倒闭。只适合考不上大学的有钱人入读。我本来已打算放弃，但第二天就有一位农民企业家找上门来，希望资助我读完大学，前提是我必须协助他们拍摄一个以我和他们工厂为主角的专题片，并在这个专题片中千方百计从侧面烘托他们工厂是一个多么具有社会责任感的企业。

本来我想让他们把资助我读书这钱拿来资助我外婆治病的，但企业家认为资助我外婆治病看不出他们企业对中国教育界的关心，就看不出他们企业的责任心，况且关怀孤寡老人已经不流行很久了，现在流行资助贫困大学生。

我和他讨价还价了一下午，他一拍脑门：“你这小姑娘真是不好说话，算了算了，当我做善事，顺便帮你外婆把病也治了，但你要成为我们企业的长期代言人，每年都要拍一个专题片哈。哎，你也是运气好，要不是前段时间我去出差了，让周围的贫困大学生全被我竞争对手资助了，你能占我这么大个便宜吗？”

我说：“是是，我运气好，我运气好。”

我是真的觉得自己运气很好。

进大学之前，我对自己十八年来的人生做了个小结，觉得人生太莫名，酸甜苦辣一个都不能少，而唯一让我遗憾的是，在幸福的时候没有过足幸福的瘾，等到不幸的时候再来回忆这段往事，才觉得吃了大亏。

幸福这东西不像女人的经期，一个月准时来一次，这次没做好准备工作下次还可以继续调整。而是一张船票，过期了就没法再用了。

于是我做了一个决定，决定今后的人生，再也不能干身在福中不知福这样的傻事，哪怕幸福只露出一个小尾巴，也要竭尽全力牢牢将其抓住。并且，不愉快的事情就让它随风飘散，从今以后我要重新做人。

从那时起，我开始试着忘记，忘记高三和它的暑假。

但主动遗忘的难度系数太大，必须得找个帮手，于是我加入了学校的心理协会，以便于每个星期都能免费接受一次心理辅导老师的心理辅导。而在他孜孜不倦的辅导之下，这段记忆简直茁壮成长，每一个细节都比之前更加栩栩如生，使我的心灵长期笼罩在严冬之中，急需一碗鸡汤来温柔呵护。可就连科学也不能成为我的心灵鸡汤，这简直令人绝望。

后来，我读鲁迅的杂文，重温《为了忘却的记念》，第一段话是这么写的：“我早已想写一点文字，来记念几个青年的作家。这并非为了别的，只因为两年以来，悲愤总时时来袭击我的心，至今没有停止，我很想借此算是竦身一摇，将悲哀摆脱，给自己轻松一下，照直说，就是我倒要将他们忘却了。”这话深深震撼了我，让我刹那间得到灵感，也准备写一本书，竦身一摇，以此忘却过去，继往开来。

十六岁到十八岁，我做的错事太多，不忘记就没有勇气好好生活。

《忏悔录》写了两年，被我的导师相中，润色之后用了个挺伤感的笔名出版了。

那时候正流行青春伤痕文学，这些文学有的关于欺骗，有的关于倾轧，有的关于愚弄，有的关于背叛，和《知音》有得一拼，从而广受读者青睐。而《忏悔录》里既有欺骗倾轧又有愚弄背叛，简直是集大成者，况且导师还帮我修改了结局，使它成为了一个彻头彻尾的悲剧，全方位立体化展现出了一个悲惨少女既疼痛又疼痛的青春伤感往事，从而更受读者青睐。

导师帮我改的结局是，女主人公宋小米抱着外婆、儿子一把火点了祖屋自焚，并马到成功。宋小米的妈妈得知这个消息后立刻自杀。多年后，平安镇上前镇长的老房子徒留下一片废墟。男主人公带着妻子、女儿来镇上接任镇长，新官上任三把火，第一把火就是整顿街区。宋小米当年自杀的祖屋一举被推土机推成坦途，上面修了商品房，男主人公为了发动大家都来买这个商品房，自己先认购了一套，从此以后和妻子、女儿在新家过上了幸福快乐的生活。

我想，这样的结局，它怎能不大卖。

而当我第一次看到这个结局时，却觉得，如果当年我一念之差自杀遂了，搞不好事情就真的会发展成这样。

林乔带着苏祈和他们的女儿把日子过得有声有色，多年后，他们都忘了在混乱的青春期曾遇到过一个叫颜宋的姑娘，那姑娘被他们害得家破人亡，日子过不下去，只好带着家人一起自杀了。

我越想越入戏，越入戏就越庆幸自己还活着。

后来我本科毕业，就业形势严峻，被迫考研，成功进入T大中文系读公费研究生。外婆的身体好起来，并且在《忏悔录》稿酬的帮助下，她得以住进镇上的养老院，过上了稍微好点的生活，而颜朗也转学到C市来跟着我。

在幸福的时候就要懂得惜福。我觉得现在过得就挺幸福。

更深露重，寒气逼人，一个穿得跟皮球有得拼的姑娘从我们身边走过，机警地瞟了我们一眼，突然撒脚丫子飞奔起来。我想，这现场确实挺像持刀抢劫的，而那姑娘穿得如此厚重竟然还能健步如飞，人类的潜力真是不可捉摸。

林乔那一双漂亮的黑眼睛隐在金丝眼镜背后，又深沉又沉默。

一阵冷风扑面而来，我哆嗦了一下说：“嗯，我过得挺好的，这些年。”

他没说话，半晌，一只手抬起我的下巴：“你哭了？”

我愣了一下，一甩头：“妈的，眼睛进沙子分泌点体液冲一下不行啊。非要我说这些年过得生亦何欢死亦何苦你才高兴？你他妈变态啊你。”

他僵了一下。我趁着他那一僵赶紧挣扎出来，一溜烟跑了。

跑到一半回头一望，他还在路灯下愣着。

第八章

他的女朋友

秦漠说第二天要来看颜朗。

我预感周越越这辈子如果还有机会见上秦漠一面的话，那注定只能发生在明天，恻隐之心发作，打算助她一臂之力。

我说：“周越越，告诉你一个天大的好消息，秦漠明天要来探颜朗的病，你没课的话也过来吧，搞不好还能跟他合个影。”

她说：“谁？”

我说：“秦漠啊，你崇拜的那个建筑师，上过电视上过杂志的，秦漠秦大师。”

周越越惊讶地注视着我，我想她一定是被这突如其来的喜讯震撼了。

一个穿白大褂的医生从我们身边走过，被周越越一把抓住。我想她这也太激动了，下一秒可千万别扑到人家身上去。

还好周越越没有扑上去。

周越越说：“医生，能给这姑娘打个 B 超吗？”

我正想着这事儿实在峰回路转，怎么就要给我打 B 超了，她立刻又追加了句：“你们这儿 B 超能打在脑门儿上吗？”

我愤怒地踢了她一脚。

深夜，麻醉效力散了，颜朗疼得醒过来，哼了一会儿，我躺在他身旁轻轻搂着他，直到后半夜他才重新睡着。其间一直没哭，这小子比我想象中坚强。

虽然不相信秦漠会来探望颜朗，但第二天大早，周越越还是旷课来到我们的病房。她这样迫不及待，竟然还化了淡妆，真实意图昭然若揭。但可惜她来得不是时候，对床青年上厕所去了。

在等待青年从厕所归来的这段时间里，周越越削完一个苹果，并把削好的苹果扔进了垃圾桶，把苹果皮递给了颜朗。颜朗接过苹果皮看了半天，默默地也扔进了垃圾桶。

我说："周越越，你不要紧张，你昨天不是跟人聊得挺好的吗？"

周越越说："昨天我就是抱着见到帅哥不搭讪白不搭讪的心态上的，比较放得开，但今天不一样了，昨晚上回去以后我躺在床上仔细想了想，越想越觉得他长得真像我初恋男朋友啊，那乌黑的头发……"

我打岔说："你初恋男朋友是个光头。"

周越越说："你别打岔，我初恋男朋友要头发长起来了简直就跟他一个模子刻出来似的。"

因为周越越的初恋男朋友其实长得很像葛优的缘故，所以我不是很敢苟同她这个想法。

我说："你继续你继续。"

她正准备继续，门就被推开了。

一位漂亮姑娘探头进来："罗斯福住这儿吗？"

周越越说："啊？美国人？"

漂亮姑娘白了她一眼："无聊。"说完退了出去。

我们都不知道周越越到底哪里无聊了，正在反省，走廊上突然传来惊天动地的一声吼叫："斯福！她干吗挽着你，她是谁？"

我们听出这是刚才那个漂亮姑娘的声音，觉得这姑娘要不是学声乐的要不就是菜市场卖菜的，等闲人实在很难得有这么宽的音域和这样强大的爆发力。

颜朗问："私服是什么？"

我愣了一下说："私服是相对于官服而言的，是未经版权拥有者授权，非法获得服务器端安装程序之后设立的网络服务器，本质上属于网络盗版，而盗版的结果直接分流了运营商的利润……"

周越越打断我的话说："靠，哪有那么复杂，斯福就是罗斯福的昵称。走，看热闹去。"说着率先推开了门。

门外笔直站着对床的文学青年罗斯福，他身后两个年轻姑娘正在大打出手。姑娘A一边打一边泪眼婆娑地望着他："你到底喜欢哪一个？"

姑娘B趁机用锋利的指甲在姑娘A脸上抓了一道痕子。而其间，姑娘A又念念不忘地问出了第二句话："你到底有没有爱过我？"

我现身说法地对周越越道："你看，爱情里最容易受伤的始终是废话最多的那一个。"

周越越抱臂皱眉，驻足旁观，形容沉默。

罗斯福说："我是爱过你的，我现在也爱着你。"他说这句话的时候，姑娘A露出了幸福的笑容，放松了戒心，脸上立刻又添了两道痕子。罗斯福不忍卒睹地闭上了眼睛："我爱你，也爱莎莎。你看过张爱玲的《红玫瑰与白玫瑰》没有？你们两个对我来说，一个是红玫瑰，一个就是白玫瑰。"

周越越终于不能忍受，骂了声娘，转身回到病房中。

我猜她是对自己看人的眼光幻灭了。我果然猜得没错。

周越越说：“这世道，怎么连帅哥都开始猥琐了？”

我说：“这跟世道没关系，你别冤枉世道。很多帅哥都很猥琐的，娱乐新闻里多少反例啊，你又不是不知道。”

她点了点头：“话是这么说，但这也太无耻了，长得高长得帅就了不起啊，又不能当饭吃。”

我其实很想告诉周越越，科技进步了，社会发展了，东方卫视的《莱卡我型我秀》和《加油！好男儿》标志着我们国家现在也进入男色时代了。继70年代末邓小平同志成功带领我们实现了科学技术对于生产力的转化之后，我们的媒体也成功带领帅小伙们实现了生殖力对于升值力的转化。如今，长得帅不仅能当饭吃了，还能拉动内需促进国民经济增长了。但是我们也不能骄傲，相对于日本这种把牛郎事业发展成一国文化的国家来说，我们国家还太逊色，在这方面对于帅小伙的开发还很不够，还有很大进步空间，还需要继续努力，迎头赶上。

然而，看着周越越感伤的侧脸，一瞬间我也有点感伤。一感伤了，就什么也说不出来了。第三十二次，周越越未恋爱就失恋。不是她不想恋，是这个社会实在缺乏安全感，没有让人放心恋爱的条件。

窗外是漫天的大雾，这个冬天有点寒冷。

颜朗一直关注着门外的动向，隔音效果并不太好的门外，文学青年罗斯福说：“我就只有一个人，你也爱我，你也爱我，你们都爱我，又不打算放弃，怎么办？看来只能竞争上岗了……”

我想这现实也太不现实了，直追马尔克斯的《百年孤独》，是魔幻一般的现实，真是魔幻现实主义。

门外的骚动久久才得以平息。红白两朵玫瑰终于达成共识，决定公平竞争。看来她们都看过《创业：如何用别针换宝马》这本畅销书，因为两个人共同决定谁能先在半年内用五百块赚到五万块谁就算赢，罗斯福就娶谁。

我感叹道：“五百块赚五万块，看来她们只能去倒卖AV了。”

周越越说：“倒卖什么AV啊，干脆倒卖自己得了。五百块本钱全拿来买保险套。一次一百，一天十个就有一千，一个月三十天就有三万了。”

我说：“你不能让人家例假还上工，这就太不人道了。”

周越越赞同道：“也是，例假得休息，休息五天吧，这一个月也有两万五，两个月就赚到了。”

我说：“下海两个月就上岸，这也太没有行业忠诚度了，起码得半年吧，到时候嫁妆也赚齐了。”

周越越沉默了一会儿，叹口气道：“你说那俩女的怎么就那么贱呢，为了个猥琐男值得吗？真替她俩的妈憋得慌，生她们还不如生两块叉烧。”

我说：“你这就不懂了，人家这是为了追求真爱，你别歧视人家。”

时间一晃，就到中午。颜朗刚动了手术，需要禁食一天。但我和周越越都得吃饭。就在我拿了钱准备去买两个盒饭的空隙，门再次被推开。

让我和周越越都无比惊讶的是，门口居然站的是林乔的现任女朋友韩梅梅。

说起来韩梅梅也算是高中和我同校了三年，但我对她其实并不了解，只记得她是个又认真又有毅力的女孩。四年之后，她凭借自己过人的毅力一路过关斩将，终于成功挖掉了苏祈的墙脚，真是苦心人天不负，有志者事竟成。

但我们都没有理她。我走过她身边时，被她拉住。她皱眉说："颜宋，别出现在林乔面前了，让大家都好过点，就算以前林乔对不起你，但这么多年他受的罪也够多了，该还的都还了，你怎么还不放过他？"

我说："同学，我很无辜的，我跟你男人的关系其实挺单纯，有点像杀人犯和被害人的关系。除了重生小说的女主角，没有哪个被害人重生之后还想主动靠近那个杀人犯让他再杀一次的。我就是个一般的被害人，心态也特别一般，我对你男人没有任何企图，也没怎么不放过他。你看，你如果有空就多管管你男人，让他别主动出现在我面前了成吗？"

周越越没忍住，哈哈笑了两声。

韩梅梅扫了一眼我手里的十块钱，淡淡说："你们这么多年，我也是看在眼里的，林乔他并不爱你，但一直觉得内疚。他想要补偿你，但不知道该怎么补偿。"说完，从包里拿出一个信封，"这是两万块钱，你先拿着。"

我说："两万日元？"

她笑了笑说："人民币。没什么别的意思，林乔既然是我男朋友，他的事也就是我的事。他不好意思直接给你钱，我给你。我知道你现在最需要的就是钱，毕竟单亲妈妈不好当。”顿了顿又说，“不过，我其实也是有点私心的，为了大家好，你拿了这钱，毕业找工作能不能别留在C市了？”

周越越说：“宋宋，你就只值两万块钱。”

我说：“没法子，女研究生就是这么不值钱。那什么，你是要蛋包饭是吧？还要加大头菜不？对了，同学，手，麻烦放一下。”

颜朗说：“妈妈，我想吃叉烧饭，再买个叉烧饭。”

我转头去瞪了他一眼，企图用目光打消他对叉烧饭的执念，却看到周越越的瞳孔突然放大，而此时，沉沉的男低音从背后响起：“你才刚动了手术，吃什么叉烧饭。”

这声音实在太熟悉，我回头一看，浅灰高领毛衣黑羊绒大衣的古典美男正立在门口，左手拎着一个保温桶，怀里抱着两只大盒子。

我喊了声秦老师，赶紧两步过去接过他手里的东西，看清楚是一个奥特曼和一个SD娃娃。

周越越连话都说不清楚，秦了好久也没秦出个所以然来。

颜朗则在瞬间的震惊之后清晰无比地喊出了“秦漠”两个字。我赶紧扑过去堵住他的嘴才没让他接着说出什么大逆不道的话来。我已经可以想见颜朗接下去要说的话。他肯定是要说：“秦漠，你是不是真的染指了人家清纯玉女郑明明？”

我在颜朗耳边低声告诫：“小子，安分点，这可是你恩人，昨晚上要不是人家开车送你来医院你早就game over了。”

颜朗被我唬住，没再说什么，把头转向了一边。

我看着手中的盒子说："秦老师，这几个是？"

他在一旁的椅子上坐下："我说要过来看朗朗，秘书就一定让我带上。是一个 SD 娃娃……"

颜朗立刻说："我才不玩 SD 娃娃，那都是女生玩的。"

我想这可真是情敌见面分外眼红，颜朗实在太不给秦漠面子。

秦漠愣了一下，说："这本来就不是送给你玩的，是送给你妈妈玩的。还有一个奥特曼……"

颜朗又立刻昧着良心说："我也不爱玩奥特曼。"该句话和秦漠一本正经的"也是送给你妈妈玩的"同时响起。

颜朗顿觉大丢面子，只好说："我妈妈也不喜欢 SD 娃娃，也不喜欢奥特曼。"

秦漠抬头看我，漆黑的眼睛里带了点笑意："是吗？"

我觉得不能让秦漠下不来台，但又不能明显地背叛颜朗，想了半天，犹豫说："奥特曼关注宇宙，我也挺关注宇宙的，都是同道中人，我很欣赏他……"

颜朗立刻不满道："妈妈！"

我接着说："至于那个 SD 娃娃，就实在太贵重了。"颜朗满意地点了点头。

秦漠笑了笑："你不喜欢就送同学吧。"

我正预备再推辞一遍，一直立在一旁当柱子的韩梅梅突然说："我先回去了。"

颜朗说："嗯，有空再来玩。"

周越越终于从死机中重启："你那两万块钱到底还给不给？"

韩梅梅脸上绯红一片，转身跑了。

秦漠微微皱眉道：“什么两万块？”

周越越在那儿一个人乐了半天，反应过来是谁在和她说话，立刻亢奋道：“秦老师，你是真的秦老师吧，能给我签个名吗？啊啊啊，忘了带笔和本子了，你等会儿啊，我去借个笔。”说着旋风一般冲出了病房。

颜朗翻了个白眼：“真没出息。”

第九章

搬过来一起住吧

坐在秦漠的车上，我不得不回想一番，事情到底是怎么发展到当下这一步的。

这就不得不回到两天前。

首先，在颜朗的病房中，秦漠给周越越签了名。

那时候，窗外雾色已渐渐散去，露出茫茫的一片天。站在窗前，可以看到流经整个城市的一段长江已进入枯水期，露出沙石杂乱的河床，一些沉在河底的大件垃圾跟着浮出水面，成为一道亮丽且神秘的风景线。

最中间的一块小坝子里立了几把具有夏威夷风情的太阳伞，一些很有想象力的人正躺在太阳伞底下假装晒太阳，真是很有资本主义情调，尽管天上并没有太阳，而《手机报》告诉我们当前室外温度只有 4 ~ 6 摄氏度。

然后，秦漠打开保温桶给我和周越越一人盛了碗鸡汤。

颜朗简直要哭出来了，愤怒道："你不是来看我的吗？为什么带来的东西没有一样是送给我的，全部都是送给我妈妈的？"

秦漠说："哦，鸡汤本来是要送给你的，但是哪里知道你还在禁食期，只好便宜你妈妈了。"

颜朗在他们学校号称说遍天下无敌手，以毒舌正太之名和校长那位连仙人掌都养得死的儿子灭绝师太并称为 T 大附属小学的"绝色双太"，深得高年级学姐们的厚爱，哪里晓得今天出师不利，碰到了高人，眼看就要被踢馆，真是风萧萧兮易水寒，安得猛士兮守家园。

周越越感恩戴德地喝着鸡汤，而我茫然地注视着眼前的一个 SD 娃娃、一个奥特曼加一个保温桶，突然想到了一句警醒世人的话——无事献殷勤，非奸即盗。

秦漠目前的行为简直是共产主义社会的公民才应该有的觉悟，让人不得不陷入沉思。

我沉思片刻，得出一个结论——他要不是对我有企图，要不就是对颜朗有企图。从性别和年龄上再对比一下，他对我有企图的可能性明显比对颜朗要大得多。但我自觉除了十六岁就生了个孩子这一点外，其他方面都稀松平常，要让他这种精英中的精英刮目相看，实属困难。如果他果然是对我有企图，为什么会对我有企图？真是令人百思不得其解。难道算命的说他今年有血光之灾，必须找个十六岁就生小孩的姑娘帮忙挡一挡？

事实证明，以上想法完全是我自恋一场，而且我严重低估了颜朗的存在价值，尽管这价值实在有点莫名其妙，并且和我的部分想法殊途同归，这就更加莫名其妙。

秦漠以手支颐，微微笑道："我想做孩子的干爹。"

周越越一口鸡汤喷了出来，正好喷到我脸上。我抬起袖子镇定地擦了把脸，惊讶地问他："这小子就是长得好看点，其实皮得很，成绩也一般，又不是女孩，收回去当童养媳都不行，您突然说想收他当干儿子……"

秦漠一本正经地说："哦，是这样的，算命的说我昨天出门会碰到一个小男孩，这小男孩会是我命中注定的贵人，我必须得收他当干儿子。"

我瞬间无言以对。

周越越立刻放下碗：“这就是缘分啊！对吧秦老师，那什么，朗朗，快叫干爹。”

秦漠含笑点头，从脖子上取下一个吊坠，行云流水地在颜朗的脖子上绕了几绕，说：“国内的虚礼我不太懂，收下这个，你就是我干儿子了。”

颜朗目瞪口呆，明显还没反应过来。反应过来后立刻要把玉坠子取下。

秦漠慢悠悠地说：“这是小时候我母亲从京都的寺院求回来的，据说高僧开过光，一戴到脖子上没满三年不能取下来，一取下来就会有血光之灾。”

颜朗取坠子的手抖了抖，可怜兮兮地看着我：“妈妈，我不想当他干儿子……”

我还没来得及发表意见。

秦漠笑笑说：“那你把玉坠子还给我吧。”

颜朗说：“这个取下来我不是会有血光之灾吗？”

秦漠为难说：“这我就顾不得了，这个坠子我准备拿它当传家之宝的，只送给我干儿子。”

颜朗想了一会儿，求生的欲望踩过郑明明的肩膀，占据了上风，他垂头丧气道：“好吧，我勉为其难当你干儿子吧。”

周越越忍不住笑，赶紧埋头下去喝汤。我觉得颜朗幸好没有生在战争年代，他实在太适合当汉奸了。

秦漠揉了揉他的头发：“以后你会一直平平安安的。”

再然后就是第二天，颜朗伤口恢复得很好，终于可以吃流食了。但他实在太急功近利，立刻要求吃叉烧饭，被我骂了一顿。下午，周越越上完课过来帮我看着颜朗，换我回去拿些必需品。走到医院门口正遇上秦漠，他示意我上车，我犹豫了一下，想着母凭子贵，就上了车。

读本科时我有一个奇思妙想，觉得这世界拥有多重空间，不同空间住着不同人种。空间虽然多重却并不重合，而且都是平行向前，没有任何交点。除非哪一天电闪雷鸣过头，整个宇宙空间强烈扭曲，旗下的分属空间被迫交合，人种才有可能从一个空间跳到另一个空间，俗称架空穿越。而秦漠成为颜朗干爹这件事，对于我来说，就好比是一次架空穿越，从公共汽车的世界穿越到奥迪 R8 的世界，虽然同空间不同阶层穿越一般是社会动荡时才会发生的事儿。

秦漠的车在楼下停住，我们下车时正好遇到房东刚念初中的孙女。

每次一遇到这位孙女我就会很痛苦。

果然，她再一次带来了令我痛苦的消息。她说："颜姐姐，我奶奶说经济危机了，得涨房租了，下个月起每月涨两百。还是一次付半年，总共五千四，她月初来收哈。"

我看了眼秦漠，他倚在车门旁，没说话。

我把房东孙女拉到一边悄悄说："现在挂牌租赁的房子都在降价，怎么你奶奶还要涨价啊？我理解她要转嫁危机的迫切心情，但你看，咱们都是同胞，不能转来转去这危机还老在咱们国内转悠着吧？”

孙女微微一笑，露出牙套：“我奶奶说管不了那么多，能宰几个先宰几个。”

人民群众的智慧真是太务实了，我叹口气，颓然地爬上楼。

东西拿下来，秦漠坐在驾驶座上，我自觉地从后座上拿起刚喝了一半的矿泉水喝。发车之前，秦漠突然说：“颜宋。”

自从他成为颜朗的干爹之后就再也没叫过我颜小姐，而称呼的确能立刻拉近人与人之间的距离，并且，这名字他喊得真是顺口。我含着一口水茫然地转头看他。他说：“搬过来和我一起住吧。”

我噗一口水没忍住，全喷到了他衣摆和大腿上。他今天穿的浅色长裤，衬得这口水杀伤力特别强大，而令人格外不能忍受的是，由于太过仓皇，这口水喷出去一半，另外一半倒流回去不幸把我自己给呛住了。

秦漠俯身过来拍我的背，带了两声笑：“你也太不小心了。”拍完之后从盒子里拿出纸巾递给我两张，自己随便擦了擦惨遭不幸的外套和长裤。

我觉得脸上火辣辣的，肯定被呛红了。但又怀疑刚那句话是幻听，不得不再问一遍：“你刚说什么？”

他看了我一眼，气定神闲地说：“我姥爷留下来的一栋房子，还有几套空着，对了，你原来房租多少？”

我愣愣道：“七百一月。”

他淡淡道：“我那边也七百一套，你搬过来吧，离你学校也近。”

我再一次想这真是母凭子贵，遂给周越越发了个短信，周越越回信表示，房东那老太婆真是太没有同胞爱了，同时表示，弱势群体要勇于接受强势群体的关怀，如果我拒不接受关怀，她会打得我接受关怀。

周越越其实高估了我的气节。我在边疆读大学的时候，外婆和颜朗就多亏了街坊邻里照顾，颜朗那时候穿的衣服大多都是镇上有小孩的家庭接济的。

基本上，我们一家人都很善于并擅长接受社会关怀。

但同时我们也懂得回报社会，外婆时不时会帮街坊邻居的孩子们纳纳鞋底儿，而颜朗也经常帮街坊邻里的孩子们写作业。因为经常一晚上要写四五个学生的作业，这就直接锻炼了颜朗写作业的速度，转到C城来以前，颜朗已经光荣地成为了他们学校写作业写得最快的同学。

回到医院，颜朗正和周越越下五子棋。

秦漠给颜朗带了牛奶麦片粥，不幸正是颜朗最讨厌的食物。

颜朗嫌弃地看了一眼：“拿走拿走，我才不吃这个。”

颜朗和秦漠之间横亘着郑明明这座大山，不能相亲相爱实属无可奈何。

周越越使了个眼色，吩咐我去打圆场，我头皮发麻地对秦漠说：“他不吃，要不，我吃吧。”

秦漠抬头看了我一眼：“你喜欢吃这个？那我明天多做一点。”

我连忙摆手：“不是不是，我就是觉得浪费了。”

秦漠低头用勺子搅了搅，自言自语道：“我听周越越说朗朗很喜欢郑明明，可惜了，郑明明就最喜欢吃这个……”

颜朗立刻偏头过来：“给我给我，我要吃。”

我目瞪口呆地看着颜朗喝完一整碗麦片粥，周越越对秦漠竖了个大拇指。

临走时秦漠跟我约好第二天早上去他家看房子。

于是现在，我坐在秦漠的车上，事情就是这么一步一步发展过来的，我得和他一起去他姥爷那栋老楼看房子。

第十章

为什么想要保护我？

许久不曾造访的太阳冲破云层，把光辉洒向大地。

自从入冬，C 市就没见过太阳，市民们冒着灰蒙蒙的大雾，在可视条件极其恶劣的环境底下顽强地生活了一个多月，今天终于能够重见光明，大家都很灿烂，很高兴。

入目的所有景观都被镀上一层金光，哪怕是空气里一粒微不足道的烟尘。而能够用肉眼直接辨识出空气中的烟尘，也雄辩地说明了 C 市的烟尘含量确实领先于国际先进水平。

由于失业而无事可做的市民们纷纷从家中走出，广场上挤满了黑压压的人群，挤不下的不得不流窜到街上，从而造成各种各样的社会问题。

非法定节假日期间居然能在户外见到这么多无所事事的活人，可见今年的经济形势确实很严峻。

我和秦漠结识于四天前，总共见了四面，四面都离不开他的代步工具，且大多数时间都是在这辆代步工具上度过，真是匪夷所思。

我给周越越发了个短信，阐述了这个想法。周越越立刻回信：“是在车上度过又不是在床上度过，有什么好思的。毛病。”我想了想，觉得她说得也是。

车里正播放着一首熟悉的外国歌曲，这首歌我听过很多次，遗憾的是一直没弄清楚它到底是西班牙语还是意大利语，总而言之，都是鸟语。

秦漠专心致志地开着车，我眼角瞟到他的手指。而这不愧是建筑师的手指，和建筑工的手指有着很大的区别。虽然两个称呼只相差一个字。

他这双手长得太适合给珠宝店代言，简直漂亮极了。我禁不住多看了一会儿，一抬头正对上他的目光，他说：“你在看什么？”

回答方向盘显而易见太虚伪，我说：“你的手……”

他转过头去看着前方了然道：“哦，你说这款婚戒？”

我根本没看到他手上有戴戒指，一头雾水地说：“啊？”

他说：“是我太太亲自挑选的。”说完抬起右手来瞟了一眼，突然想起似的说，“啊，忘在家里了。这么说你不是在看我的戒指，那你在看什么？”

我惊讶地望了他一眼。

周越越曾经告诉我秦漠是他们建筑界排得上号的钻石王老五。

她这个消息真是太不准确，人家竟然已经默默结婚。这要是在我们国内，无论保密防线多么严谨，也会被狗仔队攻破曝光，可见美国的狗仔队实在太不狗仔队，而我泱泱大国终于在娱乐事业上领先资本主义国家，超英赶美了。这令我瞬间有一种空虚的茫然，茫然片刻却猛然想起一个特别严重的问题，我说：“你太太不会就是郑明明吧？那什么？话说，你当真结婚了？”

阳光透过车窗照进来，秦漠直视前方的路况，轻飘飘地说：“哦，我闲得无聊，骗着你玩儿的。”

我愣了半天：“啊？你没结婚？你这个岁数也该结婚了啊，为什么没结婚啊？”问完才发现这问题问得失礼，而我实在太适合干娱记了，连忙补救道，“我就随便问问，随便问问。”

秦漠停顿良久：“以前答应了一个人，等她等到二十七岁，结果二十七岁一过，可以结婚，却单身单习惯了。”

他的侧面在阳光下有点忧郁，现在他仍然单身，只能说明那个人把他甩了，真是令人同情，气氛一下子就伤感起来，我也不好再说什么。

此时正好插入一个女高音的花腔式唱段，秦漠侧身拿出一瓶矿泉水递过来。

我懵懂接过，启开喝了一口。

他似笑非笑说："宋宋，那个水我递给你不是请你喝的，是想请你帮我打开一下……"

我看着手中的瓶子，想了想说："哦，我也不是真想喝，就是闲得无聊，喝着玩儿的。"

我对自己想出这句台词十分得意，还没得意够本，手上的塑料瓶就被他拿了过去。我目瞪口呆地看他就着瓶口喝下去那几口水，目瞪口呆地看他重新把瓶子放到我手中，目瞪口呆地听他特别有风度地说："没关系，我不介意。"目瞪口呆地觉得，这情景竟然有点似曾相识。

我靠进座位里去想到底在什么地方碰到了相似情景。想了半天，结论是前几天韩剧看太多了。韩剧看太多了就是这样的，很容易出现精神问题。

我们听了两首国语歌、两首粤语歌和两首鸟语歌，车子顺利地开过 XX 路 YY 路和 ZZ 路，来到一个菜市场。

我说："到了？"

秦漠说："堵车。"

菜市场口子上挂了一幅巨大的标牌——"全民制造假猪肉，

用行动谱写和谐社会新篇章！”

我和秦漠一起看到。

秦漠问我：“那个标语是什么意思？”

乍一看到这么反动的标语，我也不知道是什么意思，但想到提出这条标语的菜市场管理办作为一个官方组织必然不可能这么反动，这条标语背后肯定蕴含了十分积极向上的意义，想了半天，理清思路：“你看，这个说的就是要把造假提上日程，全民呼吁，全民全行业造假，你假我也假，大家都假了，谁也不吃谁的亏，冲突就少了，猪肉的世界就安定了，就能为和谐社会的创建贡献自己的一份力量了。”

堵在我们前边的车向前开动了十米左右，我们也开动了十米，秦漠说：“哦，‘全民’和‘制造’之间脱落了一个“抵”字，原来是全民抵制造假猪肉，用行动谱写和谐社会新篇章。”

我哈哈干笑了两声，半晌无言，有一种被愚弄了的感觉，并且不知道到底是被社会愚弄了，还是被菜市场管理办愚弄了，还是被秦漠愚弄了，肇事者无从确定，显得这场愚弄很悲情。

车开上市内高速，秦漠总结说：“汉语言文字还是很博大精深的。”

我“嗯”了一声。

他说：“忘了你就是学汉语的了。”顿了顿又说，“最近在看什么书？”

我最近其实在研究中国古代禁书，手边正在翻的一本是《汉宫春色》，一本是《闺艳秦声》，通俗点说就是古代黄色小说。我脸皮比较薄，这件事情绝对不能让他知道，想想说：“在看《洛丽塔》。”

而此时正路过一个弯道，眼前突然出现一个横穿马路的行人，他出现得如此悄无声息，我们都吓了一跳，秦漠赶紧打方向盘，车子直冲向一旁的护栏。刹那间我的头脑空白一片，空白的前一刻我的心路历程是这样的：完了，车肯定要撞坏了！得花不少钱修吧？这种情况是保险公司出钱还是车主自己掏钱？坏了坏了，如果车主自己掏钱的话，同坐的人不会负连带责任吧？

我被自己一吓，很没用地晕了过去。

我以为自己晕倒很久，但其实还没有超过三分钟。做出这样的判断是因为爬起来透过 R8 的车窗一看，竟然还能看到那位横穿马路的行人在视线中渐行渐远。

回头正对上秦漠苍白的脸。我想，他脸色如此难看，难道这车竟然没有买保险，于是修理费用要他全权埋单？

他手伸过来触到我的额头，我“吱”地叫了声痛。他说：“除了这里还有没有别的地方不舒服？”

我摇了摇头。一摸，摸到额头上好像破了块油皮。

他呼出一口气躺进座椅里，说：“我们本来可以不用撞到护栏的。”

我说：“啊？”

他看了我一眼：“我正在刹车的时候你突然扑过来抱住了我。”

我说：“啊？”

他说：“而且拼命把我往你怀里按，刹车被迫终止，就撞上了护栏。”

我说：“啊啊？”

他说：“然后你就晕了。”

我想这下可完了，照他这么说我就成肇事者了，法律上得算第一责任人，肯定要为这起车祸负主要责任，但我肯定负不起这个责任。目前我只有两个选择，一个是拒不负责，另一个是就此逃逸。我正在心理斗争，突然想起那个害秦漠要立刻刹车的行人，觉得说不定可以推卸责任，连忙说：“那个横穿马路的呢？要没他我也不能来扑你，你也不能直直把车开得撞出去是吧？”

他靠着车窗说：“你说那个学生会干部啊，他哭着说他才当上他们学院学生会主席没多久，为了当上学生会主席，挨着请他们学院所有具有民事选举能力的同学吃了饭，结果这些同学太能吃了，把他一年的生活费都吃光了。我就让他走了。”

我发出一声感叹：“这真是苛政猛于虎也，大学生猛于苛政也。”

秦漠叹了口气：“我说你脑子里一天到晚都在想什么？”叹完气目不转睛地看着我，“你刚才为什么想要保护我？”

我听懂他这句话的意思，傻了。

我实在没有想到车祸前做的那几个动作是为了保护秦漠，听他这么一说，立刻把自己吓了一跳。

作为一个共产党员，我觉得自己的党性修养还是很可以的，就是没想到居然有这么可以，这个行为实在太舍己救人了。

但如果这通车祸的起因和过程果真如秦漠所说，那搞不好它会成为全中国最阴差阳错的一场车祸，就好比秦漠要切腹自杀，我为了救他去抢他的刀子，但一个不注意助了他一臂之力，一刀把他捅死了，真是善哉善哉。

我说：“我们还去看房子吗？”

他说：“看什么看，先去医院。”透过车窗，可以看到远处的天边飘浮着一朵白云。那白云长得跟棍子似的，定睛一看，才发现是远处化工厂烟囱里排放出的直上云霄的白色烟尘。这些烟尘直上云霄，就像亚丁湾乐于追逐轮船的海盗一样勇往直前。而秦漠的脸在这样的背景下显得更加古典，并且他本人气场太强大，压得人有点眩晕。

第十一章

手机上的洛丽塔

我们终于没去看成房子。

我被带回医院，医生打了个CT，检查出来居然没有任何问题。

不能为医院创收，估计医生心有不甘，方子上一鼓作气开了十盒脑白金。秦漠眉毛都没皱一下，大方买单。

我想起《情定大饭店》这部极其难得的主角们都没有失忆且得绝症的优秀韩剧，男一号送女一号戒指，女一号问男一号是怎么买到这戒指的，是让店员帮他挑了一个最贵的吗？男一号回答说你以为我是傻瓜吗？我对店员小姐说请给我一个只要我喜欢的人戴在手上就永远不会离开我的魔术戒指。

那年我读高二，还苦苦暗恋着林乔，被这句台词感动得不行。今天不期然想起，不知道为什么，突然觉得如果有一天秦漠要为女朋友买戒指，百分之八十将被店员欺骗，买下最贵的一只。面前他买下的这一堆脑白金就很能说明问题。

我抚着额头在内心里感叹，他可真是个二百五啊。

接下来三天，秦漠一直很忙。另找时间去看房子的计划一时半会儿无法实现。而颜朗也终于出院。

周越越说：“名建筑师是该这么忙的，杂志上写秦漠这次来我们市主要是为了省天文馆的设计工作，况且他下周三还要在我们学校做个讲座。”

我露出惊讶的神色。

周越越说：“你不知道是应该的，你已经几天没去学校了啊？”

颜朗突然插话进来：“讲什么？讲他是怎么玷污人家郑明明的吗？”

周越越叹了口气："少年，不要这么极端，你们这简直就是在父子乱伦，太不道德了。"

我和颜朗双双都像被雷劈了，颜朗瞪大了眼睛，我被雷得哑口无言。

周越越看着我们的表情，搔了搔头："干爹、干儿子同时喜欢上一个女的，难道这不是父子乱伦吗？"

颜朗无语道："少女，你太有文化了。"

我回到学校的第一件事，是去校电视台报到。

T大校电视台（简称TUTV）针对全体教职工及学生开放，受众过于狭窄，多年来一直没有拉到广告，无法赢利，从而被迫发展成为一个非营利性机构。这个机构每年有两件盛事，一件是年初在电视台勤工俭学的同学领取前一年的兼职补贴；另一件是年终全T大莘莘学子以短信投票的方式票选"TUTV我最喜爱电视节目"。

我所在的栏目叫《学术广角》，以收视率低著称，除非特别暗的暗箱操作，否则绝无可能入选，而且它也确实从来没有入选过。但据说今年我们栏目组的头儿被隔壁《音乐之声》的头儿抢了女朋友，发誓报复，计划从小处做起，第一步就是不计一切代价抢走《音乐之声》蝉联了三年的"TUTV我最喜爱电视节目"称号。

我踏进办公室时，正好听到头儿说："吸引广大同学关注的学术事件才是我们栏目应该聚焦的学术事件。你们都不看校园BBS的？提上来的都是些什么策划！不知道近期最热的话题是下周三秦漠秦大师的讲座吗？"

同仁之一叼着笔说："我其实没想明白，上次五月天来学校开演唱会也没见学生们这么激动啊。BBS 上那张讨论秦漠的帖子短短两天居然已经盖到三千多楼了。"

同仁之二伸出一只手五根指头："三十三岁的大师，年轻有为，英俊多金，又还没结婚。女同学们这么疯狂也还是能够理解的。"

同仁之三弱弱接话："所以说老大，你觉得这样的人有可能接受我们区区一个学校电视台的采访吗？"

头儿沉默了。大家一筹莫展。搭档岳来突然转头看到我，眨了眨眼："想到办法了，让宋宋使美人计呗。打电话给秦大师，跟他说如果接受采访，咱们的女主持人今晚上就归他了！"

我打了个冷战，顿时觉得秦漠是颜朗干爹这件事绝不能暴露于人前，并走过去踢了岳来一脚。但头儿竟然开始认真思考。我吓出一身冷汗，连忙提醒他："可不能这么做，这是违法的，被检举了是要坐牢的。"

坐对面的本栏目候补女主持陈莹瞟了我们一眼。陈莹一向和岳来不对盘，连带对我也看不顺眼，我和岳来心照不宣地同时预感到她即将发言。

她果然发言了："颜宋你就别担心了，头儿是开玩笑呢，人家秦漠什么样的女人没见过。其实可以去找蒋甜帮帮忙，她爸爸是校长，向秦漠开口的话说不定能有百分之五十的机会。"

校长的女儿蒋甜是陈莹的忘年交，本科那边广电新闻系大二的学生。我们栏目的全体同仁都对她印象深刻。

她对广电行业的热爱虽然已到了登峰造极的地步，但家庭条件实在太好，不符合勤工俭学的规定，致使她只能来我们栏目组义务劳动，倒倒带子配配音什么的。

头儿思考半天，觉得可行，立刻给蒋甜打电话。

半个小时后，身穿玫红色大衣头戴深灰毛线帽的蒋甜推门而入，又清纯又甜美又诱惑。一个女生能拥有这三个形容词中的一个已经很可以了，而蒋甜竟能同时拥有三个，实属罕见，使得本来就没见过多少世面的男同仁们集体吹了个口哨。头儿立刻说："不要调戏小妹妹。"说完自己也情不自禁吹了个口哨。

蒋甜说："我爸在美国留学的时候和秦漠是同学，这次秦漠来我们学校讲座也是我爸一力邀请的，再请他做个节目应该没有什么大问题啦。不过，如果成功的话，老大，你能不能让我来做这期节目的主持人啊？"

陈莹立刻说："肯定没问题，只要你能联系到人，对吧，头儿？"

头儿端出架子说："我们这个节目是严肃的学术节目，主持人得知性一点，你这一头黄色的卷发好看是好看，就是不够知性啊。"

蒋甜拽着头儿的袖子摇晃说："我今天晚上就去把颜色染回来，把头发拉直，你行行好嘛老大。"

头儿刚经历失恋，正处于最容易被他人乘虚而入的阶段，面对如此甜美的撒娇，真是让他无法拒绝。他沉思半晌，假装征询我的意见："颜宋，要不你先休息两天？"

我心领神会，立刻答应："好好，正巧这两天我也得多照看着儿子点。"

蒋甜乖巧地吐了吐舌头："真是不好意思啊，颜学姐。"

我正想客气道声应该的应该的，岳来突然说："你回家带孩子了，那今晚上只有把小甜甜送到秦大师床上了。"

我条件反射道：“别出馊主意，我们小甜甜走的是清纯可爱路线，况且刚人家陈莹也说了，秦漠什么样的处女没见过啊。”

岳来想了想，转头去问蒋甜：“哎我说，你还是处女吗？”

蒋甜愣了。

头儿立刻瞪岳来一眼：“你说啥呢，有这么老的处女吗？”

这下我们所有人都愣了，而蒋甜简直要哭了。

头儿反应过来，赶紧道歉：“对不起对不起，我是想说有这么小的处女吗？一不小心就说成老了，对不起啊。”

岳来说：“得，搞了半天你觉得人家怎么着也不是处女了。”

蒋甜深受刺激，直接泪奔。

头儿傻了半天，痛苦地抱着脑袋开始想到底哪里说错了话。我安慰地拍了拍他的肩膀：“头儿，你做人不要这么直接嘛。”

此次我转战幕后，和诸位同仁携手加班，终于在天黑之前做出秦漠的采访策划稿初稿。拿出手机来看时间，发现有 N 个未接电话，两个周越越的，一个秦漠的，七八个家里的座机。我担心颜朗的伤口出问题，赶紧拨回去，周越越接起电话：“哦，宋宋，告诉你一声，你搬家了，下课不用回原来那边了。我们现在都在你新家，你快点回来快点回来。”说完不等我反应迅速挂断电话。

我再次拨通，周越越不耐烦道：“你不用反抗了宋宋，你反抗也没用，反正都搬了。”

她误解了我，我并不想反抗，我只是想了解一下我新家的具体地址而已。

新家果然就在学校附近，一幢特别有年代感的欧式老建筑，爬满了常春藤。据说是周越越帮忙挑的采光特别好的一套，刚好和秦漠毗邻。秦漠还有事，把她和颜朗接过去后水都没来得及喝一口，又立刻出门了。

三室两厅两卫的户型，一百三十多平方米。在我回来之前，颜朗已围着房子跑了好几圈，终于有自己的房间了，他显得很兴奋。这房子让我想起来我妈还没坐牢之前家里的光景，一时间有点感伤。原来我也是一个容易触景生情的感伤之人啊。

比起我们原来住的那套一室一厅二十平方米的，这房子整整要大七倍，我觉得起码还可以再塞进来十个人。周越越提议说："要不你和颜朗住一间，把另外两间腾出来租给别人，每人每月收一千五的房租，你再交给秦漠七百，净赚二千三啊我的妈。"

我低头去思考这个计划的可行性。

颜朗捂着额头叹了口气："周越越，做人不能无耻到这个地步。"

我打电话去向秦漠道谢，接通之后，一个女声响起，用英语说了串什么，我以为打错电话，正准备挂断再打，对方立刻转换成生硬的汉语："Lolita 小姐？您有什么急事吗，我是总裁的秘书，总裁他现在正在开会。"

我愣了一下："洛丽塔是谁？我不是洛丽塔，对不起啊，我打错电话了。"

对方连忙说："小姐，您没有打错电话，来电显示上的确显示您是 Lolita，您就是 Lolita。"

我想这真是怪了，我是不是 Lolita 难道我自己都不知道吗？

对方又说："啊，总裁出来了，您等等。"

三四秒钟后，秦漠的声音响起："宋宋？"

我想了半天，觉得不可思议："我怎么在你手机上就成Lolita了啊？"

秦漠顿了一下道："随手一存。"我一阵茫然，那边有人说话，一连串鸟语，堪比干扰环境下的托福听力，只能听懂一个Stephen，是秦漠的英文名，他离开话筒应了句什么，再转过来压低声音道："对了，我家人想见见朗朗，定了大世界，明天晚上八点钟。之前我还有个饭局，你和朗朗先随便吃点什么吧，我七点半回家接你们。还有，听周越越说，你在你们学校电视台兼职？"

我说："嗯。下周三你不是要来学校做讲座吗？我们栏目组刚弄了个策划，打算采访一下你的，没想到你这么忙……"

他说："哪个栏目？"

我说："《学术广角》。"

他说："好，我知道了，冰箱里有新买的食材，不要再吃方便面，晚上我会很晚回来，不用留我的饭。好了，我还有点事，先挂了。"说完挂断电话。

我看着电话愣了半天。

我本来也没想要留他的饭啊？难道他是在暗示我，既然住过来了，房租又这么便宜，所以一天三顿都要管他的饭？

我思考半天，觉得只有这个可能了。

第十二章

玉满楼

尽管我已经像候鸟习惯迁徙一样习惯搬家，并且从不会在搬家之后产生失眠、焦虑等诸如此类的不良反应，但这一次的情况却没有和以往雷同。

躺在长宽各两米的双人床上，不管往左还是往右都需要至少翻三个身才能掉到地上，让我觉得空空荡荡。左翻翻右翻翻，就失眠了。凌晨四五点，终于成功入睡，可大脑依然无法休息，立刻做了一个梦。我有一个印象，觉得这个梦的情节很是曲折离奇，但遗憾的是第二天早上醒来之后，仅仅只能记住这场梦境的两个简单场景。

首先是一座巨大的落地窗，风一吹，鹅黄色的窗纱飘得很高，露出对面蓝色的大海和白色的沙滩，几只海鸥贴在水面上晒太阳，环境很适合正在搞对象的男女朋友追逐嬉戏。沙滩正中裸露出一块肥沃的绿地，开满了水仙花。虽然我对沙滩上究竟能不能种出水仙花这个问题还有所怀疑，但在那个场景里，这一片长在沙滩正中的水仙花还是开得很茂盛的。

水仙花旁边立了个身材高挑的少女，蓝格子衬衫搭乳白针织毛背心，黑色牛仔裤，马尾高高扎起来。少女左边两米远处，一个穿深色V领毛衣浅色休闲长裤的男人正握着一根足够长的棍子在沙滩上画什么，微微低着头，姿态优雅沉静。

虽然空气的可见度很高，与C城不可同日而语，但我和他们相距太远，始终无法辨别那两人的样子。直到旁边不知道谁递给我一个望远镜。我满心欢喜地接过来一看，镜头里却只有随风起伏的水仙花和阳光下金黄色的海浪，男人和少女都没影了。耳边响起一个声音：“你不觉得，他们两个人在一起很不般配吗？”

我想人家般配不般配关你什么事呢。

下面又发生了些什么我就不记得了。

接着是第二个场景。我坐在海边，光着脚，脚下是冰凉的海水和柔软的细沙。远方海天相接的地方停了几艘勘探石油的轮船，潮湿的海风吹得我简直不能稳定身形。

我心情悲痛，抱着双腿，蜷缩得像一只基围虾，而且在哭。一场大雾忽然毫无征兆地落下，天空瞬间失去颜色，我冷得发抖，边哭边说：“我后悔了，真的后悔了，我还来不及，什么都来不及……”在那个场景里，我反复说着这几句没什么逻辑关联的话，就像是被上足了发条，必须等到发条转到尽头才能停止。

我哭了很久，其实整个过程都哭得很莫名其妙，所以一直在寻找原因。而当眼前的一团浓雾终于渐渐散开，脑海里有个声音告诉我，那个人死了，死于西非塞拉利昂的内战。虽然直到被闹钟吵醒我也没反应过来那个人是谁。但即使在梦里，那种感觉也很清晰，我难过得快要崩溃了，这滋味只有十八岁那年的那个夏天可以匹敌。那个人的名字在记忆中始终难以搜寻，简直比沦落风尘的处女还要让人觉得诱惑神秘。有一瞬间，我觉得我要想起来了，要脱口而出他的名字了，但这时候，闹钟响了。我清醒过来，骂了声“靠”。

上学的路上，我一直在回忆这个梦的细节，预感它是个有潜力的素材，稍加润色就可以写一篇文章投稿给《知音》，名字我都想好了，就叫《塞拉利昂的内战哟，一段可歌可泣的 X 情被你残酷埋葬》。X 情可指代亲情、友情、男女情，甚至男男情和女女情，视市场偏好而定。

上午的《马克思主义文艺学》和《中国现当代文学研究》两门课全被我用来构思小说，下午没课，我得以将创作阵地转移到电视台办公室，户外天寒地冻，此地正好有空调。

稿子写到一半，周越越打电话过来，说何必何大少诞辰二十七周年，今晚六点于玉满楼宴请四海宾朋，她拿下了两桌，让我准时过去，顺便再捎带七八个能吃的同学。

何必何大少是周越越的前男友。

据说那年周越越刚上大四，从新校区搬到老校区，宿舍不能及时联网，她逼不得已只好走出书斋，放眼大千世界，报了个电吉他培训班，聊以打发时间。

何大少是她同班同学，不知道怎么就好上了，确定关系了。而当周越越爱意渐浓时，却发现何大少和教他们电吉他的有夫之妇有一手，自己原来只是他们这段婚外恋的挡箭牌。周越越一怒之下就和何大少割袍断义了，特别实在的割袍断义，说分手那天晚上何大少激动得把周越越衬衣袖子都扯下来半只，结果还是让她跑了。而这件事距今已两年余。

我说："你是怎么骗到别人两桌酒席的？还是玉满楼那种销金窟。"

周越越说："鬼晓得他怎么突然就打电话来请我。我不是不待见他嘛，不想去，就随口说了句约好了跟朋友吃饭，十多个人，走不开。然后他就说让我把朋友全部带过去，他难得生日一回，就是图个热闹。靠，谁不是难得生日一回，难不成我们平民百姓还天天过生日啊。不过后来我一想吧，人家有钱人都主动要求我们穷人去占他便宜了，机会难得，不占够本简直枉费穷人一场，就答应了。但我这里就找到七个人明天有空，你看你那边还有没有谁能帮个忙出趟场子。”

我为难说：“这件事不好办哪，现在大学生素质很高的，大家都有警惕心，绝不会轻易答应陌生人请客吃饭。”

她说：“你先试着问一问呗。”

于是我在办公室试着问了一问。

结果证明我高估了当今的大学生。

玉满楼是C城最贵的海鲜酒楼，它的可贵之处就在于基本上不卖国内海鲜，所有海鲜都是从世界各地空运而来，从而产生大笔运费和关税，以便卖出天价。顾客们也特别配合，即使嘴里的龙虾比一般饭馆贵出数十倍，并且味道基本雷同，但大家一想到这是坐过飞机的成长在异国他乡的龙虾，就会很释然很理解。

先到一步的周越越带着颜朗来走廊上迎接我们。颜朗今天穿了那件正面和背面各有一只米老鼠的深蓝色羽绒服，头发剪得紧贴头皮，天真烂漫得所有和他有过一面之缘的人都不能认出他。

何大少包了一个厅，我们正打算往里走，旁边一个包间的门忽然打开，我闻声瞟了一眼，一眼就瞟到了席上秦漠的身影。他旁边坐的好像是我们校长，正拿着酒杯说先干为敬先干为敬，他也拿起酒杯来。我想原来这就是他昨天说的饭局，这样也好，就省得他饭局完还要跑回去接我们了。他喝完酒，放下杯子时突然抬头，我们俩视线正好撞在一起，他愣了愣，接着微微一笑，包间里灯火辉煌，他这么一笑简直晃得我眼花缭乱，我也陪着他笑了笑算是打招呼。校长又凑过去跟他说什么，他转过头去听校长说话。于是服务员从里边把门关上了。

周越越说：“宋宋，你在看什么？”

我说：“没什么没什么。”紧走两步追上他们的步伐。

我们继续往里走，陈莹突然从背后叫了声：“哎哎，甜甜。”

前面一位白毛衣格子短裙的姑娘闻声回头，虽然原本卷曲的金黄色长发已变成一头瀑布般的黑色直发，但经过仔细辨认，大家依然认出她果然就是蒋甜。

蒋甜说：“啊，好巧好巧。大家怎么都在这儿呀？栏目组年终尾牙吗？”

我想除非我们将栏目组所有器材通通变卖，否则绝无可能在玉满楼这种地方尾牙。但还没等我把这个想法表达出来，头儿已经抢先道：“哪里哪里。朋友过生日，哈哈，你呢？”

蒋甜说：“啊，我爸有事儿请秦漠吃饭来着。栏目组不是要做秦漠的节目吗？我爸让我自己跟他说，就把我也带来了。”

大家一下子屏住了呼吸。

头儿紧张道：“那你跟他说了没？成功了没？”

蒋甜完全没有辜负她的名字，甜甜一笑：“当然说了，他立刻就答应了呢。”

头儿激动地欢呼起来。

岳来说：“不对啊，不是说秦漠一向不接受媒体采访的吗？何况是我们这么小的媒体。”

一直插不上话的陈莹终于得到机会，手指穿过蒋甜一头亮丽秀发淡然一笑：“甜甜这么漂亮，说不定秦漠对她一见钟情呢？电视里不是常这样演吗？男主角对女主角一见钟情，为女主角破很多次例做很多平时根本不会做的事，最后终于俘获女主角的芳心。”

蒋甜一张脸绯红，羞涩道：“莹莹，你别乱说呀，你就会开我玩笑。”又低头道，“不过我也觉得很奇怪就是了，来之前我爸还说秦漠在这方面不太好说话，但没想到我跟他一提，他什么也没说，立刻就答应了。”

我想了想，说：“会不会因为我之前跟他打过招呼啊？”

大家一起笑起来，头儿说：“颜宋，你别捣乱。”连岳来都说：“宋宋，你是在讲冷笑话吧？”说完配合我扯着嘴角呵呵笑了两声，“还挺好笑的。”

颜朗怜悯地看了我一眼。于是大家都不再理我。

陈莹对蒋甜说：“我觉得还真有戏，你们一个出身书香门第，一个出身建筑世家，简直般配得不得了。干吗不好意思啊？”

蒋甜作势要打陈莹：“叫你瞎说叫你瞎说，八字还没一撇呢，况且他大我那么多岁。”

颜朗摸着下巴对今年刚满十九岁的蒋甜说：“阿姨，你不要自卑嘛，你看起来也不过二十三四，和秦漠肯定差不了十岁，你加油，我看好你哟。”

我擦了把额头的汗。

蒋甜嘴角抽了抽，特别艰难地说：“小弟弟，谢谢你的鼓励啊。”

颜朗摆了摆手：“大家同是天涯沦落人，不用客气。”

周越越靠着我肩膀莫名其妙地问：“那俩神经病是谁？”

但我正在思考秦漠和蒋甜一见钟情的现实性，无暇理会她。而且我总觉得秦漠应该不是看上蒋甜了，因为一见钟情这种事对相貌的依赖性实在太高，蒋甜固然漂亮，但和郑明明一比，就完全不是一个档次上的了。

陈莹和蒋甜依依不舍分手，周越越领着我们踏进走廊尽头的包厅。入席之后，我立刻接到秦漠的短信：“和朋友来吃饭？吃完在楼下大厅等我，别乱跑。朗朗那个新发型剪得不错，挺像蜡笔小新。”

我试着想了想秦漠低头在手机上写短信的样子，想完了把短信拿给颜朗看：“你干爹夸你头发弄得不错。”

颜朗羞愤难当地瞪了周越越一眼：“都是她害的，她趁我病了不能反抗，硬把我带去理发店理成这种头发。”

周越越一心一意地剥螃蟹，假装没听到。席上的其他人纷纷表示他这个发型其实也没有多么难看，尚在可接受范围之内。安慰得颜朗差点哭出来。

颜朗备受羞辱，瞪了会儿眼前的汤碟，一把从我手里夺过电话拨给秦漠，拨通之后大声道：“我的头发才没有很难看，哼，不要以为我们没看到你和小女生一起吃饭，我妈妈气得脸都绿了。”

我噗一声把茶喷了一桌子，席上众人纷纷闪避。

周越越说：“啊呀，你这个死孩子，说什么呢你。”

颜朗说：“不是你……”被周越越一把捂住了嘴。

周越越放手时，颜朗一张脸已经被憋得通红，把电话递给我："他要跟你说话。"

我边跟席上众人赔笑边接过电话边起身下席，走到僻静处特别不好意思地说："秦老师，你别听颜朗胡说啊，我没有生气，我脸色特别好，一点都没绿。"

他笑道："你叫我什么？"

我说："秦老师……"

他说："我没听清，什么？"

我说："秦大师……"

他说："我还是没听清，你再说一遍？"

我说："秦漠。"

他镇定说："嗯，收到我的短信了？"

我答是的。

他补充说："吃完饭带着朗朗在楼下大厅坐着等我，不要乱跑，也不要给朗朗吃别的东西，他现在最多能喝点汤。"

我说："哦，好。"然后等着他挂电话。

电话里突然传过来蒋甜的声音："……我们家哈士奇两岁了，眼睛特别凌厉，是我们那个小区最帅的一只狗狗，秦老师家里也养狗狗吗？"

秦漠回了句："不养，我儿子不喜欢宠物。"

蒋甜说："啊？儿子？"

秦漠笑道："我干儿子。"

我想颜朗确实不喜欢宠物。

而这其实是有原因的。从前我们家也养了一条狗，我还给它起了个名字，叫狗剩。外婆那时候病得很重，我们没钱治病，听说狗肉可以入药膳，缓一缓外婆的病，于是和颜朗一起含泪把狗剩送上了西天，并烹饪了它的尸体给外婆吃了。颜朗虽然很理解，但无法阻止这成为他毕生的阴影。同时也是我毕生的阴影，但是我迄今为止的阴影实在太多了，这一条就可以忽略了。

秦漠说："怎么不挂电话？"

我说："我在等你先挂啊。"这是基本的礼貌吧。

他说："好，我尽量早点结束。"

第十三章

昨日非今日该忘

我们知道，大部分男人生平最热爱的事就是花钱和其他男人分享同一个女人，俗称嫖妓；最痛恨的事是其他男人不花钱就和自己分享同一个女人，俗称戴绿帽子。

从奴隶社会到封建社会，跳过资本主义社会进入到社会主义初级阶段，尽管生产关系发生了巨变，连黄河都前前后后改道了七次，但男人们在这方面的价值观丝毫没有受到外力冲击，坚挺地传承了数千年。为数众多的男人始终热爱嫖妓而不热爱戴绿帽子，并且，在力所能及的情况下，一般不会迎娶一个婚前就给他们戴了绿帽子的女人，比如说未婚妈妈。

所以，我非常理解席间栏目组众位对我这样一个未婚妈妈居然能找到男朋友这件事不加掩饰的震惊。当然这纯属误会一场，但这种事向来越描越黑，说得太多反而容易让不明真相的群众更加不明真相，从而产生不必要的联想。

桌上的食物很快被我们吃完，大家纷纷作鸟兽散。人走得差不多了，何大少突然来到我们这一桌，径直坐在周越越身旁。

周越越闷头喝汤，何大少低头把玩一个打火机，大家都没有说话，火光一闪一闪，气氛真是扣人心弦。我和颜朗被气氛感染，双双停下筷子望着他们。

终于，在一闪一闪的火光中，周越越率先开口："伍老师两年前离婚了，这事儿你知道吗？"

何大少望着周越越喝汤的侧面，镇定地说："这两年我一直在悉尼，她的事我不知道。我只知道你的事。"

可周越越丝毫没有被感动，无动于衷地说："难怪没看到你们双宿双飞，原来你先单飞到欧洲去了，欧洲好啊，欧洲女的身材都好。”

我和颜朗沉默了。

何大少嘴角抽了抽，也沉默了，沉默了片刻，终于还是忍不住，不甘沉默地说：“我没去欧洲，悉尼不是欧洲的。”

我想完了完了，他怎么能和周越越讨论地理问题。

周越越果然放下碗，自言自语地说：“不对啊，悉尼怎么不是欧洲的了，悉尼有个歌剧院吧，就是因为有这个歌剧院，悉尼才被称为音乐之都的，音乐之都是欧洲的吧。那悉尼肯定就是欧洲的了，我没说错啊。”

这番话逻辑严密，有条有理，我和颜朗双双被她绕晕，坐进椅子里思考悉尼到底是不是欧洲的。

难得何大少还能保持头脑清醒，一针见血地反驳：“你说的音乐之都是维也纳，维也纳是欧洲的，但悉尼不是欧洲的，悉尼是大洋洲的。”

虽然他头脑清醒，思路清晰，但显然他已经忘记了来找周越越谈话的初衷和主题。

他们俩还在讨论地理问题，因为周越越完全是个地理白痴，而她又很固执，导致对话进展得异常艰辛，并且越来越向不知所云的方向发展。我和颜朗终于看不下去，颜朗说：“走吧，我们去楼下找干爹。”

秦漠已经等在楼下，正坐在大厅的沙发上翻报纸。那个角落的灯光并不十分明亮，他的侧面在光影作用下模糊难辨，姿态有一种特别的悠闲。我像是闻到一股潮湿的海风，铺天盖地吹来，还带着鱼腥味儿，鼻子突然一酸，有人说：“你想要赶上他的步伐？他走得那么快，除非你是海洋上的风。”我转头一看，楼梯上只有我和颜朗，和我们离得最近的一个陌生人是楼梯下一个穿大红旗袍的服务员。我觉得这真是莫名其妙，难道现在做梦也兴留后遗症了？而且那是一个多么烂的比喻啊，为什么我要赶上他就必须成为海洋上的风？难道说，如果我是海洋上的风，就方便掀个浪头把他拍死，于是他就走不快了？

秦漠喝了酒，不方便开车，我们只好打的去大世界。

车开到大世界门口，我目瞪口呆地看着眼前这个灯火辉煌的建筑物，以为走错了地方。我说：“这是KTV吧？我们不是来见你家人的吗？”

秦漠说：“嗯，地方她定的，她喜欢唱歌……”

话没说完，突然用力拉了一把我的手臂。我和他原本面对面站着，被他一拉，很自然就跌进他怀里。

这一跌跌得非常重，我的头正好撞在他胸膛上，我脑子被撞得“嗡”了一下，而秦漠居然一声都没吭，真是好样的。

背后响起两个小伙子的声音，一个说：“你走路小心点儿，差点就碰到人了。”另一个说：“还不是你追我？”又赶紧跟我说，“对不起啊。”

秦漠把我放开，我不好意思地揉了揉额头，问他：“没把你撞疼吧？”

他笑了笑：“还好。”差点撞到我的小伙子还在一个劲地道歉，我转身去安抚他们，刚抬起眼睛，愣了。

这真是冤家路窄，两三米远的地方，林乔正抄着手冷冷看着我，他旁边依然跟着阴魂不散的韩梅梅。我以前对韩梅梅其实没有别的想法，还很赞赏她的毅力，但自从她带着两万块钱要求我离开C城之后，对这个女的我就完全没有想法了。当然，如果她那时候是带着两千万来要求我离开，那效果就大不一样。

秦漠靠近我："认识？"

我说："嗯，算认识吧。"想了想觉得不该欺骗他，补充道，"其实是我初恋和他女朋友来着。那女孩儿上次你也见过。"

秦漠弯腰去牵颜朗的手，我没看清他的表情，颜朗别扭地躲闪了一下，秦漠靠近他耳朵说了句什么，颜朗一双黑白分明的眼睛顿时大放光彩，不仅不躲闪了，还主动牵住秦漠的手使劲握了握，看得我分外惊悚，背上起了层鸡皮疙瘩。

秦漠从大衣口袋里拿出两支棒棒糖，柠檬味的递给颜朗，草莓味的递给我。我接过糖来撕开糖纸，他说："要过去跟他们说说话吗？"

我含着糖摇了摇头。他拍了拍我的肩膀："那进去吧。"

经过林乔身边时，我下意识看了他一眼，他表情沉默，眼神冷淡，像一尊雕塑。而我突然想起那一年，他在电影院门口牵住我的手看着苏祈和追求她的学弟时也是这个表情。他好像喊了我一声，轻轻地："颜宋。"又好像被风吹散了，是幻听。我想不管是不是幻听，就算我为此而停下脚步又能跟他说什么呢？说今天天气真好，天上居然还能看到星星，真是好难得？或者你女朋友身上这条裙子挺好看的，在哪儿买的啊，你们俩真是太般配了？而事实上，当两个人之间只剩下谈论天气和恭维彼此另一半这样的话题，也说明这两个人的关系确实到头了，要想再进一步就只有寻求负增长了。

刚才差点撞到我的小伙子跑过来搭住林乔的肩膀：“发什么愣呢，快跟嫂子一起进来啊。”

韩梅梅拉了拉林乔的袖子。

此时，大厅里飘出来一首歌：眉间放一字宽，看一段人间风光，谁不是把悲喜在尝，海连天走不完，恩怨难计算，昨日非今日该忘。我一边想这可真是应景啊，一边跟着哼了两句，赶上秦漠的步伐。昨日非今日该忘。

半个小时后，我琢磨出来一个人生感悟，并且认为它确实是真理。那就是，人生实在太无常了，比中央电视台的天气预报还要无常。

这个真理出炉的时候，秦漠带颜朗去厕所了，包厢里灯光幽暗，屏幕上是《发如雪》的 MV，被调成了静音，水陆空三栖明星郑明明正攀着我的肩膀要跟我说悄悄话。

秦漠口中想要见颜朗的家人为什么会是和他闹绯闻的郑明明，或者说郑明明怎么会和自己亲表姑妈的儿子闹上绯闻是我至今都没有弄明白的问题。看来周越越说得不错，要做个好明星，就得会搞事，把故事搞成事故，把事情搞成情事，真名士，自风流，真明星，自风骚，对待娱乐圈，我们永远要有一颗颠倒黑白的心。

但无论如何，这对于颜朗来说是一个福音。

颜朗甫一看到郑明明，先是愣了半天，愣完立刻扑上去亲了人家一口。等秦漠介绍完“这是我表妹”之后，他已经沉着而不失腼腆地跟郑明明求婚了。

他说：“你和我干爹属于旁系三代血亲以内，婚姻法注定你们今生不能结婚。但你不要害怕，我和你没有血缘关系，我刚才亲了你，我会对你负责的，你再等我十一年，等我初具规模就可以把你娶回家了。”

郑明明抽着嘴角半天回不了神，秦漠揉了揉颜朗的脑袋，一本正经地夸奖他：“干得不错。”而我受都市重生小说的影响，终于开始认真思考，即使颜朗不是穿越来的，有没有可能是重生来的呢?

我和郑明明合唱了首《嘻唰唰》。唱到“拿了我的给我还回来，吃了我的给我吐出来”时，大家都饱含感情，并且发现彼此有着相同的价值观和是非观，很自然就亲切起来。

颜朗一直坐在郑明明身边，而秦漠一个人占了大半的沙发，坐在一旁削鸭梨。

郑明明没要果盘，玻璃茶几上用个小篮子装了好几只违反时令的水果，每样有且仅有一只。

秦漠削梨削得很大气，锋利的刀子沿着他修长的手指直直扎进鸭梨圆滚滚的身体，微一用力，简直皮肉横飞，我看得心惊肉跳，生怕他下一刀下去就把手指削没了，赶紧过去阻止。

他把刀子和惨遭蹂躏得只剩半只的鸭梨递给我。

我把皮削得特别薄，一圈一圈拿给他看，再把削好的鸭梨放到他手里。他拿过刀子就要把它分开。我赶紧拉住他的手："这个不能用刀子分，分梨，分离，不是好兆头。"郑明明正在唱歌，音响效果特别好，导致他完全听不到我在说什么。我凑近他耳边又重复了一次："这个不能用刀子分，分梨，分离，兆头不好。"

他停住刀子，也靠近我耳边，道："考你一个脑筋急转弯，一个三口分量的烧饼，不能用任何工具等分，要保证在场的三个人都能吃到，该怎么办？"

类似的脑筋急转弯我做过成千上万，根本不用急转弯，随口就能回答："不是三口分量吗？这还不简单，一人一口就行了嘛。"

话说完被半只雪梨堵住了嘴巴，我下意识咬了一口，秦漠若无其事地拿起我咬下一大口的雪梨也咬了一口，然后拿给颜朗。颜朗正陶醉在郑明明的歌声当中，完全没意识到秦漠递给他的是什么，拿着就往嘴里送。

我目瞪口呆。

正好郑明明的歌唱完，换歌间隙，包间安静下来。秦漠把玩着手里明晃晃的刀子说："是你教的这个方法啊。"

我想了一下，觉得他说的都是事实，完全不能反驳，但总觉得哪里不太对，鸭梨咽下去才想起："关键是不卫生啊。"

秦漠说："你嫌弃我不卫生？"

我连忙摆手："没有这个意思没有这个意思，我是说我先咬了一口，你又咬了一口。"说完这句话我觉得我脸红了，接下去的话就很小声了，"对你不太卫生。"

他端起茶杯来喝了口水道："没什么，从前……"想起什么似的愣了愣，后半句话淹没在下一口灌进喉咙的凉水中。

他这个“从前”说得莫名其妙，我固然好奇，但也不好意思去问，只好学他也端起茶杯喝水。

颜朗痴望着心上人，一脸虔诚地啃完了鸭梨。郑明明已经连续唱到第七首歌，依然精力十足，并且每一次换歌间隙都不忘强调：“下一首是我擅长的，你们都别跟我抢啊。”三番两次逼退我拿话筒的手。

我觉得K歌这个活动好比K人一样，必须要全民参与才有意义，而目前这个模式实在太让人没有参与感，就好像嫖客兴致勃勃地跑到青楼，结果被老鸨告知今天全妓院公休，楼里的姑娘都只能看不能摸……

我默默地等待到底哪首歌是郑明明不擅长的，等了半天，发现没有哪首歌是她不擅长的。即使唱完《青藏高原》的整个高音部，她也没有如我所愿英雄气短，反而抖擞起精神又开始唱黄立行的《最后只好躺下来》。这首歌真是唱出了我对她的心声，并且我觉得大家肯定都是这么想的，希望她唱着唱着体力不济倒下来，从而让出话筒。一山不容二虎，一个KTV包房不容两个麦霸。

秦漠坐到我身边来，嘴唇动了动，我靠近去听，他说：“你怎么没精打采的？”

我想了一下，实话实说：“K歌嘛，就是要互动嘛，互相都要动，你看，我们这个简直像在听演唱会，太不互动了。”

他了然点头，转身和负责点歌的服务员小妹说了句什么。

《最后只好躺下来》明显还没唱完，音响猛地一顿，悠扬乐声转瞬响起。郑明明茫然地睁大了眼睛，显然是没料到有人敢在她还没唱完的时候就切歌。我在心中对秦漠叫了声好，一边去拿话筒一边使劲回忆新播的这首歌我到底会不会。可连话筒的一个角也没摸到，手被人用力一拽，膝盖在转身时猛地撞上玻璃茶几，我麻得一个哆嗦，软进秦漠的怀里。

他两只手抱着我，低下头来，模糊灯光下，微皱了眉头。

我突然想起有次陪周越越去影楼照艺术照，照相师傅说，这个世界上每个人都有最适合自己的光影，只要找到这个光影，合理运用，你就会发现，明明镜头是对着你的，但拍出来的照片完全看不出来拍的是你……

我和周越越从始至终都不相信这位师傅。但这一刻，看着秦漠在橘色灯光下一张陌生而英俊得令人发指的脸，突然觉得，也许这就是最适合秦漠的光影。

这可真是一个红颜祸水啊。

膝盖在经历了漫长一麻之后，终于从骨头深处往外痛出来，我有往下滑动的趋势，秦漠更紧地抱住我，声音沉沉，响在我耳边：“怎么了？”

膝盖和牛仔裤的布料一摩擦，又是一个哆嗦，我张了张嘴巴，觉得声音都是抖的：“你干吗突然拉我啊，膝盖撞茶几上了。”

郑明明突然凑过来：“你是笨蛋啊，刚点的那首是舞曲，秦漠拉你肯定要跟你跳舞嘛，你去拿什么话筒啊？”

我愣了一下问他：“你点舞曲做什么？”

他正俯身帮我揉膝盖，一只手牢牢握住小腿固定，另一只手很有分寸地掌握着揉捏力道，刚才被撞到的地方变得有点痒又有点酸。他抬头问我：“还疼吗？”

我莫名觉得心慌，一边摇头一边继续问他："你点舞曲做什么？"

他站起来揽住我的腰，把我拉到荧幕跟前："你不是说缺乏互动？"

舞曲还剩一半，郑明明拿着话筒在一边大喊重来重来，颜朗看郑明明喊也跟着喊，服务员小妹手忙脚乱，赶紧重来。我想，固然秦漠理解的这个互动和我设想的互动天差地别，但人家这么好心地处处为我着想，尽管着想的方向很不对头，我也不应该挑三拣四，拂人家的面子。但我从来没有在大庭广众之下跳过舞，音乐响起时，手都不知道该往哪里放。他拉过我的手搭在他的肩上，手下是毛衣柔软的触感。我依稀记得好像有一只手要互相交握，小声提醒他。他笑了一声，将我的右手握住。曲子很熟悉，总觉得在哪里听过，但我这辈子没和哪个男的在清醒状态下这么长时间贴近过，难免紧张，而且我觉得势必要踩到他的脚，就更加紧张，完全没有多余的心思去考虑曲子的问题。

他身上有酒的味道，我一直低头密切关注脚底下的情况。他好像丝毫不担心被我踩到，节奏踩得又稳又从容。他捏了一下我的手："你在看哪里？"

我心尖突地一跳，连忙抬头："没看哪里。"

他叹了口气："别紧张，跟着我就好。"

我也叹了口气："我跟不上你，我从来没跳过舞。"

他搂了搂我的腰，笑了一下："你跟得上。"

绕过他的肩膀，郑明明正在对面叉着腰喝水，颜朗若有所思地看着我们，发现我望他，立刻移开目光，假装欣赏茶几上一个装牙签的玻璃罐子。

秦漠带着我转一个圈："现在自然多了。"

我嘿嘿笑了两声："是你带得好嘛。"

他愣了愣，突然靠过来贴得很近，气息就吹在我耳边上，直发痒，想挠一下，手又被他握住，他在我耳边说："宋宋，给你讲个故事，你想不想听？"

他就这么紧紧靠着我，一副就算我不想听也要强迫我听下去的架势，真是令人无从选择。但这件事其实也没什么好选择的，即使他不强迫，我也会欣然一听，因为我有一颗八卦之心。

秦漠说："宋宋，你还记不记得十二年前？"

我想这跟我有什么关系，不过也许这只是他的习惯，就像《诗经》里说正事之前总要先讲点不相干的转移下大家的注意力，比如在痛斥丈夫变心之前先讴歌一下桑树的生长情况什么的，文学上称之为起兴。

我摇了摇头，说不记得了。他没在意，声音沉得别有韵味："十二年前，我妈生病，我陪她回国疗养。我和一个女孩子成了邻居。那年你……那年她十六岁。"他顿了顿，像在思考接下去该怎么说，"我二十二岁生日，我妈喜欢热闹，在家里办了个舞会，她也来了，还有她的男朋友。那天晚上她一直坐在角落，谁也不理，仅有的四支舞是和我跳的，就是这支曲子，一直是这支曲子。"

我终于听出点门道来，原来他是要讲他的情史。

我点头说："这首曲子蛮好听的。"

秦漠看着我的眼睛，很久没说话，而舞曲也行将结束，我被他看得直发毛，在最后一个音符停止时，他终于开口："我一直没告诉她，那天晚上，我其实很高兴。”

我愣了好一会儿，才反应过来他说的居然是一场无疾而终的暗恋。回忆起年少时和林乔的一段孽缘，不禁油然生起一种“同是天涯沦落人”的唏嘘之感。我联系自身情况发表意见：“没告诉那姑娘也好，万一人家不喜欢你，又特别心软，就该三个人都痛苦了。”

秦漠没说话，半晌，轻轻拍了拍我的背：“你看，我们一直都配合得很好。”

郑明明又唱了两首歌。

颜朗水喝得太多，吵着要上厕所，被秦漠带出去了。

失去百分之七十的听众，郑明明的演唱热情无以为继，立刻丢下话筒，过来找我说话。而在和她说完话之后，我也不得不上了趟厕所。

我在厕所里结结实实洗了个冷水脸，水珠从脸上滑下来，落进脖子里，冻得人直哆嗦。

郑明明抓紧时间说了很多废话，这些废话废得让人完全归纳不出大意和中心思想，行将结束之时，我好像随口问了她句什么，针对我那个不知道是在问什么的问题，她回答说：“我特不待见苏祈，真的，所以凡是她反对的就是我赞成的，凡是她批判的就是我拥护的。你肯定是她要反对和批判的，我看着你就特别亲热。哦，你不认识苏祈，没关系，你总有一天要见到她。她是我后妈带过来的女儿。前年她出国，我爸让秦漠帮着照应一下，她就喜欢上秦漠了，听 Vanshirly 说她在纽约也不好好读书，没事儿就往秦漠的事务所跑，还转了系，非要读建筑。哦，你也不认识 Vanshirly，那是秦漠的秘书，嗨，反正你跟秦漠都这样了，早晚全都会认识。苏祈她妈说她以前自杀过，为了前一任男朋友的事儿，好不容易对感情乐观起来了，千万不能再受刺激，怕她再自杀一回，我们体谅她自杀过，也不好说什么。可秦漠又不能因为她自杀过就娶她嘛，结果她就跑去找我表姑妈，就是秦漠他妈，打算曲线救国，彻底惹火了秦漠，她一看秦漠火了，又跑去自杀了，可惜救活了，她怎么就那么喜欢搞情杀，真是搞得我们家永无宁日……"

我深刻思考郑明明口中的这个苏祈到底是不是我记忆中的那个苏祈，前后对比一番，觉得希望不大。曾经为情自杀仿佛是两个苏祈除了名字之外唯一的共通点，但这个共通点实在太不具典型性，完全不能成为判断标准。随着社会物质财富的增加，丰衣足食的今天，大多数有条件的姑娘都曾经为情自杀或梦想为情自杀，已经成为一种……校园文化。而假如上天执意如此安排，让爱着秦漠的苏祈和爱着林乔的苏祈成为一个人，那就只能化用一下丘吉尔首相的那句名言了，世界上没有永远的情人也没有永远的情敌，只有永远的……情杀。

走廊上四面楚歌，震得我脑袋一阵一阵发晕。开门关门之间，各个包厢里飘荡出来的歌声歇斯底里混在一起，如同魔音灌耳。都说下班后来 K 歌能够使人得到放松。看来这种放松必须通过放纵来达到，真是欲要放松，必先放纵，欲要放纵，只需放松。

本来以为今天晚上已经足够跌宕起伏，转过一条过道，拐角处林乔颀长的身影却告诉我，否极泰来、乐极生悲是亘古不变的真理，生活很精彩，故事也许并未结束。

我预感将要有事发生，因为林乔所在处是回包间必经的过道，想绕远路避开都不可能，真是设计上的一个重大失误。他就站在那个地方，静静地看着我。我赶紧回头看了一下身后，发现没有其他人，确定他的确是在看着我。

嘈杂乐声中忽然传来玻璃器皿落地的一声脆响。低头一看，发现是走动过程中不小心带倒了过道上做装饰的一只小花瓶。我毫无知觉，它却哗啦一倒又哗啦一碎，可见带倒它确实不是我蓄意为之。

我呆呆看着眼前这摊花瓶碎尸，觉得此事必然不能善了。果然立刻不知从哪里蹿出来一个如花似玉的服务员，从头到脚打量我一番，摆出职业微笑："小姐，我们歌城规定损坏公物要理赔的，这个花瓶三千，您是现金还是信用卡结账？"

我脑袋里顿时一麻，赶紧接过她的话赔笑："你看，我身上没带那么多钱，不然这样，我把这里打扫了，也减少你们的服务成本，再把身份证押在这里，回头给买一个一模一样的赔过来？"林乔仍然抄着手在不远处看着。那是我在连面子到底是什么东西都不知道的年纪里就喜欢的男孩，而那个时候我在他身边就很要面子了，多年后今天这一瞬，在特别没有面子的情况下遭遇他驻足观看，我的感想很复杂。但也只是复杂了一瞬，我立刻想到这个举动虽然有点丢脸，可说不定能和对方从理赔三千和解成理赔三百，心中顿时释然。那花瓶在批发市场最多不会超过三百，把这个歌城里水果的标价和外边正常水果的标价除一个倍数，再用这个倍数去除花瓶的价格，就可以轻易弄明白。

服务员再从头到脚打量我一眼，职业微笑摆不出来了，皱眉说：“那您等等，我去请示一下我们经理。”说完小碎步跑开。

隔壁包厢门突然打开，乐声飘出来。林乔没有回头，侧身靠着墙站在那里，穿着衬衫和棕色毛衣，居高临下，风姿卓然。我那时喜欢他，是喜欢他最初在阳光下的一个侧面，虽然漂亮，在这个女人比男人还男人、男人比女人还女人的错乱时代里，却难得的一点都不阴柔女气。有男声哼唱道：“在心底，千万次的练习，千万次不停的温习，只怕已来不及，只是还没告诉你，对不起我爱你，没有你我无法呼吸”如何如何的。我叹了口气蹲下来捡玻璃，谁离了谁无法呼吸呢？正解只有人离了空气无法呼吸。

林乔走到我身边来，我抬头看他，半晌，他说：“你变了很多。我记得那时候，你什么都不在乎，口头禅是不为五斗米折腰。”

一个没留神玻璃划破手，血珠浸出来，他一眼看到，蹲下握住我的手指，我本能地挣扎，他手一紧，突然道：“这是什么？”他的目光逗留在我手腕一道弧形伤痕上，那正是当年自杀留下的刀疤。

他学医，我手腕上这道疤保存完好，太容易辨认，还没等我回答，他已经自行参透答案，慢慢抬头望着我：“颜宋，你自杀过。”我想这是个陈述句，无须回答，继续要把手指拽出来。他却突然发狠，一把将我拉起来压在墙上，声音都在颤抖：“五年来，我一直在找你，你跟我说你过得很好，你说你过得很好，你怎么能去自杀？”

我从没见过他这样，场面完全不可控制，我被他压得简直不能呼吸，但好歹听懂了最后那个问句。这个问句深深刺激了我，沦落到自杀这件事是我第二不愿回忆和面对的过去，虽然未遂，但我觉得，那一刀下去，我毕竟还是杀死了一部分自己。尽管大部分人的棱角总有一天都将无一例外被磨圆，不管幼年时有没有发过“不为五斗米折腰”的宏愿，但人家的棱角是被社会磨圆的，是正品，我的则完全是被自己用刀片一点一点削圆的，是个山寨产品，保质期有限，副作用明显。但是，那时候确实没办法啊。我望着过道上几盏壁灯说：“你不要以为我是为情啊为爱的，我妈坐牢了，我外婆重病了，我也没书念了，我们家没钱，连五斗米都没有，我不自杀就只有沦落风尘了，你看，我也是过不下去。日子要能稍微好过点，谁还去自杀啊……”我又在心里想了一遍，反应过来这话不对，没有普遍适用性。正想改成“日子要能稍微好过点，正常人谁还去自杀啊”，被林乔的神情震住了。

他紧蹙起眉头，脸色苍白，好像我伤害了他，或者他正在被急性阑尾炎加胃穿孔伤害……总之，那一贯云淡风轻的表情很……不云淡风轻。

我被他惊吓得忘记手上的动作，不知道是不是灯光原因，觉得这个人突然变得陌生，他捧住我的脸，在微微地发抖：“我在找你，我也在原地等你，你不让我找到，你也不来找我。”

我反应了好一会儿，又无言又惊讶：“我们两个只是朋友，而出了那样的事，我以为我们的朋友关系就已经到头了，不管你来找我还是我去找你，都毫无道理，你说是不是？”

他突然笑了一声，把头埋在我肩膀上：“经历了这么多事，你还认为我们只是朋友？你就不知道我对你……”

我心头一跳，预感这将是非常重要的一句话。

一般来说，为了戏剧冲突，不管是言情小说还是武侠小说，像这样的重要台词从来不可能一次性表达清楚，要不是说话的人突然遭遇暗杀，要不就是听话的人突然遭遇暗杀。此时此刻，我和林乔虽然安然无恙，但他这句话仍然没能说到最后。原因无他，被突然出现的韩梅梅打断了……我想，这也算是符合小说创作规律吧……

符合小说创作规律的韩梅梅无声无息地站在两米开外，咬着嘴唇，怕惊动什么似的，轻轻说："林乔，医生说你身体不好，你不要太激动。"

这句话就像一道僵尸符，贴在林乔的身上，他伏在我肩膀上顿了一下，慢慢抬起头来。而我的胸口像涌进一团火，又热又呛人。

说话说一半憋着和上厕所上一半憋着一样叫人不能忍受，我执意问一个究竟："你对我什么？"我其实已经能猜出来他要说什么，但想象中的这个答案对我来说实在太过刺激，一时半会儿无法接受。

他动作轻柔，放开我，张了张嘴，却没有发出任何声音。

我看着他的眼睛，都不知道哪里来的灵感，我说："林乔，你是不是喜欢我？"

这句话一落地，所有人都像被吓了一跳，我也被吓了一跳。韩梅梅首先反应过来，激动反馈："颜宋，你别血口喷人。"她这个成语用得很失败，而我却突然平静下来。

林乔依然保持沉默，抿着唇角，整个人都紧绷着，表情却像海沙垒建的城堡一样脆弱，仿佛我这句话竟然伤害到他。很久，他慢慢地笑了一下，脸上没有一丝血色，笑容也显得冰冷苍白。他退后两步，淡淡道：“我不喜欢你，从来就没有喜欢过你，你怎么会这么想？”

从包厢出来太久，突然就觉得冻人。明明是柔和的灯光，却没有温度。幸好是这个答案，这个答案才合情合理嘛。不然兜兜转转五六年，把自己搞得这么狼狈，我都是在干什么？我看着那些洒下来的灯光，说：“嗯，这样就最好了，你看，你一直想找我谈话，我以前有心结，一直躲你，其实我现在还是有心结，但今天已经说到这个地方了，干脆就一次性说清楚吧。那天，你追苏祈去了，他们都说是我的错，你妈让我去苏祈床前下跪。后来我去苏祈他们楼下跪了两天。你和苏祈两个人，我不能单纯说恨或者不恨。我当年自杀的时候就想，这些虽然是我的错，但要是没有遇到你就好了。真的，要是从一开始没遇到你就好了。我一心想忘掉以前的事，好好生活，总不能如愿，就是因为每隔十天半个月的就能看到你一次，你也忘掉以前的事好好生活吧，咱们以后都注意点，为了彼此好，再也别见面了。”

他看着我，他的眼睛真是漂亮啊，他就那么看着我，我想也许这辈子就这么一眼了，也看着他。他突然剧烈咳嗽起来，韩梅梅急忙过来拉住他。我想了想，说：“上帝保佑，再不见了，林乔。”他停住咳嗽，手盖着眼睛，半晌，说：“好，再不见了，颜宋。”

但我忽略了一个问题，这个歌城为了追求……梦幻感，走廊两边安的全是玻璃幕墙。说完这句话转身抬头，立刻和印在玻璃中的林乔再次相见，我还说了上帝保佑，上帝真是太伤害我。

我正在发愣，镜中的他突然急步到我身后，在我还没来得及迈出下一步之前紧紧抱住了我。他的头埋在我的肩颈处，慢慢地，温热的液体湿润了我裸露的肌肤，我脑袋里空白得没有半点想法，觉得这状况真是不知所云，他不喜欢我，他女朋友就站在我们身后，他居然抱住我？想了半天，领悟过来，大概是为了纪念我们终于死去的友情，一时怅然。在韩梅梅又惊又怒乍红乍白的脸色中，他终于放开我，却像一句话卡在嗓子里总也不能说出，也确实什么都没有说出。他转身而去，步子迈得又大又急，像很多年前，傍晚时分，他永远和苏祈走在前方，留给我一个背影，倒映着日光。

我想，那一场荒唐的青春，总有一天要在记忆深处落幕，就像姑娘终将变成徐娘，一半的徐娘还要再生下姑娘，这是生物规律，不容动摇，并且一定会成为现实。而最野蛮原始的生物规律，却往往是凌驾于一切社会法则的东西。

我想通这些，回味一遍，觉得有点哲理，到底哲在哪里，又说不太明白。但没有关系，明白的道理就不是哲理了，哲理本来就是不明不白的道理。

前方指向走廊尽头，尽头旁有一条岔道，岔道的尽头还有一条岔道，通往郑明明订的 312 包间。

我瞪大眼睛，举步前行，拐过一条岔道，又一条岔道，一路寻找，艰难辨认，终于看到 312，还有靠在 312 门外抽烟的秦漠。

香烟在他指间不动声色地燃烧，暧昧灯光下，绘出一幅流畅剪影。

两个候在一旁引路的服务员正悄声议论，一个对另一个说："人哪，长得帅并不可怕，可怕的就是连抽烟都抽这么帅……你看你看，我男朋友拿烟的动作就没他这么……"她思考半天，用了个很时髦的词，“这么有 feeling。”她描述得很形象，我在远眺当中定睛一看，果然很有 feeling。

但是秦漠很快就结束了这个有 feeling 的动作，揉了揉额角，侧身往烟蒂桶里灭烟头。我急步路过这两个服务员，走到他身边，准备开门和他一起进去。他在背后叫我的名字，我转身看他有什么事。

然后，是长达十秒的寂静。

十秒之后，我的大脑开始正常活动，再用去 1 秒，缓慢地反应出当下形势。

当下形势不容乐观。

不容乐观的当下形势表现在……我被秦漠抱着，确切地说，是被他半抱着困在了墙壁和他之间。看来今天晚上我和这个 KTV 的墙根真是特别有缘。他左手禁锢住我的腰，右手握住我的两只手腕。他的力气之大，我就像被他握在手心里，完全无法反抗。而老实说，其实我也忘记了反抗。

身体贴得太近，脖子以下部位基本不敢随意动弹。他今天晚上喝了不少酒，有白酒又有洋酒，气息里全是氤氲的酒分子，夹杂着特别的烟草味道，让人脑袋发蒙。

我结结巴巴地说：“你，你喝醉了？”

他冷静地说：“我看起来像醉了？”说完更紧地搂住了我的腰。

我头皮一麻，赶紧摇头。

他笑了一声，额头抵住我的额头：“宋宋，你这么聪明，你不会不知道我想干什么。”

我尽量把头往后仰，但是往后仰的结果就是后脑勺紧紧挨着墙，我和他从额头抵住额头蓦然变成鼻子抵着鼻子。鼻尖就是他沉稳的呼吸，我简直欲哭无泪，心口突突直跳，快喘不过气了。我一心认为他喝醉酒，想拯救他于迷途之中，挣扎着道：“我真不知道你想干什么。”

他的嘴唇一下贴过来，我大叫：“我知道了我知道了，你你你……”他咬了我鼻尖一口：“晚了。”

而下一刻，他的嘴唇已经贴在我的嘴唇上。脑海里仿佛有一个巨大的东西瞬间爆炸，迅速传遍全身，震得我从头到脚一片空白。

他咬着我的下唇，一点一点侵入我的口腔，而我根本不知道自己在干什么。他的舌头长驱直入，像一阵急雨携着狂风，舌头被他缠着绕着，我觉得腿都在发抖，鼻子里哼出微弱呻吟，身体像被谁从内部点燃，一点一点烧透五脏六腑。

神志清醒过来的时候，我发现两只手不知道什么时候已经重获自由，一只手搭在秦漠肩膀上，另一只手靠着他的胸膛。他带着笑意看着我，毛衣下面，能感觉到强有力的心跳……他还活着，我也还活着。

瞬间，我不知道作何感想，脑海里只能反复飘荡两个想法，第一，我被强吻了。第二，我被强吻了我居然没有反抗，我很顺从地、水到渠成地就被强吻了……这个认知简直叫人绝望。五年来我一直洁身自好，想到自己有个儿子，不能拖累祖国大好儿郎，数十年如一日地和广大男性朋友分河而治，互不染指。朋友们都说我不是个随便的人，我也一度赞同他们的说法，但直到今天，此刻，我才发现，我不是个随随便便就随便的人，但随便起来就会超越一般人……

我伸手推他，他却顺势握住我的手指。我要挣出来，他挑了挑眉。我说：“你快放开，你快放开，你没看到有人在看啊？”

那两个服务员站在十来米远的地方根本就没挪过步，傻傻把我们俩望着。

他瞟了她们一眼，又转过头来，半点没有要放开的意思，脸上却是一副君子表情，他说：“这件事不挑明，好像再怎么我也是在做无用功……”

我脑子里一个激灵，感觉好像知道他在说什么，再一感觉，好像又不知道了。

他说：“我们认识一个多星期了，你觉得我对你怎么样？”

我愣愣说：“很好，你是个好人。”

他说：“那你觉得我为什么要对你这么好？”

我回忆前文说：“因为你是颜朗他干爹，我这是母凭子贵。”

他皱了皱眉：“错了。那是因为我正在追你。”

不知道哪里的门突然打开，又蓦然关上。我想，刚才是出现幻听了？

幻听依然在继续。幻听说：“你很震惊？”

我艰难地点头。

幻听再说：“从来就没想过？”

我再次艰难地点头。

幻听突然打了个喷嚏，声音一下子真实起来，我连忙抬头：“你感冒了？”眼睛瞟到他的袖口，又加了句，“你袖扣好像松开了。”

他放开我的手低头扣松开了的袖扣，半天没扣上，看得我在一旁暗暗着急。他突然停下手上动作，抬头不可思议地看着我："我说，刚才我说的那些你都听清楚了？"

经他一提醒，我的大脑立刻一片空白，而且空白得不同一般，就像高考交了白卷，空白的同时，脑袋上还直冒汗。

我抹了把头上的虚汗："听清楚是听清楚了，就是没怎么明白过来……我觉得，我可能得好好想想……"

他看了我一眼，沉思片刻："你还是别想了，我只是提醒你一下，其他的不急，我们可以慢慢来。"说完把手伸到我面前，"帮我扣一下。"

我假装镇定地帮他扣好，他满意地点了点头，伸手揉揉我的头发："等着我，我进去拿点东西。"

秦漠打开门进房了。而我终于支撑不住顺着墙脚滑坐下去。

他居然不是喝醉，他居然是在追我，前面两个"居然"居然不是幻听，他居然还说我们可以慢慢来？

就算苍天给我一千种可能性，我也不敢往这个方向可能，苍天的想法真是太高深。

像经过一个漫长的助跑，合着固定的加速度，心脏从身体深处出发，发力往外狂奔，越跑越快，急欲挣脱胸腔的束缚。胸口已经被震得发木，我估计心跳已达两百，足够发作一场心脏病，并且恍惚地觉得整个世界都在用200次/分的频率跳动，像一个巨大的万花筒。

虽然听说过灰姑娘嫁入豪门，可从来没听说过未婚生子的灰姑娘嫁入豪门，我抬头看了会儿走廊上一盏盏光晕暗淡的壁灯，觉得这件事完全背离常识，现代科学已无法解释，只能求助于算命。

我从兜里摸出电话拨通，费力吞咽一口口水，紧张地对周越越说：“周越越，你快上网帮我查一下，对对，就是那个准得不得了的星座小王子的博客，你帮我查一下这个星期金牛座是不是在走桃花运……”

秦漠的声音在上方凉凉响起：“金牛座这个星期犯太岁，不走桃花运。”

我手里电话一抖，抬头一看，他已穿好外套，右手提了一个大塑料袋。

我讷讷说：“你速度真快。”

他“嗯”了一声：“也没多少东西，就两个雨伞。”

我想了一下什么样的雨伞需要用“个”作为量词，一条广告语突然从脑海中一闪而逝：“安全套我一直用雕牌，透明套我还用雕牌。对，雕牌安全套，用量少，还实惠，我一直用它。雕牌安全套，换代了，泡泡漂漂套起来。”这张很多年没红过的脸腾地一下全红了。

如今这个时代什么都讲究原生态，男女关系也不能例外，并且在这个方面取得长足发展，已经直接回归到上古“意投则野合”的纯天然原始状态。唯一美中不足的是二十一世纪环境破坏严重，大自然已不能提供良好的隐蔽环境，使野合的条件受到极大限制，不能“意投则野合”，只能“意投则开房”了。秦漠怎么看都是个走在时尚前沿的成功男士，思想也一定前沿，难道我们接下来，接下来就直接奔去宾馆开房了？这简直让人不能接受，我抬起头惴惴说：“我这个人还是比较保守的，我就先……”

他从塑料袋里拿出一把天堂雨伞递给我：“外边有点下雨，幸好郑明明带了伞。”

我说：“……”

他说：“你不喜欢这个颜色？”低头又在袋子里翻了翻，“这里还有一把天蓝色的。”

我说：“……”

秦漠大概是要送我回家，他走在前面，我跟在后面，一切都很正常，但我总觉得好像遗忘了某件重要物品，心里很不踏实。走到大厅，突然一拍脑门想起来：“糟了，忘了我有个儿子了。”

秦漠回头说：“朗朗和郑明明玩得正高兴，到时间了郑明明会把他送回来。”

我想想说：“人家好歹也是个明星，你让人家给颜朗当保姆，这样不太好吧。”

秦漠说：“没什么不好，我们走快点。”说完握住我的手急步往外走，而此时，身后突然传来郑明明中气十足的大喝：“秦漠，你给我站住。”

秦漠叹了口气，我们一起站住。

郑明明三两步过来，一把拉住秦漠的袖子：“你干吗拿我的伞和烟花啊？粉丝送我的雨伞就算了，你把烟花还我，我好不容易才买到，打算待会儿去江边放的。”

我低头看了看秦漠提的塑料袋，愣道：“烟花？”转头问郑明明，“你不是过来抗议一个人带颜朗的吗？今天什么日子非得放烟花啊？”

郑明明奇道：“这关小颜朗什么事儿啊？我就是过来要烟花的。今天 11 月 11 号，光棍节，光棍节就得放烟花，传统嘛。有个诗人还专门写过一首诗来歌颂这个传统，叫《光棍节，我们去江边放烟花》，你听过没有？”

我在脑海里迅速搜索一遍，表示没有听过。秦漠松开我的手拿手机单手发短信。

郑明明惋惜地叹了口气：“是首好诗啊，你居然没有听过，来，我念给你听。”

她清了清嗓子：“光棍节
让我们一起 一起去江边放烟花
烟花 是夜之情妇眼角 流的泪
光棍 是男女比例失调 犯的罪
烟花好美
光棍好累

若我是一朵烟花
我一定要
轰轰烈烈 燃烧一回
哪怕大火纷飞 哪怕烧掉各种 TV
但我不会滥烧一个 一个无辜的公民

若我是一个光棍
我一定要

写一封信 给人民代表大会

请求大会

或控制男女比例 或允许同性结婚

但我不会 因为我没有大会指定的书信用墨水——英雄牌蓝黑墨水

这封信 注定要被邮局退回”

她长舒一口气：“怎么样，写得好吧？”

我打心底觉得这首诗写得真是烂，但看着郑明明期待的眼神，实在不忍心打击她，只得含糊点头，顺便转移话题：“写这诗的人是谁啊？”

郑明明回答道：“我的偶像，唐七。”

秦漠一针见血地指出：“这个叫唐七的不适合吃诗人这碗饭，你要认识他就赶紧劝他转行吧，他没写诗的气质，对了，他会什么？”

郑明明说：“他会写诗啊，就会写诗，诗写得很好。”

秦漠说：“哦，就是说他什么都不会了？那可以建议他去考公务员。”

我想这话也太毒了，从身体一直侮辱人家侮辱到灵魂，偶像被侮辱，郑明明八成不能善罢甘休。

郑明明果然没有善罢甘休，瞪着一双眼睛道：“现在就把烟花还给我。”

秦漠拿着手机云淡风轻地晃了晃：“我刚在你官网留了言，说你今天晚上会到江边放烟火，估计 15 分钟内长江边就会被你粉丝包围，你还要过去？”

郑明明咬着嘴唇半天，蹦出几个字：“你太卑鄙了。”

秦漠笑说：“过奖过奖。”

而我突然发现，在这世界上，有些人我们一辈子都不要去试图得罪，比如希特勒、墨索里尼、李林甫、和珅、蒋介石、汪精卫、戴笠、秦漠……

秦漠没有送我回家，而是把我送到了T大。我们俩站在T大靠近研究生宿舍的篮球场上，彼此无话。

我猜测他是要做睡前运动，但看他手里提着的塑料袋的容积，装了烟花就不大可能再装得下篮球了。

篮球场旁边仅有几盏光线微弱的路灯，天空飘着细雨，附近的雨丝在灯光照耀下空蒙无比，离我们最远的一个篮球架底下有一对男女正练习投篮。我说：“要不我打电话找同学借个篮球吧？”

他扬了扬手里的塑料袋：“放烟花需要篮球？”

我傻了，百思不得其解，他居然来篮球场放烟花？他已经蹲下去掏出打火机来将其中一只引线点燃，一声悠长的哨音破空腾上去，巨大的花盏在半空中炸开盛放，像一朵绿色的大丽菊。

练习投篮的那对男女愣在原地仰望头上燃开的焰火，他们的篮球滚到我们这边来了。

秦漠捡起篮球扔过去，顺手把打火机递给我：“你也来试试看。”

我一边在脑海里回想C市有没有关于燃放烟花爆竹的禁令，一边蹲下来拨开打火机的火焰，但篮球场四面透风，火刚拨开就被吹灭。

秦漠干脆贴到我旁边来，小心翼翼挡着风，这下终于成功把火点燃。

记忆中还是我妈没去坐牢之前家里过年放过烟花，一晃都五年多了。我有点紧张，火苗舔上去，引线燃得飞快。秦漠一把拉开我往后拽了一下，一股气流腾上来，半空中再次落下一片花雨。他一只手揽着我靠近我耳边："点的时候别离太近。"停了一下，"这种程度的烟花，一般人我相信是不会受伤的，你就难说了。"我在脑袋里反应两秒，反应出这不是什么好话，抬起脚后跟狠狠踩了他一脚，他闷哼了一声，我忍着笑转头关切道："不好意思不好意思，不小心退了一下不知道怎么就踩着你了，真是不好意思啊。"他耐心看着我，抽了抽嘴角："你真是不大方。"难得看他吃瘪，我心情愉悦，忍不住得意忘形，蹲下来使劲按了按他被我踩的地方，成功听到一声抽气声，我抬头假装无辜道："还疼？是这里疼还是这里疼？那这里疼不疼？"话毕又按了按，他蹲下来目不转睛地看着我，看着看着，我笑容僵在了脸上，开玩笑开过头了……他抬起我的下巴，嘴唇一下子覆上来，轻轻擦过又放开，眼睛里盈满笑意："我也不是很大方，我们扯平了。"

我想这都是什么事儿啊，我怎么就会去踩秦漠的脚，这根本就是在主动跟人调情嘛。"调情"这个词一冒出来，我立刻被震住了。想了半天，得出结论，一切都是本能，看来我在对男人耍手段这方面很有潜力，真是不知道该大喜还是该大悲，这个结论简直让人无从反应，而他已经施施然去捣鼓剩下的烟花了。排成一个巨大的五边形后，他转身招呼我："你负责点这两个，我来点这三个，一次性把剩下的放完，看能出现什么效果。"

听他这么一说，我也满怀期待，立刻就忘记对调情的思考，欢快地跑过去帮忙点火。烟花爆开前的哨音一阵高过一阵，T大的夜空立刻热闹非凡，旁边研究生楼的同学们纷纷探出头来，还有不少男生吹起口哨。天空中像是一簇一簇彩霞落下来，而同学们热烈的反应简直像天空中有一摞一摞的钞票落下来。这个学校实在沉寂太久了。

我不禁赞叹："真是漂亮啊。这得花多少钱啊？"

秦漠抬头望着漫天盛开的烟花："反正不是花咱们的钱，你别心疼。"我也抬头看烟花："嗯，我不心疼，只要不是花我的钱，我都不心疼。"

在我和秦漠对话期间，和我们同处一个篮球场打篮球的那对男女也挪了过来。姑娘说："妈呀，真是浪漫。"

小伙子隔空和秦漠打招呼："哥们儿，够牛的哈，为了女朋友搞这么大阵仗，不过我还是得说，趁着校工没来，你们赶紧闪人吧，要被逮着了，写个检查是小事，就怕罚款，你们两个人，还得罚双份儿，多得不偿失啊。"

我听这声音分外耳熟，转头仔细辨认小伙子的脸，烟火忽明忽暗中，小伙子抢先一步辨认出我来："颜宋？居然是你！"

正好一个特别亮的烟火爆炸在我们头顶，看清对方的脸，我也大吃一惊，干笑打招呼："哈哈头儿，真是巧啊，还没注意是你。在和女朋友雨中打篮球吧，真是有情调，你们过去继续，过去继续哈。"

头儿摆了摆手："你别误会，我学妹，她明天要考三大步投篮，找我指导指导她。倒是你，什么时候就有男朋友了？昨天《音乐之声》那边新来的一个同学还在跟我打听你，怎么，还藏着掖着啊，不把男朋友介绍给我认识认识？”

我赶紧截住话头：“不是我男……”

秦漠已经从阴影中走出来：“‘音乐之声’的什么？”

头儿和他学妹瞬间瞳孔放大，瞪圆了眼睛，学妹率先反应过来，失声道：“秦大师？！”我想这件事必须解释清楚，正想再接再厉补充完刚才那句话的最后一个词，被秦漠漫不经心地瞟了一眼。我立刻想起郑明明的悲惨遭遇，瞬间觉得这可能不是解释的最好时机。

秦漠伸出手：“秦漠，颜宋的男朋友。”

刚才也许不是解释的最好时机，但从此以后，我预感自己将再也没有解释时机……

已经可以想象明天整个栏目组尽人皆知，岳来上次的美人计没有被头儿采纳，此次必定旧案重提：“宋宋，为了让秦大师以最大的热情来配合我们的节目，我们集体做出了一个英明的决定，决定把你洗洗送到秦大师床上去……”背后阴风阵阵，我打了个哆嗦。

头儿呆愣许久，才能把手伸出去和秦漠握在一起：“T大电视台《学术广角》栏目负责人黎君……跟颜宋是同事。”

秦漠放开手，看了我一眼，对头儿说：“宋宋平时在学校受你照顾了。”

头儿挠头回答：“哪里哪里，颜宋这孩子在电视台一直表现很好，是同学们的榜样，她主持的节目很多老师和同学都喜欢看。”

我无语地望着头儿，整句话只敢苟同“哪里哪里”这个部分，他确实哪里都没有照顾到我，至于我们的节目有很多受众这个观点，纯粹是他自行 YY。

秦漠说："以后宋宋还要多麻烦你。"

头儿连忙说："不麻烦不麻烦，我知道您工作忙没有太多时间关心颜宋学校里的事儿，我既然是她头儿就肯定要为她在学校的成长负责的，您不用太担心。"

我完全插不上话，只觉得自己正在目睹一场家长座谈会。

夜空里烟花燃尽，徒留下灰白的烟尘和浓烈的硝烟味，漆黑的天幕上，热闹过后更显寂静，我计算了下时间，预计校工已快要登上历史舞台，就像香港警匪电影中警察总在一切打斗结束时姗姗来迟。

须臾间，背后果然亮起一束手电光。校工大喊："别跑。"

早有预谋的我已经拽着秦漠跑了起码三十来米远，秦漠明显还没有进入状况，所幸配合度还是很高。

篮球场旁边正好有一个小树林，我拉着他一头扎进去，躲在一棵大树后。今晚没有月亮，小树林太偏僻，也没路灯，到处漆黑一片，令人发指。秦漠说："宋宋……"我摸索着一把捂住他的嘴，用气流发声道："先别说话，不知道校工有没有追来。"等待片刻，没人追来。他的气息掠过我的手指，像被烫了一下，我赶紧放开。秦漠伸手揉了揉我的头发，这样黑的天色他居然能准确无误一次性摸到我的头发，真是高人。他笑了一声："今天晚上我真像个毛头小子。"

我说："啊？"

他道："我没想过这辈子还能牵着女孩子的手在大学校园里

飞奔，”停了一下，补充说，“就为了躲校工。”

我顿然惊觉面前这个人今年已经三十三了，回想他平时的庄重严肃，确实有点搞笑，一不小心笑出声来。他手指滑下揪住我的脸颊往外拉扯：“嗯？还笑。”

我口齿不清：“你年轻的时候就没做过这样的事？”

他手搭在我肩膀上：“还真没做过。”

我安慰他：“这没什么，今天晚上做了，你这辈子就算圆满了。不过在篮球场上放烟花，还是那种喷花类的，你可真是有创意啊。”

他沉默片刻：“这好像是你的创意？”

我说：“啊？”

他慢条斯理道：“听说有人此生第二大愿望就是男朋友能为自己在T大篮球场上放半小时烟花，第一大愿望是有一天自己的塑像能立在T大文科图书馆前供世人瞻仰？”

我呆了一会儿，突然回忆起来，自己确实这么跟周越越说过。那已经是研一上学期的陈年往事，韩梅梅用100根蜡烛在篮球场上摆了一颗红心向林乔表白，一时在校园BBS上引起轰动，成为当年T大民间的一件盛事，讨论此事的帖子连续被版主置顶了三个月，女同学们一方面唾骂韩梅梅此举丢了女同胞的脸，一方面艳羡人家能成功打动林乔的一颗芳心。而男同学们反应就比较单纯了，统统觉得林乔捡了大便宜。周越越在我耳边啧啧啧，针对这件盛事感叹了半天，说要有个男的能为她尽心到这个份儿上，她死也值了，哪怕是个女的这么对她，她也豁出去答应了。我觉得她实在太没出息，忍不住说了两句：“在操场上用蜡烛摆个心就叫尽心了？要谁能为我违反校规在篮球场上放半小时礼花，那才叫尽心。”

周越越说：“你这要求也太高了。你得放低标准。”

我说：“这已经是降低后的标准了，之前的标准是给我在T大文科图书馆前立个塑像供世人瞻仰。”

回想起这一段，心里一时滋味难辨。

秦漠说：“在图书馆前给你立个塑像你就不要想了，我暂时还没那个能力。只能带着你放放烟花躲躲校工。”

我觉得眼睛有点酸涩，一句压在心底一晚上的话终于冲口而出：“秦漠，你就别在我身上耗时间了，其实我们俩不合适。”

他没说话，夜太黑，我也看不清他的表情。

我继续说：“你看，你喜欢我什么呢？我随便哪个方面都普普通通，还带了个孩子。我的生活方式也跟你完全没有重合点，就是上课、打工、养颜朗。我觉得我这个条件的，也就是找个带拖油瓶的鳏夫比较合适，我跟你太不合适了。”

他仍然没说话。我壮起胆子：“而且，你们那个圈子不是经常有酒会、高尔夫、游船、打猎啊什么什么的活动，我完全不懂，你把我带出去也没有面子……”

他终于开口：“游船？打猎？这些你都是从哪里看来的？”

我呆了呆：“天涯上周公子和易小姐论战上看来的。”

他的手放在我头上：“除了这些，你还有什么问题？”

我被他打断思路，一时之间想不出还有什么问题。

他说：“那就是没有问题了？你刚才所说的也完全不构成问题。你看，我们俩在一起根本不会有任何问题。你什么都不要想了，我已经说过，我们慢慢来。”

我被他一番话彻底绕晕，正在沉思，他握住我的手：“好了，我们回家。”

雨不知道什么时候停下，月亮从云层中露出一个角来，天色真是变幻无常，我看着天上的月亮，突然有不妙的预感，好像前方正有什么令人不安的东西，正在一步一步接近。

第十四章

调情请注意力度

我的预感在第三天傍晚得到验证，令人不安的东西在我和颜朗吃晚饭时着陆成功，这个东西是……周越越。

周越越神色颓然地出现在我面前，瞟了一眼桌上的饭菜，自觉地去厨房拿了副碗筷，吃完后又自觉地倒了杯开水，捧着杯子在客厅坐了很久。

颜朗看周越越今天不同寻常，不便调戏，吃完饭就回房钻研奥数去了，只时不时假借喝水为名出来看看情况。我陪坐一旁，心中猜测良多，想起那天分手时她和何大少在一起讨论地理问题，何大少为人认真，多半两人一言不合，她恼羞成怒把人家何大少给打了，看这个态势，多半还把人给打进医院了。

周越越保持沉默很长时间，低头喝了口水，终于说出今天的第一句话："我把何必给办了。"

我想果然如此，配合地"哦"了一声，静待下文，准备听她把何大少揍成了什么样。

周越越捂着脸呻吟一声："我也不想的，是他刺激我在先，说我两年都没找男朋友，说明心里还有他，一直都在等他，把我说得跟那个谁，对了，把长城哭倒的那个女的叫什么来着？我记得好像姓孟，叫孟什么良的。"说完立刻撑着头，"你等等，别提醒我，让我自己想……啊，对了，想起来了，孟良崮，那首歌唱得好啊：孟良崮啊，哭长城啊，千古奇冤，谁人听啊……"

我想果然是千古奇冤啊，哭倒长城的那位女士地下有知一定不能原谅周越越改名之恨，挣扎半天，纠正她道："不对吧，你说的好像是孟姜女，至于那个孟什么良的，孟姜女倒是有个丈夫叫万喜良，不过这两个人应该都跟孟良崮没什么关系。"

周越越低头思索一番，点头道：“哦，我也觉着哪里不对，听你这么一说，孟良崮应该是个小伙子的名字嘛，哪里有姑娘起这个名字的，哈哈。孟姜女这个名字好，就是这个孟姜女，孟姜女痴情啊，我一个搞艺术的，何必那小子竟然说我像孟姜女，把我说得这么痴情，他这不是羞辱我吗，人身攻击啊这是。我想再怎么也得挽回半个未来艺术家的面子，就随口说我这两年其实夜夜出入烟花之地，早已修炼成一个绝代妖姬。”

我看着面前这个额头上种了好几颗青春痘的绝代妖姬，强行按捺住告诉她孟良崮其实是个地名的想法，并且想到要是何大少不幸仍对她抱有幻想，这一番话听在耳中该是何等的虐心。

我问绝代妖姬：“何大少听了你这话就没说什么？”

绝代妖姬把头偏向一边：“他不信。”末了又把头偏回来，眼神茫然地看着我，“人说佛争一炷香，人争一口气，我就是争那一口气，加上气氛也正好，我就把他给办了。你也知道，我……那什么来着，肯定就见血了，我跟他说那是我大姨妈突然来了，他死活不信，然后就非要跟我结婚，靠，我们搞艺术的，从来不拘小节……”

我反应半天，明白过来，震惊难当：“听你这么说，好像不是你把他给办了，是他把你给办了？”

周越越一拍脑门：“现在关键问题不是谁把谁办了，是他死活要跟我结婚，我不能屈服啊，得找个借口，就跟他说其实我已经有相好的了，他说他一回来就打听了，这两年我都跟你混在一起，根本没男人，我一心慌，就跟他说其实……”

她胆怯地看了我一眼，我循循诱导：“其实什么？”

她喝了口水：“我就跟他说其实吧，那个其实吧，当年我被他伤得太深，已对男女之爱彻底绝望，性取向发生了根本性的扭转，我就跟你好上了，一好就好了两年，居然被他看出来了，真是人算不如天算，不过现在我们俩过得特别愉快，就请他不要再来打扰我们了……”

我一口水呛在喉咙口半天，被她雷得没有话说。

周越越看我毫无反应，得到鼓励，继续道：“他看我发了毒誓，相是相信了，就是想听你当面跟他承认一下我们俩的关系，说亲耳听你说了，他就再不来纠缠我了。”

我在天雷轰顶的情况下勉强挤出一丝神志来摆手拒绝：“我名声已经够不怎么样了，现在还莫名其妙添上一条同性恋，这不行，这绝对不行。”

周越越目视窗外，良久，徐徐叹出一口气：“不知道这两天你关注学校BBS没有，周四晚上有一对情侣在篮球场冒着蒙蒙细雨放烟花，真是浪漫得不行，有同学还拍了那对情侣的照片放在BBS上……”

我心里一咯噔，打了个冷战。

周越越继续目视远方：“可惜隔得太远，又是晚上，照片效果奇烂无比，只有模模糊糊的两个影子。”

我松了口气。

周越越突然转过头来：“不过，我们这么熟了我肯定还是认得出来那个女的就是宋宋你哈。”

我杯子一抖，颓然道：“你跟何大少约时间吧，约好时间通知我一声……”

以前看琼瑶剧，男女主角在发生误会的情况下，一般都是由男配出场冒充女主的新欢，以求达到对男主虐身虐心让他身心俱疲肝胆俱裂对女主爱而不能恨也不能爱恨纠结只能咆哮的效果，如今真是时代进步了，男女地位平等了，男配角的活儿女配角也可以承包了。

晚上，我接到两个电话，一个是头儿打来的，一个是周越越打来的。头儿在电话中重申了自己会不惜一切代价保护名人隐私，绝不会把秦漠和我的事儿外泄半分的决心，但同时也希望我能尽量配合，支援一下周一下午电视台和广播站的那场女子篮球友谊赛，我表示接受。周越越则在电话中通知了和何大少摊牌的时间，也定在周一下午。为了方便，我合计了一下，把会面地点由驯鹿咖啡改到了篮球场旁边的小树林。那里有石桌石凳，植物光合作用剧烈，氧分子含量丰富，令人心绪平和，不容易产生激动过头以至于殴打对方的情况，是众多情侣谈判分手的首选之地。

篮球赛开赛前四十分钟，何大少已早早候在树林里，我和周越越一前一后走近。几片昏黄的太阳光照射进来，衬得树下的青年格外挺拔修长，我说："你真打算跟他彻底了断？你要真是这个意思，待会儿我就下狠手了。"

周越越沉默半晌，没有说话。而此时，何必身边突然出现一个牵着小孩的少妇，估计刚从后面那条林荫路上绕过来，正同何必攀谈。

我转头去看周越越，周越越脸色一白再白。

我说："你怎么了？"

她冷笑三声，听得我汗毛直竖：“靠，我还以为他是真放不下我，原来人家是带着旧爱来跟我示威来了。”

普通人遭遇这样的情况一般是拔腿泪奔，但令人欣慰的是，周越越从来就不是个普通人,已经摆出笑脸欢快地迎上前去:“哟，这不是伍老师吗？前一阵子听说你离婚了，原来现在跟何少在一起了啊，何少，你也太小气了，这么件大喜事也不说出来跟我们这些老朋友庆祝庆祝。”说完还哥俩好地拍了拍何必的肩。

小鸟依人得完全看不出年龄来的少妇伍老师飞速瞟了何必一眼，对周越越讪讪道：“好久不见啊越越。”

何必皱着眉要去拉周越越：“不是你想的那样，我们只是碰巧遇到。”然而周越越运动万能，这一拉被她灵巧躲开，那昏黄的日光把树下情景染成一张戏台，我站在不远处，直觉像在看一场皮影戏。

周越越回头对我招手，我想起自己的职责，立刻小跑过去。她亲热地挽住我的手，微笑着对何大少道：“咱们都不要把事情搞得那么复杂，从今天开始，我们俩就没关系了，嗨，咱们俩其实本来就没什么关系，都是你在处心积虑地搞关系，总之吧，你和伍老师好好过，我和宋宋好好过，你看，我被你逼得性取向都改了，你再逼我我就只能去变性了。”

我连忙说：“亲爱的，你可不能去变性，你身高不到一米七五，变成个男的就是二等残废了。”

周越越说：“我要是个二等残废你是不是就嫌弃我了？”

我立刻说：“这怎么可能，我们经历了那么多，好不容易在一起，就算你变成路边的一棵草、教室里一把椅子、蛋糕店里一个羊角面包，”说到这里我已经感觉自己不行了，但仍鼓起勇气坚强地完成了这句话，“我也不会……抛弃你。”

周越越感动说：“你太好了。”

我谦虚说：“我没有那么好，你才好，你是最好的。”说完我们俩集体不易察觉地打了个哆嗦。

伍老师已经目瞪口呆，何大少苍白着一张脸，半天没有说话。我哆嗦完毕，想着差不多应该下猛药了，遂立刻回忆前几天扫过的一本言情小说，特别诚恳地握住何大少的手：“你就成全我跟越越吧，我和她经历的那些不是你能够想到的，你离开她可以活得很好，但我离开她根本没有办法活下去。”眼角余光瞟到周越越，可以看到她嘴角细微地抽搐。

何大少抽出手来撑着额头，半天，道：“颜宋，我不知道事情怎么会变得这么复杂，你不知道，越越她对我，意味着什么……”

我在心里暗叹这场景太琼瑶，每一句台词都是这么的天雷轰顶，简直令人无从招架。

我咬了咬牙，道：“她就是你人生道路上的一段风景，失去了这一段风景你还有无数段风景，可我的人生道路上就只有她这么一段风景，失去她我就一无所有了。”

周越越已然被雷得支撑不住，一把拉住我，道：“没什么好说的了，你的比赛也快开始了吧。”又转头对何必道，“我们就先走了哈，回见。”

何必的声音压抑地传来：“越越，你还记不记得我答应过你，要在你生日时陪你去梅花山看孙权，你生日快到了。”

周越越愣了一下，没有回头，我奇道：“梅花山看孙权，这是句暗号？”

周越越边拖我走边摇头：“不是暗号，那时候我跟他还没分手，看了吴宇森导演的《赤壁》，一下喜欢上了孙权，就想去梅花山埋孙权那地方看看。”叹了口气又道，“孙权，春秋战国时期的著名将领，成功男人的模范啊，文武双全。早期虽然不太出色，赤壁之战他射曹操那一箭射得还真帅，自那以后，他立刻信心大增，一边带兵打仗，一边刻苦写作。他把这两个兴趣完美地结合起来，将自己带兵打仗的经验写成一本书，流传千古，真是不可多得啊。”

我仔细想了一遍，又想一遍，没想出孙权写过什么书，转头请教她。

她惊讶道：“《孙子兵法》啊。这么出名你都不知道？”

我望着天空飘浮的白云，一时之间有点感伤，道：“那什么，你平时要没事儿还是多看点国学书吧。”

但她明显没有在听我说什么，兀自感叹了句：“人生真是无常，其实我对何必那小子，靠，算了，不说了。”

我一想也是，每个人都有每个人的活法，算了，不说了。

周越越把我推进篮球场，让我先去场内热会儿身，她自己在外边一个人坐坐。我刚迈进场子又被她一把抓回来，她不安地看着我，半天，道：“宋宋，你觉不觉得我这个人特别没有逻辑啊？”我拍了拍她的肩膀：“你是个搞艺术的，要什么逻辑？搞艺术的要有了逻辑，以后就只能成卖艺的，成不了艺术家了。”她得到安慰，回旁边椅子上坐好，对我挥了挥手。

球赛很快开始。我们栏目组和电视台其他栏目组相比，在收视率上虽然稍显逊色，但是在田径运动上真是不遑多让，独领风骚。每个成员都有一项甚至两项体育特长，在各种各样的体育赛事中为台里赢得荣誉，从而帮助台里从学校处获得不少奖金补贴，真是曲线救国。我时常想，大概这就是为什么我们的节目烂到那个地步，台长都不忍心将它取缔的终极原因。而此次篮球比赛，更是由我们《学术广角》一力承包，令头儿感到荣耀非常。

比赛打到一半，胜负已见分晓，下半场除非广播站那边动用少林高僧男扮女装来打功夫篮球，否则转败为胜的机会相当渺茫。我抬头看向场外，周越越已经不知去向，这种一面倒的比赛确实没有什么看头。岳来趁着休息间隙过来靠了靠我的背：“场外跟蒋甜说话的那个人好像是……秦大师？”

我一愣，顺着她的目光抬头，眯着眼睛看了会儿，不远处树下那个穿西装三件套、外边还套了件大衣的男人果然是三天不见人影的秦漠。

我点了点头：“嗯，应该是他。”

此时正好有一辆自行车从他们身边疾驰而过，蒋甜灵巧一闪，正好贴到秦漠身上。我目送自行车远去，蒋甜和秦漠拉开一点距离，正低头说什么。

岳来感叹道：“小甜甜还挺有两把刷子嘛，你看，那脸红得恰到好处，真是尽显娇羞本色，不过这也贴得太近了，周围人都看着呢。”

我想了想说：“大概就是要周围人都看着，方便制造舆论嘛，如果那男的不从，就用舆论束缚他，要挟他，强迫他，保管他就从了，你看过《楚门的世界》没有？舆论的力量是非常强大而变态的。”说完我打了个寒战。

岳来哈哈道：“你挺有心得的嘛，以后也打算这么对付自己的男朋友？”

我头皮麻了麻，想到本科期间，由于边疆地区民风淳朴，周围同学们得知我小小年纪竟然有个儿子时无不显露异样眼光，不由大汗淋漓。过去我饱受舆论折磨，这辈子再也不想成为舆论中心，利用舆论强迫男人的手法好则好矣，就是不太适合我，真是令人不无遗憾啊。

我握着球一个三大步上篮，目瞪口呆地看着篮球飞过篮筐，以优美的抛物线形式直直砸向蒋甜。幸好秦漠反应快，拉了蒋甜一把，电光石火之间长臂一伸接住球。我惊魂甫定地拍了拍胸口，秦漠一双眼定在我身上，从上到下打量一番，挑起嘴角笑了笑，没等我反应已经把球掷了过来。看着越来越近的篮球，我的神经反射突然停止，完全不知道该接还是该躲，眼睁睁看着篮球“咚”一声砸在脑门上，只来得及感叹一句：“扔得太准了……”

接下来现场完全乱成一团，岳来在一旁大喊：“宋宋，你没事吧？”另外几个队员也要冲过来，我被砸得眼前直冒金星，一边摆手一边蹲着抱头沉思地上怎么会有血痕，刚刚还是几滴转眼已经成瓶盖那么大一小摊了，我还没研究出个结果，身体一轻已经被人抱了起来。秦漠脸色不大好看，边走边对旁边不知道谁说：“你们继续比赛，我送她去医院。”

然后是蒋甜的声音，软软的：“要不我跟着一起吧，学校医务室我比较熟，再说您也是因为我才不小心砸到她……”

秦漠说：“不用了，这事儿跟你没关系。”

我在昏沉中一摸鼻子，看着满手的鲜血愣了半天，想今天真是倒了八辈子血霉啊。

鼻血怎么也止不住，秦漠抱着我几乎要小跑起来，我用不知道哪里来的餐巾纸捂住鼻子,无语地望着他额头上的汗珠：“我说，三天前你才对我表白，三天后就为了个幼齿的小萝莉对我痛下杀手，你到底是怎么想的啊？”

他轻轻喘着气：“别说话，把头仰起来。”

上车之后，我越想越觉得委屈，旧事重提：“你到底是怎么想的啊？”

他紧紧锁着眉头，车开得简直要飞起来。我本来就头昏脑涨，被这么一折腾更加头昏脑涨。好不容易到了医院，又是止血又是照片，折腾了将近一个小时，弄得我疲惫不堪。秦漠一向喜欢揉我的头发，但目前属于非常时期，我的头部正疑似遭受重创，他不敢轻举妄动，斟酌片刻，握住我的手紧了紧：“如果累了就先睡会儿。”我想这些医生检查这么久，不会被秦漠一砸就把我砸出绝症来了吧？怀着这个可怕的想法，我渐渐沉入了梦乡。

醒过来的那一刻，我预感自己一睁眼就会看到坐在病床旁邋遢无状的秦漠。这个想法来源于风靡港澳台三地的琼瑶大剧《还珠格格》。遥想当年，夏紫薇病床前气息奄奄郁郁不得欢的福尔康那忧郁的侧面，已然成为一个家喻户晓的经典。激烈斗争一番之后，我决定暂时不睁开眼睛，让秦漠产生一种我仍然昏睡不醒的错觉，从而增加他的内疚感。但这个计划马上遭到颜朗的破坏，我恢复意识之后不过五秒钟，头顶上就立刻响起他的欢呼：“干爹，我妈醒了，我刚看她睫毛在动，看，啊，还在动。”

我假装没有听到颜朗的话，暗叹他是一个多么吃里爬外的小子的同时，在心中设想事态会朝哪个方向发展。

我设想的场景是这样的。

户外晨光灿烂，透过门窗洒在我的病床上，秦漠听到我醒来的消息，十分激动，从椅子上忘情地站起，扑倒在我身边紧紧握住我的手：“你终于醒了。”

我睁开眼睛，含情脉脉安慰他：“都过去了，好在有惊无险。”

秦漠痛苦状道：“有惊无险，你已经遍体鳞伤了，还说有惊无险，我会为你心痛而死。”

我摇头说：“不要这样，你这么难过，我会因为你的难过而更加难过的。”

他也摇头说：“我知道我不应该让你更加难过，但是我真的没办法不难过。”

我不说话。

他继续说：“你痛，我也痛，你痛，我更痛。我心痛得都快要死掉了。”

我就立刻撒娇说：“秦漠，你好过分哟。”

我想象着这个场景，情不自禁哆嗦了一下，但突然之间产生灵感，觉得假如我顺利说出设想中的第一句话，接下来的事情搞不好真会朝着设想的方向发展，一时之间有点跃跃欲试。我跃跃欲试地睁开眼睛，并在同时，抱着试一试的心态转头，道：“都过去了，好在有惊无险。”

秦漠的声音响起：“醒了？醒了就起来吧，你已经睡了一下午，现在都十点过了。”这句台词和设想中大不一样，我茫然看着他，一时接不上话。

他并没有坐在我床边，而是坐在一米开外的沙发上，黑衬衫外随便搭了件毛衣，膝上放着一台笔记本电脑，戴了副眼镜，一只手搭在小沙发的扶臂上，另一只手似乎在触摸板上缓慢移动。

我想了一下，什么样的人才才能在亲手摧残了喜欢的人之后仍然镇定自若地坐在一边玩电脑呢。思索良久，觉得只有精神分裂症患者们才能拥有如此过硬的心理素质。得出这个结论，突然令我有点怔忪。回顾前文，秦漠前几天的确有说在追我，但好像人家从来没说过喜欢我。而究竟他为什么要追我，虽然截至我被砸之前一直是个未解之谜，但照目前这个态势来看，也许是因为算命的说我八字跟他特别合他才来找的我？想起下午我不过一时失手将要砸中蒋甜，他就能对我下此毒手，这个推断也不是没有可能。我心里一时茫然，深深觉得自己被玩弄了。

颜朗噌噌噌跑到梳妆台旁拿了镜子放到我面前，安慰我说：“妈妈，你现在就是脸有点肿，其他都没什么。”估计看我脸色不好，又昧着良心补充了句，“虽然有点肿，但这么一肿，这么一肿吧，我倒觉得更好看了。”说完这句话，他自己都不能信服，皱眉半晌，踮起脚拍了拍我的肩膀，“算了，我都是为了哄你，你脸这么一肿一点都不好看……我先去做作业了。”

颜朗消失在门口，忘了带上门，我说：“秦漠，你看，我早说我们俩不合适。”

他从屏幕前抬起头来，鼻音低沉道：“嗯？”

我正在脑海中组织语言，以便有条不紊地拿出论据，而他已经放下电脑几步过来到我床前。脸上的眼镜让他的面部轮廓柔和许多，他定定地看着我：“你睡着的时候可不是这么说的。”

我茫然道：“啊？”

他把眼镜摘下来，随手从旁边桌上拿过一张眼镜布边擦边道：“你不记得了？不记得说喜欢我，说跟我在一起很开心，还让我不要离开你？”

我目瞪口呆，直觉这不该是我会说的话，但睡着是一件很玄的事，人在清醒时受本人控制，睡着时基本上就受本能控制了。我不禁在心中暗自猜想，难道说我的本能已经先本人一步向秦漠投降了？但即使有这样的事，又怎么能够轻易承认？我激烈摇头：“怎么可能？这简直不是我说话的风格。”

秦漠笑了一下，重新戴上眼镜，叹了口气道：“好吧，你什么都没有说，那你跟我讲讲，这次你觉得我们不合适在什么地方，不要再找上次已经用过的借口。”

我回忆往事，搜索一遍，发现基本上已经忘记上次使用了什么借口，但我和他不合适的理由是如此之多，随便出口都可以自成一条。

秦漠以鼓励的眼神望着我，我不假思索，冲口而出：“我们俩真的不合适，你看你为了蒋甜还用篮球砸我。”说完我愣了一秒钟，反应自己刚才说了什么。

秦漠也愣了一秒钟，半晌，他说：“你觉得，我是扔篮球故意砸你？”

我点头道："有识之士都看得出来吧。"

他一副哭笑不得的表情："我也很想问你，那么简单的传球你怎么会接不住，你上半场不是打得挺好的吗？我传球给你的时候你都在想什么啊，真是，多少年没被这么惊吓过了，好在没事。"说完揉了揉我的头发。

我相当震惊，辩解道："你传球之前干吗要对我笑啊？你那么笑，我肯定就分神了啊，一分神我肯定就觉得你是在故意砸我啊。"

秦漠勾起嘴角："这句话前半部分我爱听，后半部分跟前半部分没有逻辑关系，可以忽略不计，好了，起来跟我去客厅吃饭。"

我想想不对，问题没有得到解决，一晃眼看到他的笔记本，补充道："而且我醒过来的时候你还在优哉游哉玩电脑。"

他已经走到门口，闻声转过头来："你只是睡个觉，我还要寸步不离守着你？"

我一分析这个语气，直觉他是在挑衅，不甘示弱地点头："肯定要啊，电视剧都这么演的。"

他点头道："好，待会儿我就去把被子抱过来和你住一起。"

我不能跟上他的思维，茫然道："啊？"

他一本正经："还需要什么服务？尽管提吧，目前你是病人，我让着你。"

我前后思索这段对话，终于回过味来，顿觉尴尬，连忙道："那什么，我还是取消刚才提的那个业务吧……"

他思考半晌，道："你觉得我像是个招之即来挥之即去的人吗？"

我实话实说："不像，你像是招之即来挥之不去的人。"

他笑出声来："不错，你对我很了解嘛。"

用过晚饭之后，秦漠就要回去取他的被子，我以退为进，不予置评，在他回去实施这个计划的同时，面容冷峻地把门反锁了。颜朗咬着笔头看了门锁半天，问我："妈妈，如果我趁你睡着的时候偷偷把门打开，你会不会怨恨我？"

我问他："秦漠给了你什么好处？"

他假装正在思考一道应用题："哦，没什么，我只是觉得你太不开放了。"

我看着颜朗，半晌没有言语。放眼整个生物界，永远是花花公子最希望女人们能够活得开放。首先心灵为他们开放，然后身体为他们开放，归根结底还是身体为他们开放，等女人完全开放了，就可以把她们随手放开了。颜朗还如此之小，但从刚才那番话里已经约莫可以看出一个花花公子的雏形，实在令人担忧。我在心中暗自打算，得找个时间好好和他交流一下。

时间就这样一分一秒过去，转眼又是一天。我几乎已经快忘记电视台要做一个有关秦漠的专访，等到中午上完课，突然想起这件事而打电话询问头儿时，才知道原来它已经快要发生。

头儿说："正找你呢，我好像记得你今天下午没课是吧，蒋甜头一次面对镜头做节目，待会儿访谈秦老师害怕出岔子，你赶快过来指导指导她。"

我被"指导"两个字吓了一跳，不胜惶恐道："我的主持水平也不怎么样，真要指导蒋甜，还得让《音乐之声》那边的两个主持人帮忙。”

头儿不赞同道：“你的主持水平很稳定嘛，不要谦虚，快点过来。”说完掐断电话。

自我担任《学术广角》主持人以来，始终将收视率保持在全台最后一名，主持水平确实很稳定，从这个角度来看，他也算所言非虚。我提起背包叹了口气，一路飞奔至电视台。

办公室里人还挺多，我蹑手蹑脚走进去，被岳来一把抓住，悄悄问我：“怎么样，头没事儿吧？”

我用中指弹了两下太阳穴附近，以示它的坚固。

岳来拍了拍我的肩膀：“看来秦大师是真对小甜甜有意思，不然也不能为了她把你给砸了。你说你昨天上篮那个球怎么就翻过篮筐直冲着小甜甜去了？”

我正要解释是一时手滑，她不等我表态又继续道：“这么一砸，小甜甜简直一夜扬名，有人专门就篮球场英雄救美事件在学校 BBS 上开了一楼，今天下午我来台里之前还去翻了翻，都超过山寨流星花园的八卦楼了，真是红火啊。昨天秦大师送你去医务室之后就再没回来过，之后蒋甜比赛都没看完就走了，陈莹说多半是两人有约会了。虽然不知道秦大师怎么就看上了小甜甜，不过这事儿时间发生得还正好，有这么个绯闻开道，我们今天做的节目不红都难。”

我说：“那帖子……”

岳来打断我：“那帖子火得不行，不知道小甜甜看到没有，反正我看她今天走路都在笑，对了，你看到小甜甜没？”

我表示刚刚才来，还没目睹到小甜甜的影子，并表示奉头儿之命，得在录节目之前给小甜甜传授临场经验。岳来掏出手机看了看，道：“他们应该在演播室，还有十分钟开录，早知道就不拉着你说八卦了，你快过去快过去。”

我心情复杂地推开演播室大门，放眼一望，秦漠正坐在一把椅子上翻看采访提纲，蒋甜身穿一套宝蓝色小洋装，靠着秦漠那把椅子的扶手微微弯腰指着提纲说什么。两个人都挺认真，完全没注意到我。

我背靠墙壁站了会儿，再看手机，已过去六分半钟。蒋甜能在秦漠基本不抬头的情况下恣意挥洒如此长一段时间，可见其在镜头前的啰唆程度和我相比必然青出于蓝，头儿完全不用替她担心。我想来想去，自觉没什么可以教她，顶多趁着节目开录之前迎上去充满爱心地说两句表示祝福的吉祥话，而这其实没有必要，辗转一阵，打算离开。

正当我转身推门，旁边角落突然响起一个男低音：“颜宋？”

我吓了一跳，稳住身形，朝声音处抬眼看去，发现角落里靠墙站了个穿白色运动服的陌生小伙子。那运动服如此之白，几乎和墙壁混为一体，叫人难以辨识。

我在记忆里过滤一番，确认没有见过这个人，迟疑道：“你是？”

他用手指了指隔壁，道：“《音乐之声》那边新来的，宋岩。”说完正反比画了一下，“把你的名字反过来就是我的名字，不过你是‘书中自有颜如玉’的‘颜’，我是‘一声冰铁散岩谷’的‘岩’。”

我露出无知的神色。

他略一思索："就是那个'长天下远水，积雾带岩扉'的'岩'。宋岩。"

他面露期待，但我仍然没搞明白，并且经他解释之后越来越搞不明白。这就是和才子对话的痛苦之处，虽然用的是同一种语言，但才子们总是有办法让你产生交流障碍，以达到双双不知所云的境界。

工作人员已经开始清场，蒋甜估计补妆去了，开录前的最后一补。秦漠正坐在那儿玩手机，我顺手打开门，让宋岩同学先出去。后脚刚迈出演播室，短信提示音立刻响起，手机快没电了，但好歹还是凑合着看完了整条短信，秦漠发过来的，共计十一个字："策划案是你做的？做得不错。"我第一反应是他发错短信了，想半天回过神来，大概他说的是关于他那份采访策划案，愣了片刻，不知道为什么就有点心花怒放。在MSN上和郑明明聊过多次，据郑明明描述，她的表哥秦漠是个宽于律己而严于律人的人，很少表扬他人。她活了二十多年，也只听秦漠表扬过两个人，一个是杜甫，一个是……杜子美。尽管她从小在国外长大，没学过语文，也不能让人轻易原谅这个见解，因为在百度搜索如此普及的今天，只要轻轻一搜，就可以发现杜甫，字子美，世称杜工部、杜拾遗，我国唐代伟大现实主义诗人……

跟在我后面的宋岩叫住我说："不知道能不能和你切磋一下主持技巧啊颜宋，之前我看过你很多节目，很喜欢你的主持风格。"

我的主持风格就是没有风格，正好岳来从办公室出来，看到我，招了下手，我一边抱歉："现在可能不太方便，还有点事儿，不好意思啊，改天吧。”一边匆匆跑了过去。

《学术广角》栏目开办以来，终于在今天迎来了有史以来的第一个全勤，且还不是头儿强迫的，真是难能可贵。诸多其他栏目组的同学也纷纷前来参观交流，其中不乏各个栏目的美女主持，办公室里一时人才济济。

我和岳来在办公室里艰难前行，我说：“这怎么回事儿？”

岳来摊手说：“台里那四朵金花有两朵是建筑系的，据说是来找秦大师要签名的，另外两朵我就不知道她们来干吗了，那些男的大概是来看金花的，剩下的估计是不明真相的普通群众，一看今天台里人都往我们办公室跑，以为提前发补贴呢。”我左右一看：“既然没钱领他们怎么还不走啊？”

岳来叹了口气：“这已经是走了一半以后的阵容了。没钱领还不兴人家看看热闹啊。”

我无言以对，道：“好像也没我什么事儿了，那我先走了哈。”

她拉住我：“等等，这是上次你要的材料，我帮你找出来了，你先看看哪些得存个底，我好去复印，这个材料借得不容易，放学前我还得还回去。”

我无奈接过那一大堆材料，坐在她旁边闹中取静，慢慢翻看。

一堆材料起码翻了一个多小时，平常比较熟的一朵金花等得太过无趣，探头来和我搭讪道：“唉，颜宋，这次你怎么做幕后啦？你们栏目的主持人不一向都是你吗？”

我正要回话，对面的陈莹已经先一步接口，道：“秦大师是蒋甜请过来的，我们老大考虑他们俩比较熟，节目做出来可能效果更好点，才把颜宋换下来的。”

金花询问地看了我一眼，用手掩住嘴巴，低声说：“难道BBS上那个帖子都是真的？”

我受她感染，也低声说：“应该不是真的吧……”

陈莹暧昧地笑了笑，对金花道：“待会儿蒋甜出来你问问她不就知道了，那天某人拿球砸蒋甜，幸好秦大师眼明手快帮蒋甜挡住了……”说完瞟了我一眼。我干笑了一声，暗自揣测是不是岳来最近又大规模地得罪了她，而我不幸被连坐。

金花遗憾道：“以前我就挺关注秦大师的，还一直以为他喜欢的是知性美女呢，原来他喜欢那种卡哇伊型的呀。”

我说：“其实这件事……”

办公室门突然被推开，五十多平方米的空间一下万籁俱寂，搞得我的声音十分突兀。我赶紧降低声调并回头看，本来该在演播室里录节目的秦漠正站在门口，看到我松了口气：“你手机怎么关机了？朗朗打电话来说今晚想吃饺子，我还有事得处理，估计要晚回去，你回家路过街口那家面店就顺便买斤饺子皮吧。”说完想起什么，几步走近，拿出一个小塑料袋，“早上你走的时候忘带药了，不坚持吃估计脸就该肿得毁容了。”

我看着他手里的药发呆，他把塑料袋放在我手中，眼里含笑说了句：“还跟小孩儿一样，吃药得让人提醒。”周围不知道谁抽了口气，他真是抽出了我的心声，此情此景，我都忍不住想抽一口气。

秦漠手里搭着风衣，神色自若地看了眼那位抽气的姐妹，姐妹立刻又抽一口气，群众纷纷埋头假装很忙，连四朵金花都随便扯了几份报纸装作研究上面的广告。他旁若无人，继续说："买好饺子皮放那儿就行了，我来包，我饺子包得还可以。"

我顿时觉得很尴尬，都不敢抬头观察群众的反应，唯有胡乱点头。

秦漠没再说什么，临走前向我确认："你们办公室有水吧，可以吃药？"我连忙说："有的，有的。"一路将他送出办公室大门。结果一走出大门，迎面正碰上急步小跑过来的蒋甜。

这情形正像是一道应用题，问，秦漠和蒋甜相向而行，秦漠每分钟走 60 米，蒋甜每分钟跑 300 米，两人相距 30 米，求，两人相遇总共需要几秒（精确到小数点后一位）。于是，经过周密计算，5.0 秒之后，蒋甜气喘吁吁地跑到秦漠跟前，平复了一下呼吸，柔声道："秦老师，您怎么节目一录完就走了呢？我爸爸让我跟您说说，不知道您星期天有没有空，请您那天到我们家来玩儿。"

秦漠表现出回顾行程安排的模样，回顾了两秒钟，道："星期天我还有个会，代我谢谢你父亲的好意，下次有机会的吧。"

蒋甜露出失望的神色，接着脸突然一红，轻声道："不知道秦老师什么时候有空呢？"

心口好像被什么东西狠狠一抓，我有一种自己突然化身成一棵木桩子的错觉，斧头一劈，立刻轰然倒塌。倒塌的感觉越来越强烈，我说："我先回去了。"

秦漠瞟了我一眼，一把握住我的手："再陪我走一会儿。"

蒋甜手上的材料突然掉在地上，"啪"的一声。空旷空间里这突如其来的一声响动吓得我差点跳起来。她也像是突然惊醒，立刻蹲下去捡，起身时脸色发白，道："秦老师……"

岂料主题思想还没能够清晰表达就被秦漠打断，他站在下午三四点钟的太阳底下，淡淡道："下午辛苦了，再见。"

而我在把秦漠送到停车场的一段路途中，一直在思考到底蒋甜被秦漠打断的那句话想要表达的是什么。许多个性化台词从我脑海中一闪而过，最终，唯有一句烙在了心底，那就是："秦老师，我有了……"我心神不宁地想了很久，在他上车前终于鼓起勇气问："你和蒋甜是……那种关系？"

秦漠愣了一下："谁是蒋甜？"

我比画一下："刚才那个啊，你还打断人家说话。也许是特别重要的一句话呢，比如说……"话到此处我突然醒悟自己这个口气不对，立刻闭紧嘴巴。

他靠着车门，似笑非笑问："比如什么？"

我说："啊，今天天气好好，晚上是买一斤饺子皮吧。"

他拉着我站好，执意追问道："比如什么？"

一时间各种思绪都飘进脑海，我咬了咬牙："秦漠，我有了。"

他怔怔看着我，吃惊道："我明明……"

我说："啊？"

他脸色变了几变，用一秒钟迅速搂住我并在下一个一秒将我紧紧按在车门上。他说："谁的？"

而我终于反应过来，一时无言，边推他边道："那个不是我说的话，你不是让我比如吗？我就比个例子给你看啊。"

秦漠不说话，只看着我。我被他看得毛骨悚然，不自觉放低声音道："我没有，我真没有。"说完这两句话之后，顿时在心里将自己鄙视一番，我有没有关他什么事儿啊，居然这样英雄气短，我这是招谁惹谁了啊。

秦漠将头搁在我肩膀上："以后别开这种玩笑。"

在他说完这句话后，我眼睁睁看着周越越和何大少从对面一辆车上走下来，周越越张大嘴巴："哇，宋宋，你们好激烈。"

我想，人生，你可真是无常啊。

第十五章

放心爱上我吧

从某种程度上来说，停车场其实是个邂逅的好地方，你可以想象一对男女相遇在停车场，女方立刻通过男方所开车型判断出他的身价，从而展开一段浪漫恋情。假如男方开的是十来万的标志 307，就是还凑合的浪漫；是七八十万的莲花，就是一般浪漫；是一百多万的保时捷卡宴，就是很浪漫；是四百万左右的法拉利 612，那真是浪漫得没边了。假如是辆奇瑞 QQ，就不予考虑。

何大少开的车正是一辆保时捷卡宴，面对此等豪车，周越越仍能轻言分手，已说明她此生必然是女主角的命。古往今来的女主角们都是富贵不能淫，威武不能屈，既不收银票又不收支票的主。甚至连以青楼女子为主要刻画对象的文学作品都不能例外。即使男主角来嫖你，你也不能收钱，收了你就不是一个合格的女主角，就要沦为炮灰女配。何大少之所以放不下周越越，多半也是因为他觉得周越越不拜金。但我其实怀疑周越越根本不知道面前这部车是个什么价位。我已经可以想象假如有一天她和何大少展开一场关于这辆保时捷的对话，她必然会问：“你这个车还不错嘛，没有二三十万拿不下吧？”

我对周越越使了个眼色，翻译成汉语就是：“你怎么又跟何大少凑一块儿了？”但她没有接收到讯号，仍然撑着下巴兀自感叹。秦漠不动声色地放开我，换右手搂住我的腰，转身对他们点了个头，算是打招呼。而何大少脸上的表情突然生动，眼睛也散发出一种类似于垂死病人回光返照的光芒。

我想，完了，昨天演的那场戏白演了。

本打算采取挽救措施，但如果秦漠在场就根本不可能。想到这一点，赶紧把他推上车系好安全带再关上车门，一套动作行云流水一气呵成。他摇下车窗询问地看了我一眼，我低头说：“开车小心。”

他挑了挑眉毛：“我开车一向很小心。”

我说：“明明上次还撞到护栏……”

他说：“那不是因为你在一旁捣乱吗？”

我捏着拳头朝他脸上比了比，他笑出声来：“好了，晚上记得买饺子皮。”说完发动车子在一分钟内驶出我们的视线之外。

何大少说：“颜宋，你，你和越越……”

周越越终于反应过来，在她那声“哇噻”之后，我们昨天那场戏已濒临穿帮，一时愣在那里无言以对。

我赶紧扑过去惊慌失措状道：“越越，你不要误会，我和他没什么，是他自己要喜欢我，我根本不喜欢他，我和他真没什么。”

周越越迅速进入角色，转过头去不理我。

我本来想去抱她裤脚，结果她今天穿的是一条超短裙，抱无可抱，一时不知该从哪里下手。

周越越已经调整出一副梦游般的表情，转过头来：“喜欢上你让我压力好大，不仅要防女人，还要防男人，你知不知道，我每天都生活在战战兢兢当中。”

我在一边使劲想为什么她要先说防女人再说防男人，而嗓子已经自动发声：“宝贝儿，别害怕，我生是你的人，死是你的吉祥物。”

何大少终于扛不住了，后退一步直撞在汽车头灯上，心如死灰地苦笑一声道：“我先走了。”

周越越目送何大少的保时捷远去。电视里演到此种场景，总是用慢镜头配上煽情歌曲“你说要娶我进门结果却娶错人”之类，然后男主角在车中忧郁的侧面和女主角在原地凝望的泪眼交替出现，同时情景再现出他们过去海边嬉戏、一起吃路边摊、第一个吻等，看得每一个观众泪流不止。但现实总是很残忍，何大少的保时捷性能太好，发动后不到三十秒就彻底消失在地平线上，使得周越越这惆怅的一望被迫在三十秒内结束，完全不能把气氛调动起来。我说：“你们俩，这是何必呢？”周越越抬头看停车场顶部，叹了口气，半晌，语重心长道：“你不知道，主要是他有一种欠虐的气质……”

周越越要去图书馆一趟，我们在东区教学楼分手。据说她参加今年一个大学生建筑类设计比赛居然入围，要去图书馆找点补充资料。

五分钟后，我回到办公室。外部门的人基本走得差不多，只剩下本部门成员，大家正围成一团小声讨论什么，只有陈莹和蒋甜没有加入。陈莹的办公桌正对着门口，她迅速抬头看了我一眼，又迅速低头。

我绕过她走到人群中拍了拍岳来的背：“怎么人都走完了啊？”

岳来差点从椅子上跳起来，用一种看外太空生物的目光仰视我：“夫人，你怎么又折回来了？”

我升调“啊”了一声：“夫人？”

她嘿嘿笑道：“别藏着掖着了，刚头儿都跟我们坦白了，说早知道你是秦大师的女朋友，说看到你们一起放烟花了。那天晚上那个烟花原来是秦大师放的啊，你都不知道感动了多少女生，上次谁说的来着，三十三岁的大师，年轻有为，英俊多金，没结婚，还浪漫，宋宋你真是捡到宝了。”

群众纷纷附和，连头儿都忙不迭点头。

其实经岳来这么一说，我也觉得自己捡到宝了。但搞对象这事就像搞行为艺术，大家有没有感觉是次要的，主要是自己很有感觉，万不能大家都有感觉反而自己没感觉，那就不是艺术而是艺伎。只恨秦漠不是人民币，不能立刻让我爱不释手。

岳来继续说：“刚才秦大师到我们办公室来给你送药的时候我心跳差点停掉，就好像把你生下来二十多年的老妈，你本来以为她就是个普通的家庭妇女，结果她的真实身份居然是拯救地球的蜘蛛侠，实在太刺激了。”

群众再次附和，我被她从这个比喻中展现出的才华倾倒，不知道说什么好。

大家不知所云了大约四分钟，最后将对话往神奇的方向发展。这个神奇的方向就是大家纷纷觉得今天下午的采访做得不错，要去撮一顿以示庆祝，又纷纷觉得随便撮一顿太没有纪念意义，可以买菜来自己做，但在场各位除了蒋甜和我以外其余所有人都是住校，而大家实在没有胆子到校长家去施展厨艺，在确定了我和秦漠没有同居以后，最后把地点定在了我家。

岳来悄悄说：“这堆小姑娘就是看准了今天晚上秦大师要到

你们家包饺子。”

我条件反射说：“他们不知道妨碍别人谈恋爱是要被马踢死的吗？”

岳来伸出一根指头颤抖地指着我说：“宋宋你好恶毒。”完了嘿嘿笑道，“其实我也想去看看家居的秦大师是什么样，不过你得好好看着你们家那位，要不被我们栏目组哪个小姑娘抢走了你就该哭了。”

我说：“这不能吧。”

岳来叹气道：“现在小姑娘自由奔放得没有道德底线，觉得爱情无罪真爱无敌，已婚男人都不是问题，何况秦大师这个还没结婚的。”

说完拍了拍我的肩膀。

以前看过一本书，把女人比喻成商品，但我觉得这个比喻不好，显得女人太喜欢流动。关键这个世道明明男人比女人更喜欢流动，而且还能在流动中增值，这就更像商品。

我想秦漠总有一天也要流动出去，或者流动了很多站才流动到我这里，不管是前者还是后者，都让人没有安全感。而当我有这个想法，拼命找出他身上不够令人喜欢的地方，说明我正在克制自己。

我和秦漠打电话，本意是让他不要过来了，但他明显理解错了我的意思，只说了句：“有十个人？那你再多买点饺子皮。”

秦漠回来时，除开头儿、蒋甜、陈莹几个有厨艺天赋的在厨房里忙活，其他人全坐在客厅里看电视，颜朗早和栏目组众人混熟，正和岳来下五子棋。岳来连战连败，已近崩溃，我教育颜朗：“你就不会放点水啊你，你这样让你岳来阿姨多没面子啊。”颜朗说：“人要多受打击才能成长，我是在帮助岳来阿姨成长。”岳来手一抖，差点抖到颜朗脖子上去。周围观战的几个同事哈哈大笑。

我帮秦漠挂好衣服，他已经走到颜朗身边，估计觉得颜朗太嚣张，要打压一下他的气焰，和声道：“我们父子俩杀一局吧。”

客厅里顿时鸦雀无声，大家面面相觑，脸上全是被天雷轰过一遍的表情。秦漠坐在颜朗对面从容地转着笔，我痛苦地抚着额头解释：“不是这样的……”秦漠打断我的话：“宋宋，去倒点水过来。”我没有理他，继续道：“其实……”这次被颜朗打断：“妈妈，你拿点巧克力过来啊，快点快点，我必须吃点巧克力补充一下精力。”

而等我拿完巧克力回来，众人的神色都已经恢复平静，全都专注地围在一边看秦漠和颜朗下棋。我在旁边“其实”了半天，结果没一个人理。

但即使有巧克力补充精力，颜朗也输得一败涂地，怨恨地瞪着秦漠，秦漠教育他：“人要多受打击才能成长，我是在帮助你成长。”岳来当场笑喷，我悄悄跟她说：“其实他们俩没有血缘关系，你别误会。”岳来“切”了一声：“怎么可能？这个气场一看就是亲生父子的气场嘛。”我对气场这东西一窍不通，一时无言以对。

下完棋秦漠自觉去饭厅包饺子，片刻后，头儿、陈莹和做文案的刘畅先后从厨房出来，刘畅笑说：“我们的工作做完了，可惜不会包饺子，帮不上秦老师的忙。有谁会包的去饭厅搭个手吧，只有蒋甜和秦老师两个人，可能人手不够。”陈莹瞟了她一眼。

我说：“要不我去把皮和馅儿端进客厅来，大家边看电视边包吧。”

众人纷纷附和。

饭厅里，蒋甜正坐在秦漠对面手握饺子皮说：“去年暑假和爸爸一起去了法国，看到了凡尔赛宫，那时候突然觉得房子不单纯是房子，是很美丽的艺术，如果早两年爸爸带我去那里玩，也许我就不读现在这个专业而改读建筑了呢。”

对话戛然失声于她的视线定格在我身上，但立刻冲我绽放笑容：“颜学姐，你也来帮忙啊？来，你坐我身边吧。”

秦漠皱了皱眉，沾了面粉的手指在我嘴角上轻轻一刮：“巧克力？”

我退后一步，警惕地注视他：“你别再用那个手碰我，全是面粉。”说完去端肉馅儿，“就你们两个包也不知道包到什么时候，还是拿到客厅里发动群众一起动手吧。”

蒋甜笑了一下：“也是。”拿着饺子皮走在前面，秦漠趁机一双手在我脸上一揉，又一揉，再一揉，我手里端着肉馅儿不好放手，只好踩了他一脚。但拖鞋杀伤力太不强大，他只是扬眉一笑。

读大学的时候，过年也常和外婆、颜朗一起包饺子，估计颜朗也是触景生情，包了一会儿，问我：“妈妈，我们什么时候回家看外婆？”

秦漠说：“等我忙完了就回去。”

颜朗刚才输棋的怨愤还不能平息，头偏向一边道：“我是在问妈妈又没有问你。”

秦漠说：“妈妈也得等我忙完了再回去，反正都是一样的。”

我说：“……”

岳来笑嘻嘻和头儿道：“这就是气场啊这。”头儿一脸莫名其妙。

气氛渐渐放开，大家边包饺子边三三两两聊天，而不知为什么蒋甜非要坐在我旁边，并不时问我一些厨房问题，这些问题个个匪夷所思，我估计都是她从厨师考级试卷上弄下来的真题，我一个也答不上来，一时深受打击。秦漠说：“看来结婚前得把你送去新娘培训班好好培训一下。”

我说：“你不如直接找个厨师结婚。”

蒋甜诧异道：“你们要结婚，颜学姐，你不是同性恋吗？”整个客厅寂静一片，而她立刻捂上了嘴巴。

在蒋甜捂住嘴巴的这一刻，众人纷纷停下手中动作，齐齐看着我，目光凌厉，表情各异，但每一双眼睛都是那样充满求知欲，此种眼神一般只在期末最后一堂课老师公布考试范围时才能看到。

我奇怪于蒋甜怎么知道我假装自己是个同性恋这件事，颜朗已经开口反驳：“我妈妈要是同性恋，那我是从哪里来的？”

这终于成功转移大部分人的注意力，大家立刻吃惊于这样一个小正太居然已经懂得什么叫作同性恋，纷纷赞叹。

秦漠意味深长地看了我一眼，再将视线转向颜朗，似笑非笑道：“你懂得挺多的嘛。”

颜朗斟酌了一下，道：“其实也不是那么多，略懂而已，不过不关妈妈的事，都是周越越教的。”我点头附和：“对，都是周越越教的。”

而事实上，颜朗这方面的知识部分来自于我，另一部分来自于无所不知的百度。古人的人生观是，知之为知之，不知为不知，是知也。颜朗的人生观是，知之为知之，不知就去百度。

蒋甜的楼被颜朗和秦漠歪得面目全非，歪楼也就罢了，还将楼主彻底忽视，真是于心何忍。

虽然大家都很想知道答案，但鉴于秦漠挡在前面，没一个人敢于贸然正楼，就连一向和蒋甜同气连枝的陈莹也只顾埋头包饺子。

但蒋甜并没有就此放弃，片刻后，松开捂嘴的手作疑惑状自言自语道：“难道我昨天听错了，就在篮球场那个小树林里，颜学姐你明明有跟周学姐说你们经历了那么多，好不容易才在一起，就算她变成路边的一棵草、教室里一把椅子、蛋糕店里一个羊角面包，你都不会抛弃她……”

我噎了一下。尽管这几乎就是我的原话，还是不得不承认，无论在什么时间什么地点，每次听到它，依然那么销魂，经由蒋甜那特有的糯糯的山寨版台湾腔说出，就更加销魂。周围一片倒抽凉气的声音，我看着仍然在不紧不慢动作的秦漠的手指，他甚至没有停顿一下。我说：“你听错了吧，我从来没说过这样的话，我也不是同性恋。”

蒋甜愣了一下，估计没想到看起来这么老实的一个人也有赖账的时候，喃喃道：“你明明说过的，你还说她是你人生道路上唯一的风景，失去她你会一无所有……”

我假装自己很惊讶，确定每个人都看出来我很惊讶了之后将表情放松，和蔼地对她道：“我真没说过这个话，你多半是看错人了吧。”

蒋甜一张脸乍红乍白，估计心中正在悔恨当时没用录音设备把我和周越越的对话录下。我预想她点个头附和一声：“啊，有可能确实看错了。”这件事便和平谢幕。但蒋甜坚持要追求戏剧高潮，不依不饶道：“我不可能看错人啊，我又不是近视眼。”

我好言相劝道：“有可能你没午睡，出现幻觉了呢？或者你午睡的时候做了个梦，然后你一心以为它是真的呢。”

她呆呆看着我，露出茫然神色。我是这样刀枪不入，显然令她十分痛苦。

大家屏气凝神，每个人都竖起耳朵，眼神定格在手中的饺子皮上，却迟迟没有动作，这说明大家都在偷听。

蒋甜茫然了三十秒，突然道：“你撒谎，你为什么要撒谎？你害怕秦老师知道你是同性恋吗？你……”她还想继续说什么，被听不下去的头儿厉声打断：“蒋甜，够了。”

整个过程当中，秦漠一直在不紧不慢地包饺子。头儿这声稍微超出正常分贝的命令成为压死骆驼的最后一根稻草，蒋甜不仅没够，反而神情扭曲，“腾”的一声从座位上站起来，指着我崩溃道：“秦老师，你看清楚她，她骗了你，她十六岁就有个孩子，刚进我们学校的时候还给医学院的林乔学长写过情书，就发在校内 BBS 上，把人家钓上手了又立刻甩了，她的人品大有问题，她配不上你……”

我手一抖：“你说什么？什么情书？”

她眼眶泛红：“你还装蒜，你敢说你研一刚进校的时候没有在校内 BBS 上写情书向林学长示爱？林学长还在 BBS 上回应了你，但你再没出现了，林学长就又去你们家楼下等你，风雨无阻守了你一个多星期，你也不见他一面，后来他淋了一夜的雨，又自暴自弃抽烟喝酒，重病了一场，住了一个多月的院。你追人的手段差劲，处理感情的手段差劲，为人更是差劲，没有比你更差劲的人了，你哪里配得上秦老师？”

我头脑一阵一阵犯晕，而回忆研一入学，只记得进校没多久外婆就犯病了，我向导师请假，带着颜朗回家照顾外婆照顾了近一个月。搜索记忆，根本不能找到所谓校内 BBS 和所谓情书的半点影子，更没有林乔在我家楼下等我等了一个多星期的浪漫印象。少年时代曾在别人家楼下跪过两天，我深深明白此事的不易，要是有谁在我家楼下等我一个星期，只要不是揣了菜刀来砍我，基本上我不可能避而不见。

我抬头去看秦漠，他正拿纸巾擦手，动作依然从容平和，即便我目光强烈，也不见他有抬头趋势。按照小说创作规律，蒋甜这番发言势必在他心中造成某种影响，而短短一分钟内我已做好最坏打算，大不了他终于想通，觉得我确实不值得他花那么大心思，决定将我和颜朗从这幢房子里请出去。好在我和颜朗都是经过大风大浪的人，适应能力不凡，即使再搬回去住二十平方米的小房子，也不会有太大心理落差。房子不过是个躯壳，混得好的人虽然可以同时拥有几个躯壳，但长期在好几个躯壳之间辗转，多少令他们的人生显得漂泊。我和颜朗只需要一个小小的躯壳，能够遮风挡雨足矣。当然，这主要是因为目前我们没钱，如果有钱的话我们也不介意多几个躯壳。

颜朗冷冰冰的声音传来：“你为什么要中伤我妈妈？请你出去，我们家不欢迎你。”我已经很久没再看到颜朗有这样的表情了。上一次还是大三暑假回去碰上他和住一条街的小胖子打架，起因是小胖子骂他有娘生没娘养，颜朗用拳头狠狠教训了一顿小胖子，并表示再让他听到这样的话就让他知道什么叫满地找牙，那时他就懂得很多成语。而最后结局是我拉着颜朗郑重到小胖子家道歉，主要是外婆需要仰仗街坊邻居们照顾，而小胖子他妈正好是居委会主任。

蒋甜执拗地看着秦漠，眼神热得几乎喷出火来，大家都惊讶地望着她，秦漠还在低头擦手，关于我到底配不配得上他这个问题，始终没有发表见解。我想他多半犹豫了，与其被他先放手，不如我们先下手。我望着天花板道：“没想到好好一个庆功宴变成这样，那什么，颜朗，把脖子上的东西取下来还给秦老师吧，我觉得我们还是回去过自己的生活……”

定格在蒋甜身上的视线齐刷刷转移到我身上来，秦漠终于放下纸巾，手搭在沙发扶臂上，半天，说了句严重脱离主题的话，他说：“宋宋，我时常害怕，我已经老了，而你还这么年轻。”

他穿着银灰衬衫搭黑毛衣，简简单单坐在那里也是万种风情，就像从海报里走下来一样，成熟沉稳沉甸甸的魅力，毛头小子们看了简直要含恨而死，然后他说：“我老了。”斜眼看在场的毛头小子们，大家都在拼命克制自己不要立刻冲上去扁他一顿。

所有人都在静待他的下文，蒋甜尤其目光灼灼，而他完全忽视，如入无人之境，只是眼里含笑，望着我缓缓道："你这个人在生活方面迷糊又马虎，偏偏学习和工作死脑筋，一做起自己的事情来就忘记吃饭，还常常忘记吃药，哦，对了，今天给你送去的药你吃了没有？"

我一摸口袋，冷汗道："呃，忘了。"颜朗立刻跑去倒开水。

他有五秒钟没说话，再开口时已经转换话题："作为一个女孩子，你为人太过强硬，好像不需要谁在一旁看着你你也可以活得很好，老实说，一般男人在你面前很难得有成就感，因为男人该做的事你全都做完了。"

我一方面觉得他今天思维太跳跃，一方面把拳头捏得嘎嘣响，而他不为所动，继续数落我："对待感情也缺乏跟你同样年龄的女孩子的热忱，我推一下你动一动，我不推你就有本事永远站在那里一动不动，大部分时候喜欢当缩头乌龟……"

蒋甜斜眼瞟我，眼神中荡漾着某种不知名的光辉。我被她这个眼神刺激，觉得不能再沉默下去，立刻打断他："这不是缩头乌龟，你站到我这个位置就容易搞懂了，这个只是保护自己的手段而已，你看，我们家就我一个顶梁柱，不能轻易倒下去，所以才要好好保护自己，这个是为家庭负责。你说你要是哪天把我甩了，我还得照样过日子啊，人的感情是遵守能量守恒定律的，对你投入得多了，要我们分开了，对你的感情全部转化成自杀的热情怎么办，当然，我知道男的虽然嘴巴上说不乐意看到有人为自己要死要活，其实心里边巴不得每一个和自己交往过的女的都曾经为自己要死要活……”

他笑道：“我说一句你就要还十句。”

我默不作声，忍了半天道：“你白白批评我这么久就不能允许我小小反驳一下？我既然有这么多缺点，那我们好说好散……”

在场的所有人都屏住了呼吸，空气流动极为缓慢，岳来拉了我一把，低声道：“这样的话不是能随便说说的。”

秦漠摇头笑着叹了口气：“既然你非要说那是缺点，那我巴不得你的缺点越多越好，最好多得没人可以忍受，这样我就不用担心了。”又对岳来道，“你别管她，随便她说，我就是担心她压力太大，多发发牢骚也是一种发泄途径。”

我说：“你怎么这样……”

他端起已经包好的饺子，还有空腾出手来揉我的头发：“我一向这样。”揉完后眼神有意无意扫过一旁的蒋甜，淡淡道：“在我看来我们无论哪个地方都很相配，唯一的遗憾是我比她大……九岁，让我总是担心她嫌我太老，有一天跟年轻小伙子跑了。好，你们先看电视，我去煮饺子。”大家目瞪口呆，而我仔细思考他的话，总觉得哪里别扭，但心里突然一暖，能感觉血液在冻僵的手指头里汩汩流动。有句英文歌词，翻译成中文，其中一个版本唱作“就算全世界与我为敌，只要你和我站在一起”。可见当全世界都反对你时，有一个人意外地很赞同你，这确实比全世界都赞同你而某一个人恰好也很赞同你更能打动人心。这也是为什么在大部分文学作品中总是青楼女子担任遭人背叛的角色的原因，诱使一个风尘女子和你私奔总是比诱使一个大家闺秀更加容易，倒不是因为风尘女子更风尘，而是因为她们总想脱离风尘。

蒋甜咬着嘴唇好一会儿，眼泪大滴大滴落下来，突然一跺脚：“你们，你们都欺负我。”说完转身泪奔，泪奔过程中还带倒一个凳子。

陈莹尴尬道：“我出去看看她。”不幸在追出去的过程中又带倒一个凳子。

凳子落地声将众人惊醒，大家呆呆地看着我，我也呆呆地看着他们，总之大家都很呆，呆了好一会儿，岳来两眼放光打破寂静：“坏心女配远走他乡，男主女主终成眷属，哎呀我的妈，这是部史诗啊这。秦大师刚才是在跟你表白吧宋宋，今天来你们家果然来对了，这么经典的一幕都被我们给赶上了。”

但头儿有不同见解：“什么样的人才能在刚干完表白这么有意义的事情之后立刻淡定地去煮饺子啊，难道不会让姑娘们误会自己就跟饺子一个分量吗？”

我附和道：“真是让被表白的人感觉自己很傻逼啊。”

秦漠拿着饭勺在厨房门口道：“宋宋，你过来。”

我莫名其妙走过去，一把被他拽进厨房，紧接着就是一个法式长吻，吻毕，我不能置信地捂住嘴巴，他拿着勺子去翻锅里的饺子：“我在厨房里听说我没做什么让你觉得自己很傻逼。”

我憋了半天，憋出来六个字：“你听力太好了。”

他笑道：“过奖过奖。”

截至吃完饺子送走同事，我们一直没能再看到蒋甜和陈莹的身影。

收拾完厨房，我和秦漠坐在阳台上看星星。在C市，想要看到星星是实属困难的一件事，所以我们只是创造了一个类似于看星星的氛围。阳台上装了个台灯，他坐在台灯下翻一本侦探小说，我的目光则绕过他停留在茫茫夜色中。我思考很久，终于开口：“你是真心的吗？”他头也没抬：“嗯，真心。”

我无言地看着他：“你知道我说的什么真心？”

他合上书，握住我的手道：“我对你从来都是真心的。”顿了顿又道，“为什么你会这么没有安全感，我让你感觉不可靠？宋宋，假如你明天想要结婚，我马上订机票，明天就带你回美国。”

我往后缩了缩，干笑道：“不用不用，主要是习惯了没有安全感，一时改不过来，况且我们这也进展得太快了点儿，你前几天不是还让我慢慢适应吗？不能这么快就谈婚论嫁吧。”

他玩着我的手指，微微一笑：“假如只有婚姻才能让你有安全感，我认为我们可以适当调整一下恋爱步骤。”

我说：“关键是……”

他说：“关键什么？”

我想了半天，觉得自己出现思维断层，忘词了。我说：“还是等我爱上你再说吧，也许我还没爱上你的时候你就不喜欢我了。”

他皱眉道：“不会发生这种事的。”

我说：“什么？”

他将我从地上拉起来，估计本意是想让我坐在他腿上，结果我不小心踩到脚下的香蕉皮，以高难度的姿势跌进他怀里，他闷哼一声，就势搂住我的腰，伏在我耳边低低道：“如果有一天我背叛了你，伤害到你，就把全部财产都给你。”

我说："啊？"

他说："所以，放心爱上我吧宋宋。"

我半天不能有所言语，一时间充满了感慨，最大的感慨是，现实真是不假辞色的梦幻。世界上最动人的情话莫过于和钞票联系在一起的情话，何况是和秦漠的全部钞票，我觉得自己被深深感动了。

气氛正好，终于达到看星星时应有的浪漫，我觉得我们俩都有点激动，此时，房间里响起颜朗悠长的呼唤："干爹，你过来帮我看看这道数学题。"秦漠僵了一下，我推了推他，他抬头看我："你说我们要不要把他送去读个晚间培训班什么的？"

我说："……"

秦漠离开后我给周越越打了个电话，大意是告诉她我准备放下心结，重新恋爱了。

周越越道："你真爱上秦漠了？"

我想了想："截至目前，我觉着自己挺喜欢他的。"

她顿了一会儿，道："这件事你先不忙和他说。"

我说："啊？为什么。"

她沧桑道："即使他是我偶像，我也得说，越是其他方面顺利的男人，越是希望在感情上遭遇坎坷，你不给他坎坷，让他轻易得手，他就找其他女人坎坷去了，这样，你的命运就会变得很坎坷，现在让他坎坷，主要是为了将来你能不坎坷。"

我说："这样不太好吧，明明对人家有好感，还不跟人说，这不是玩儿人吗？"

周越越叹气道："你不把他玩弄于股掌之间，就该其他女人把他玩弄于股掌之间了。"

我沉默半晌，不得不赞叹："你实在太高段了。"

她再叹气道："人先被人玩儿，而后能玩儿人，而后玩儿死人啊，我也是一路被玩儿过来的嘛。"

我们心有戚戚焉地共同叹了口气。

我问她："你知道研一刚入学的时候校内 BBS 上有一封以我的名义写给林乔的情书吗？"

她说："啊？你给林乔写过情书，我怎么不知道？你快说说快说说。"

我说："算了，没事儿，我去看看颜朗作业写得怎么样了。"

第十六章

没什么可怕的，我拉着你

早上起床，我的眼皮跳得厉害。有一种古老的说法，认为左眼跳财右眼祸来。但因为我的一双眼皮同时在跳，很难搞清今天究竟是会闯祸多一点还是发财多一点。

走在学校不时有人回头，起先我还跟着回头，后来发现他们是在看我。这件事无论如何也无法令人想明白。一般来说，一个人要拥有回头率吸引眼球，要么美得出众要么丑得出众，这两样都不具备的话那他必须是个人妖，但明显我的外在条件很难符合以上要求。

所幸上午一直平安，并无忐忑，没有捡到一笔意外之财，也没有被从天而降的花盆砸到，如果下午能够顺利回家，就可以用实际行动打破封建迷信了。

帮导师改完最后一份本科生的古代汉语卷子，仍有昏黄日光从窗户透进来，可以推断不超过下午四点。刚走出教研室，迎面碰上从楼梯口拐上来的韩梅梅。我一愣，想起她好像是法律系的。

这幢文科楼齐聚了全T大几个最穷学院的教研室，这些学院出去的学生基本无法发财，最令人期待的外国语学院，在近四十年的历史中也没有一位女校友能成功嫁一个特别大的大款，以至于校庆时捐款数额普遍偏低，文科楼各学院至今无法筹集经费自立门户，像工商管理学院那样拥有自己独立的教研楼，大家都深以为憾。

我回头锁好门一转身，原以为要进旁边法律系教研室的韩梅梅定定站在我面前。我吓了一跳，不动声色后退一步。她抿着嘴唇，神色肃然，以探究的目光注视了我一会儿，眼圈突然一红，一把握住我的手："你跟我走。"

我莫名其妙："跟你去哪儿？"边问边走，主要是本来就得下楼，正好顺其自然。

韩梅梅头也没回："见林乔。"

窗外几株常绿乔木遮盖住天的一角，导致楼道光线暗淡。

我无言地停下脚步，从她手里抽出胳膊，这是最后一段楼梯，直通大厅，厅里立了一面大镜子，照射出我们两个的身影。

她回头来看我，眼圈仍是红的，而我简直无法理解她的行为，从一旁绕过："你们这一对到底怎么回事？脑袋被门夹了？半个月前你不是还给我钱让我别出现在他面前？这下不用你花钱我也不会出现在他面前了，你倒是主动找上门来了。消停消停吧，要折腾自己回家折腾去，我跟你们完全没关系了，彻底没关系了。"

背后一阵沉默，我自顾自往外走，走到大门口，韩梅梅带着哭腔道："你以为我想来找你？今天你不跟我走，你一定会后悔，你会后悔一辈子。"

我心里咯噔一声："林乔他怎么了？"

一路上，我想了很多，脑海里不断浮现曾在报纸上看到的各类车祸现场，还浮现出电视剧里肿瘤病人临死的空洞眼神。我想林乔不会就这样没了，但不到生离死别，韩梅梅又怎会来找我，除非真是脑袋被门夹了。我觉得自己很清醒，又好像很恍惚。张了几次嘴，想问林乔到底是个什么情况，终于没能问出口。

两人一路无话，十分钟后，来到工科图书馆背后的小明湖畔。

T 大的小明湖得名于资助人张大明。为了感谢慈善家张大明先生捐资助教，最初本来是想给这个湖起名叫大明湖，但不幸和国家4A 级风景区撞名，当国家利益和个人利益发生冲突时，国家利益必须高于个人利益，再加上张大明的小名就叫小明，经过数次商榷，最终将它命名为小明湖。小明湖随着琼瑶清宫大戏《还珠格格》的走红而走红，一男一女搞对象后，女方总会将男方拉过来坐一坐，体会一下乾隆和夏雨荷当年大明湖畔雨中作乐的罗曼蒂克，哪怕只是山寨一把。并且当天降小雨时，总会发现在小明湖畔游荡着一对又一对不打伞的情侣，此等奇景，除开 T 大，就只有在精神病院才能有幸看到。

林乔正倚在湖畔一张石椅上边晒太阳边看书，那是和从前记忆相去无几的一个侧面。大约是察觉我们的目光，他抬起头来，真是漂亮的一张脸。

我靠在湖畔一个小石墩上，等着韩梅梅给个说法，拦人的铁链坏了，锈迹斑斑躺在地上。林乔面无表情，从容地看了我一眼，却像根本没有看到，随之将目光定格在韩梅梅身上，皱眉道：“今天气温虽然回升了，也还是冷，你穿得太少了。”

言情小说中常说的相见不相识、相遇两不知，大抵如此。我转头去看韩梅梅，粗线毛衣搭牛仔裤，果然穿得很少。林乔实在要算一个体贴的男朋友，当年对苏祈，也总是照顾得无微不至，让以我为代表的众多暗恋他的女生午夜梦回时，嫉妒得不能自已。

韩梅梅紧了紧身上的毛衣，沉默了十秒钟，林乔合上书本温柔地看着她。我揉了揉额角，转身欲走。韩梅梅的手再次伸过来，牢牢拦住我：“你别走。”又转身去看林乔，“我把她带过来了，有什么误会，有什么误会你们都说清楚，我知道都是我不好，要不是我，你不会生病，不会到……”未说完的一句话被林乔沉声打断：“我和颜宋没什么误会，你别想太多。”韩梅梅摇头道：“BBS 上那封情书是我写给你的，不是颜宋写给你的，我看到她考进我们大学，我只是想帮一下你们，你们这么多年的事，我都知道，我也不知道为什么最后会这样。后来我承认我是乘虚而入，但我只是想证明，不论你怎么样，我对你的心意都不会变，从高中到大学，我……”

从眼角望出去，正好看到湖中心孤零零的小岛，我听到自己的声音干巴巴的：“你是说研一刚开学你冒充我在 BBS 上给林乔写了一封情书？”

韩梅梅没有接话，我点头道：“说起来，我是给林乔写过一封情书来着，高二的时候，还是中英文双语的。”

半晌没有人说话，能将这个埋在心底多年的秘密和当事人分享，顿觉轻松不少。

我撑着身后的石墩转眼看林乔：“听说 BBS 的事情之后，你还到我租住的楼底下等了我一个多礼拜，那时候我回老家照顾外婆了，完全不知道这事儿。我搞不懂的是，就算情书是我写的，你为什么要找我，为什么要等我呢，你不是说从来没有喜欢过我？”

这件事必须要弄明白，否则真是死不瞑目。虽然我们不到一个星期之前才互相发誓再不见面，但誓言这个东西，其存在的根本价值就是让人们来将其打破，况且当初发誓时也没有许下违约责任，完全不用担心报应。

长时间的沉默，两只水鸟从湖上掠过，发出噼啪的拍水声。林乔终于开口，冷淡道："你不是说我们都要忘掉以前的事好好生活吗？以前的事都过去了。"顿了顿又道，"现在我和梅梅在一起，我会好好对她的。"

韩梅梅抬起已然红肿的双眼，呆呆看着他。

林乔笑了一声，向她轻声道："你说的那些事我都知道，我没有怪你，也不关你的事，我和颜宋已经彻底结束了，你以后不要小题大做杯弓蛇影。"

韩梅梅揉了揉眼睛，继续呆呆看着他，道："你明明……"

林乔握住她的手："你明天不是要考试吗？差不多应该回去温书了，我送你回去。"

眼前如此和谐的一幕恍然让我想起高二那年，我被孤零零丢在电影院门口，和虎背熊腰的学弟对着一地爆米花相顾两无言。时间就此走了一个回环。有些刺扎在心里一辈子无法拔出，你以为已经不疼了，其实是因为深深长在了肉里，等闲的刺激根本刺激不到，但一旦被刺激，就是牵一发而动全身的大事。而在我还来不及反应的时候，已经脱口而出："林乔，你是不是觉着我这个人特别好欺负？高中也是，看你刚才那个反应，我高中喜欢你其实你早就知道吧？就这样你还能在风花雪月的时候把我拉着一起，你们在一边亲热，我就在另一边给你们站岗放哨。大学也是，出了那样的事你不闻不问，什么事儿都是我一个人担着。这会儿又是，明明已经说好再没纠葛了，还专门把我请到这儿看你们夫妻情深。人心也是肉长的，你还真觉着我的心是金刚石做的经得起你们反复摧残，你们不要这么看得起我行不行？"他晃了一晃，脸上的表情依然冰冷疏离，估计是太阳光照得我眼晕，人家也许根本就没晃，一直站得很稳当。

他缓缓叹了口气："你哭什么呢？"

我惊讶地抹了抹眼角，摊开手愣愣看着指头上的水泽，一时心慌意乱，退后一步道："……"

什么也没道出来，我掉湖里去了。

当年我觉得人世艰难，没有勇气活下去，跑到镇外的大河跳水，主要是肯定自己不会游泳，跳下去必死无疑，一定能自杀成功。而假如我会游泳，按照本能，必然要在自杀之后立刻自救，从河里自发地游上岸来，从而自杀不遂。当年我不会游水，现在也不会。

我对水的恐惧似乎来自遥远的地方，到底有多远已无从考证，多半是十六岁前失去的记忆，也许还牵扯什么令人神伤的童年阴影，但这已无关紧要。

紧要的是，冰凉湖水迎面扑来，我本能张嘴呼救，狠狠呛了几口水，咳又咳不出来，痛苦无比。

岸上景物模糊不清，耳边是一阵急似一阵的鼓鸣，身体越扑腾越沉得厉害，不扑腾沉得更厉害，让人很难决定到底是继续扑腾还是不再扑腾。

湖水也冷，直冷进骨头里。

有人急切呼唤我的名字，来不及分辨是谁。我伸手想抓住什么，就在那一瞬间，突然听到秦漠的声音，就响在湖水深处或是脑海深处，他说：“别怕，我握着你的腰，不会沉下去，别怕，洛洛。”

我想，怎么可能不害怕，我还没有买意外保险。

大二时看过一篇论文，说人临死前，会走马灯般把生前过往在脑海中全部回放一遍，并提出种种科学依据试图证明这个观点，尽管大多依据和结论毫无逻辑关系。不过从这个角度看，也算是一篇合格的具有中国特色的学院派论文……那时候看了这篇论文，唯一的想法就是：太好了，至少我在死之前弄得清颜朗的爹是谁，自己又是谁，不会顶着颜宋的名字懵懂离开人世。但是，在我自认为会被淹死的这个下午，却没有能够想起从前，反而想起一直告诫自己要忘记的东西，那些和林乔相关的唯一让人觉得甜蜜的东西，高二时，我们一辈子的友情。

一辈子这么短，友情也这么短。

我看见那个小姑娘穿着粉色的蓝精灵短T恤，齐膝的牛仔裙，梳着高高的马尾，相对于十六岁的年纪来说，个子明显超出一般水平，虽然如此，脸上的表情却完全辜负了她的高个子，真是让人于心不忍的单蠢。而身边的男孩黑衬衫米色长裤，可以和世纪末最后一个美少年柏原崇媲美的一张脸上，低调地架着一副如今看来价格昂贵的金丝眼镜。两人肩并肩走在一条灯光昏黄的走廊上，单从现象分析，其实也算女才郎貌，不敢说般配，起码不突兀。那是十六岁的我和十六岁的林乔。那时我还没有喜欢上他，而苏祈也没有加入我们的学习小组，对了，那天我们正在赌气。

高二的林乔虽然被众人觊觎，但大家都不敢贸然下手，一方面是害怕暴露之后又没有被他接受，九成九会被他的粉丝团打死，另一方面也慑于他本人的毒舌和比冰岛还冰岛的气场。江湖传说苏祈成功上位后，虽然颇得舆论袒护，但刚开始也忍辱负重地频繁收到匿名恐吓信，甚至还收到过一只用鞋盒装起来的死老鼠，而我和林乔走得那么近，却连恐吓信的边角都没看到过，实属不易，至今仍是一个千古之谜。

最初他来给我补课，其实是一段很惨痛的经历，这个人看似无话，开口却句句伤人，而且直接伤到点子上，让人翻身不能。诸如："能够把这么简单的题解得这么复杂你也不容易，关键是绕了这么大一圈你居然还解错了，一般人很难有这么大本事。"诸如："今天你是把左脑放在家里没带来还是右脑？该不是我一直误会你了吧，你其实是没长脑子的？"每一句都是这么的信手拈来，如数家珍。但给我讲题时却总是很认真，即使在他讲解之后我立刻重复相同错误，他也不会撂笔走人，顶多叹一句："你是专门做错来报复我的是吧？"叹完后埋头再讲，从这一点来看，其实是相当有职业道德的一个人。

后来混得很熟，在他要笑不笑撑着额头训我时，我也会大着胆子开口反驳两句，但总是立刻被他拿下，没有丝毫商量余地。样样都不如他本来就让人伤感，连吵架都吵不赢就更加伤感，这时候他会带我去看他打篮球，转移我的注意力。

总有碧蓝的天，太阳好像永远挂在头顶上，和这所百年老校年龄差不多大的百年老树们集体将枝丫张牙舞爪地刺向天空，绿得像油漆刷过一样的树叶下，夏蝉问心无愧地嘶声鸣叫。林乔的每一次投篮都会引得场外驻足观看的姑娘们兴奋尖叫，而这些姑娘多半连篮球的基本规则都搞不懂，也就是说，即使他发神经突然把球投进自家的篮筐，她们依然会兴奋尖叫，这就是明星效应和粉丝的品牌忠诚度。

我拿着毛巾和矿泉水候在场外，看他在人群里闪闪发光，姿态敏捷攻势凌厉，眼神却冷淡随意，拥有所有校园风云人物的特质。那时他有一个毛病，中场休息补充水分时，必须喝我喝过的矿泉水，就像古时候皇帝吃饭前要找太监试菜，一看太监没有死于非命才动筷子。我曾问过他这是什么道理，他总是立刻转移话题。我是唯一和他接触频繁的女生，奇怪的是居然没有传出任何绯闻。

我和林乔并排走在走廊上那个夜晚，我还记得，难得有很多星星，是一个漫天星光的仲夏夜。这样的夜晚适合邂逅、占卜、幽会、偷情等各种浪漫事件发生，但我们奉命前往生物教研室取那尊被称为镇室之宝的人体骨架，供生物老师在晚自习后半段帮同学们复习人体骨骼结构使用，使命既严肃又正派，沾不上半点浪漫气息。他是英语科代表兼任生物科代表，帮生物老师做事是命中注定，而我主要是溜出去买雪糕不幸被逮住，不得不以此将功赎罪，从某种意义上来说，也算是一种命中注定……

生物教研室位于全校最古老的一幢行政大楼的顶层，而这幢行政大楼破旧得连文物看了都要自惭形秽，一入夜，阴气森森，除了生物老师本人以外，基本不敢有人随意出入。

林乔在前一天知道了颜朗的存在，脸色青了紫了半天，目光沉得几乎结出一层冰，并自此不再理我。我并不觉得自己在十六岁生了颜朗天理难容，连上天都容忍了，他还有什么不能容忍的呢？这样一想，也就没有理他。

走在这样一条地板咯吱作响的木质走廊上，头顶的灯光暗淡得可以，每一个回声都清晰可闻，两边黑乎乎的屋子也似乎孕育了神秘事物，我充分放飞自己的想象力，越想越恐怖，每走一步都心惊肉跳。

如果我们不是在冷战，我一定会立刻打退堂鼓，让林乔一个人去搬那副骨架，我就在楼下等着，可目前这样的情况，真是退无可退。一阵穿堂风吹过，我打了个哆嗦，林乔突然停下来，唤了我一声："颜宋。"我回头轻蔑地看了他一眼，轻蔑地哼了一声："嗯？"他皱眉道："你背后一直跟着的那人是谁？"我愣了愣，鸡皮疙瘩沿着脚后跟迅速往脊背上攀爬，两秒后惨叫一声，猛地扑到他身上。他的声音从容得不行，就响在我耳边："长头发，白裙子，是你认识的人吗？"我紧紧搂住他的脖子，恨不得穿过他藏进背后的墙壁，产生这个想法时随之又想到前几天刚看的一部侦探片里的壁橱藏尸案，恐怖得头发都要根根直竖，终于抱着他"哇"的一声哭出来："你别吓我，林乔，你别吓我。"

估计没想到我反应会这么大，他僵了好半天，由着我哭了起码两分钟，才抬起手臂轻拍我的后背，柔声道："我只是开个玩笑，别哭了，嗯？"但我根本不为所动，他顿了会儿，缓缓补充，"再哭搞不好真有什么东西被你一路给哭过来。"他不说还好，这句话一说完，立刻将恐怖气氛拔到最高点，我脊背直发麻，哭又不敢哭出声，又被吓得不行，只能趴在他肩头一阵一阵抽气。

他拍着我的后背辅助我换过几回气，好笑道：“你怎么这么不禁吓啊。”而我已经被吓得没了脾气也没了志气，死活不敢再到生物办公室取骨架，也不敢一个人留在原地，更不敢独自沿路返回，林乔被我折腾得几欲抓狂，反复保证，这是一个唯物世界，世界的本原是物质，他刚才只是吓吓我。但我立刻想出方法来反驳他，说我信的是佛教不信马克思主义……最后林乔终于发飙，伸手一把捉住我，硬是把我给拖去了生物教研室……

他藏在金丝眼镜背后的一双眼睛隐露笑意，此前的龃龉似乎在刹那间烟消云散，他伸出手来，从小弹钢琴弹出来的修长手指，掌心温暖干燥，他说：“颜宋，我拉着你，这下你不害怕了吧，没有什么可怕的，我拉着你。”

没有什么可怕的，我拉着你。

人生最凄惨的那几年，觉得快活不下去时，多么希望有谁能和我说这句话。没有什么可怕的，我拉着你。可那时候身边没有任何人。年迈的外婆和年幼的颜朗都得靠我拉着他们。而如今我已明白，每个人的人生都得靠自己来活，寄望他人本身就是不健康的心态。不是有句话吗？有人帮你是你的幸运，没人帮你是公正的命运。老天爷对我其实还算公平，实在不应该计较太多。只是难以想象，十六岁那样无忧无虑的青春少年和少女，走到今天这个地步真是匪夷所思。

太阳穴一阵一阵紧，我觉得自己没再下沉，笔挺地躺在某个地方，很多人叫我的名字，宋宋，宋宋。又好像由始至终只是那一个声音，但那个声音唤的是洛洛、蕾蕾，还是乐乐来着？

恍惚里有女声说：“中国移动怎么搞的，老接不到信号。”男声说：“你拿着手机到处走走，试试边走边打？万一你站的这一块儿刚好是人家信号没覆盖到的呢？”女声说：“哇，有了。”男声说：“是吧，要不怎么叫中国移动，就是告诉你在中国要好好打电话就得边打边移动。”女声说：“哥哥你太损了。”接着是来回踱步，女声再说：“木头，喂喂，木头，今天中午哥哥亲自下厨，我就不来了，你自己一个人去吃麦当劳……别过来，就做了两个人的饭，你要过来我吃什么，我下午再去找你。”男声很像秦漠，只是明朗得多。

我其实很烦类似“意识里的最后一个场景”这样的表达，总觉得不吉利，但那确实是我意识里的最后一个场景，虽然这个场景在黑暗深处不见人影，只是一幕单纯的广播剧，结尾是女孩哼着歌：“看当时的月亮，回头看当时的月亮。”

照理说我当着林乔和韩梅梅的面掉下湖，尽管这两个人要么对我视若无睹，要么对我恨之入骨，但本着同学之情，也不至于等到溺水者眼看就要挂了才跳下去救人。很久以后才知道我把人家想得太恶毒，听说林乔在我落水后立刻跳下来救我，游到我身边却被我像水草一样牢牢缠住，差点陪着我一起葬身小明湖。这倒也罢了，关键是好不容易逃脱我的魔爪拖着我要游回岸边，又难得遇到他脚抽筋，最后大家能平安无事完全是命不该绝。而一个星期之内我能连进两次医院，实在太不容易，有这样的经历，估计任何一个病弱的言情女主在我面前都不好意思再说自己是病弱女主。

恢复意识时，我做的第一件事是立刻睁眼，看到林乔像是被烫了一下，快速放开我的手，指尖划过，没有什么温度。他浑身湿透，头发凌乱散在额间，毛衣仍在滴水，光挨着也能感觉阵阵寒气。我没什么话说，仰头望着天花板。窗外已无阳光，四周万籁俱寂，双双沉默了五分钟，他突然道："我一直以为，这样才是对你最好的。"

我看了他一眼，没有答话。

他表情平静，声音却在微微发抖，不知是冷的还是怎么的，他说："你没醒过来之前，我其实一直在想，假如你死了……"

我打断他道："你才死了。"

他被我扰乱思路，却没有反驳，只是牢牢看着我，就像飞翔的鹰看中一只猎物，半晌，继续道："我不敢想象你会在我眼前死去。你呢，颜宋，假如我死在你面前，你会不会难受？"

我想象那个场景，完全想象不出，道："你爹妈会为你难受，你女朋友会为你难受，加我一个算是怎么回事儿？你也不缺我这点儿难受。"

我看着他的眼睛无所畏惧地说出这些话，他的目光隐在眼镜后方，只是轻轻咳嗽了两声。他从小就是天之骄子，人人都喜欢他，高中时他伤个风都有大把女生排队送力克舒，他要是死了估计全T大有一半女生要哭着和他同归于尽……仔细想想，我难受不难受还真是无伤大雅。

他轻轻扶了扶眼镜，嘴唇有些发紫，短短两个音节却像很艰难才发出，他说：“颜宋……”话没说完，门“砰”一声被推开，我转头一看，韩梅梅提着个衣服袋子杀气腾腾地站在门口，每个字都是从齿缝中蹦出：“颜宋，你何必那么刻薄？”接着眼圈一红，“你被恨蒙蔽了眼睛，你不知道林乔这些年经历了什么，你不知道他已经……”被林乔提声喝住。林乔这一声音量并不大，韩梅梅却饱受惊吓地看着他：“我只是为你……”林乔淡淡抬手：“你先回去吧。”

天花板上有难以察觉的纹路，我前天刚被砸破头，被他们一闹，脑袋里翻江倒海得厉害，不由想要是这楼突然倒塌，世界就清净了。韩梅梅估计最近韩剧看得有点多，入戏较深，还入的是天使女主角的戏，难以走出，尽管被林乔喝了一声，安静了两秒，却立刻转移话题方向，仍然对我嘶吼：“你没有心，颜宋，你没有心，你根本看不到林乔的痛苦……”我已经忍耐很久，终于忍受不住决定暴走，一把扯掉正在输液的针头，将输液瓶“啪”一声掼地上，房间里顿时安静，方便我的声音在一个相对微弱的分贝下大家也能清楚听到，而他们则双双被镇住。

我好笑地看着韩梅梅：“被恨蒙蔽了眼睛？看不到林乔的痛苦？恨这种东西是物质生活满足之后拿来打发时间的消遣，只有你们这些不愁吃穿的人才有那个时间那个精力。不怕你笑话，这些年我的所有时间都用来害怕了。害怕我妈在牢里过得不好，害怕外婆年纪大了动不动就生病，害怕颜朗不在我身边被人欺负，害怕下一年资助我的那个企业反悔不资助我了我该到哪里去筹学费，害怕打零工的老板不能按时发工资，害怕……”林乔的手抚上我的眼睛，颤声道：“颜宋……”

我一把推开他，那些年每一个白天每一个黑夜的恐惧都迎面扑来，忘了这么久的东西，忘了这么久的东西，我终于忍不住痛哭失声：“你们让我理解你们，我不理解就是我没有心，你还问我你死了我会不会为你难受，我死了又有谁来为我难受？你们不知道牢里是什么样的日子吧，我妈妈在牢里，逢年过节都要靠人去打点，我哪来的钱送去给她打点？颜朗被人说没爹的孩子不是宝，没妈的孩子像根草，跑回来问我这句话是什么意思。我在大学里除了上课，一天想得最多的就是三顿饭怎么吃才能既保证营养又能节省钱，你们谁过过这样的日子？既然没过过这样的日子，又凭什么来指责我？”

太阳穴一阵一阵发疼，我觉得今天是过了，其实我并不想说这些话，但不知怎么就说了出来，唯一解释是人已完全失控。林乔和韩梅梅的脸在一片水雾中晃动，我听到急促的脚步声，人突然被谁抱住，那个声音对我说：“冷静一点，宋宋，冷静一点。”

是秦漠。

人和人之间会有一个磁场，我知道那就是秦漠。

只是不明白他为什么会在这样一个匪夷所思的时刻到来，就像我从来搞不清中国移动变幻莫测的资费标准。我记得他今天下午在学校礼堂有一个讲座，实在不该出现在病房，但他将我搂在怀中，小心翼翼得像搂着一个遭人暗算了一百遍、已经奄奄一息的小姑娘。

他的呼吸就在我耳边，我本来已经要慢慢平复，开始冷静，但这样靠着他的胸膛，不知道为什么突然觉得委屈，顿时失去刚才掼输液瓶的气势，两只手一路摸索上去，攀着他就像在湍急的河流里攀了块不动如山的岩石。他更紧地搂住我，安抚地拍着我的后背，在我耳边轻声道：“没事了，我在这里，没事了。”而我酝酿了三十秒，终于以比刚才那一场痛哭还要痛的姿态，“哇”一声大哭出来。

这一哭真是气吞万里、河山变色。在孤立无援的时刻，一个人撑一撑其实也撑得过去，但出于占便宜的侥幸心理，总还是希望谁能拉自己一把，而当我有这个愿望的时候，真的也有这样一个人出现了，五年来，还是头一回。

我一边在秦漠的大衣上蹭眼泪，一边越过他的肩膀看到紧紧挨着病床的林乔。少年时代，篮球场上挥汗如雨的他曾是流川枫一般的存在，加上学习成绩又好，到考试时就是赤木刚宪一般的存在，况且还会弹钢琴，这时候又是工藤新一一般的存在。他有这样多的存在，每一种都既耀眼又可靠，已经不能用单纯的骄子来形容，是骄子中的瑰宝，而那是我记忆中的少年林乔，记忆中从未褪色的十七岁的林乔。如今面前这个二十四岁的林乔，却让我看到从未见过的狼狈模样，苍白的脸色，空洞的眼神，冻得发紫的嘴唇，韩梅梅手忙脚乱地拿干毛巾帮他擦头发，被他轻轻推开，他一瞬不瞬地看着我。

整个病房只能听见我的哭声，一阵缓一阵急，假如是在午夜，在这样空旷的医院，必然别有一番惊魂滋味。手背好像有点疼，随着心里莫名其妙的委屈之感呈倍数放大，越来越火辣辣地疼。我边哭边倒抽凉气，秦漠将我拉开一点，轻声道：“怎么了？”

我哭得一抽一抽的说不出话来，他视线在病房里淡淡扫了一圈，停留在地上的玻璃碎片上，僵了僵，立刻回头执起我的手皱眉打量，严肃道："怎么回事？"

我吸着鼻子看他握住我的右手，不知道该作何回答。我本不想打击他，但他黑色的眼睛牢牢锁住我，仿佛我不解释他就要把我看出个洞来，逼得人除了打击他别无选择。

我收回被他握住的手，一抽一抽道："不是这只。"又把另一只拿给他看，凑过去指着肿起来的手背，"是这只。"找了半天，"你看，这儿还有血，针孔也在这儿，确实是这只。"

说完抬头观察他的反应。他挑着眉毛，面无表情地看着我。我和他两两相望，半晌，他道："针头是你自己拔掉的？"

我犹豫一阵，点了点头。

"瓶子也是你自己摔的？"

我再点了点头。

他就这么静静看着我，我的手放在他面前，他也没有握住，无论是琼瑶剧还是韩剧都没有这么演过，我不知道怎么办好，总不能主动去握他的手，正准备收回来，就在此时，他突然伸出手指在我高高肿起来的手背上重重一压："不疼？"

我疼得"哇"一声叫出来。

林乔道："你别碰她的伤口。"

秦漠没有理他，仍是挑眉看着我。

我从没见过秦漠生气，不知道他生气会是什么模样，可此情此景却本能觉得他是生气了，只是不明白什么地方惹到了他。世事多变，前一刻我还庆幸这一次终于有一个同盟者，可不超过三分钟，这个同盟者就要叛变了。大家都没有动，在令人无法形容的氛围中，秦漠几步走过去按了病床床铃再回来将我一把抱到床上躺好，掖被子时他的手指擦过我的脸颊，我惴惴道："秦漠……"

他终于开口："既然知道疼为什么还要做这种伤害自己的事？"

我愣了半晌，反应过来他是在说什么，赶紧辩解："这个因果关系不对，那都是伤害了之后才知道疼的嘛。"话说完陡然明白不合时宜，赶紧补救，"况且这又不是伤害，这只是……"只是了半天，本能地觉得必须用一个可以推卸责任的句子，想来想去，答道："只是……情不自禁……"

他垂眼看了我一会儿，目光费解，什么话也没说，反而转身对病房中另外两位下逐客令："宋宋一向马虎，听说今天她落水是林先生救了她，实在很感激。但现在她需要好好休息，两位就请先回吧，改天我再带她登门感谢两位的救命之恩。"

病房里一时寂静，半晌没有别的声音。

我偏头看了林乔一眼，正和他目光相交，他动了动嘴唇，沙哑道："那你好好休息。"随即转身离开。韩梅梅尾随离开，走到病房门口突然回头："你们果然在一起了？"秦漠淡淡扫了她一眼。

韩梅梅冷笑道："我真不明白，她还有一个孩子，她连孩子的父亲是谁都不知道，她有什么好？"

这句话再一次精准刺激到我的痛点，却让人无法反驳。秦漠淡淡道："你这样想很正常，你要也像我这样看她你就该是我情敌了。"

林乔伸手扶住门框顿了顿，没有回头。我隐约觉得秦漠那句话大有深意，却来不及分辨。偏头目送林乔湿透的摇摇欲坠的背影，记忆里某个角落刹那阴霾，就像某张构图很好的照片一不小心曝光过度。这真是一件残忍的事，本来曾经寻找到那样好的一个角度，却因技术原因拍出残次品，而因这着实是瞎猫碰上死耗子才找出的完美角度，基本上就注定了再也不会有第二次类似际遇，能为青春留下一副正常剪影，只留下了一副剪刀，将过去剪得乱七八糟。

护士在五分钟之内将残局收拾完毕，又把我另一只手拉出来准备扎针。这事纯属我自找罪受，即使年轻的小护士手脚重点，也不好抱怨。本想默默忍了，可小姑娘的手艺实在叫人无法忍受，连扎三针也没找准血管。秦漠站在一边冷眼旁观，我疼得龇牙咧嘴朝护士赔笑脸："您能不能试准了再扎下去？这么扎我的手都快成莲蓬了。"

秦漠的声音凉凉响起："你别管她，尽管试，也让她长长记性。"

小护士得到鼓励，第四针扎得特别狠，我抖了一下，仿佛有什么冰冷的东西陡然流进心里，想说点什么，又无从说起。就像和人打架打输，找来帮手，结果找来的帮手却垂涎对方的美色，临阵倒戈，面对这种情况，除了大义灭亲还能再做什么？

但和气头上的秦漠一比，毕竟在气势上略输一筹，不被他灭了已属难得。

我本来以为找到了一个人，可以把身上压了五年的担子全部移交给他，就可以像和我同龄的姑娘一样轻轻松松了，这样多好，可到头来不过是个梦想，只能没事儿的时候想想，让人空欢喜一场。

病房里不知什么时候已变得灯火通明，显得四周空空荡荡，我看着秦漠，心灰意冷道：“你在生气？你在生什么气？算了，你不说我也知道。我并不是存心瞒你。你走吧，我心里难受，你不要在我跟前生气，看得我更加难受。我输好液就自己回去，我要休息了，你走吧。”

他明明知道，却偏要假装不知道，非要我说出：“你瞒了我什么？”

我伸手计算瞒了他哪些事，却不能看着他说出这些话，只能偏头望向窗外：“我和林乔，我和你说过他是我初恋，却没告诉你我们之间的事情远远超过初恋这个范畴，你没问过我，我本来想过应该主动告诉你，我只是不想想起。还有韩梅梅刚也说得没错，我十六岁生了颜朗，却连他父亲是谁都不知道。我一直在想你喜欢我什么，是不是觉得我看上去特别单纯，跟你见过的那些时尚姑娘都不一样？其实我一点儿都不单纯，搞不好比她们还时尚，也许曾经跟多个男人同时交往，还嗑药吸毒打群架什么的。我只是记不起来，我十六岁那年出了车祸，什么都记不起来了。”

我听见秦漠拉开椅子，椅子腿摩擦地板，发出刺耳的刺啦声。我想等我说完这一切秦漠一定会讨厌我，但这是无法逃避的事，好比一颗定时炸弹，不是不爆，时辰未到，而与其让它不明不白地爆，不如由我亲手引爆。

窗外树影摇曳，魅影重重，我听到自己的声音平静地在这广阔的空间响起：“你说什么样的姑娘能在十六岁就为一个男人生了孩子呢？她到底是怎么想的啊？那个男人又是什么样的男人啊？很多事连我自己都不能认同，可醒过来的时候，过去一片空白，这些都是发生在我身上的事实，我十六岁，我有一个儿子，我其实很害怕啊。可总要走下去，不能因为害怕就停在原地，不能因为做了错事就停在原地，大家都在走，我也要走下去。你看，我是不是走得很好？”

好像过了很久，又好像只是一刹那，时间表现出一种文学才能创造出的强大弹力，秦漠的声音低低响起：“对，宋宋，你走得很好。”

我喉头一哽，半晌，摇头道：“都是骗你的，我走得一点都不好。有太多的东西让人害怕，只是我把它们人为屏蔽了而已。晚上时不时还是会做噩梦，你一定会觉得我很莫名其妙，毕竟噩梦又不是生活，没有什么可怕，可这些梦总提醒我颜朗还有一个父亲，颜朗的父亲是个什么样的人呢？我常常想。”今天真是令人感伤，眼泪又有要流下来的趋向，我赶紧抬头望天花板，却有高大的阴影俯身下来。秦漠一只手撑在我的耳边，脸上的表情是从未见过的严肃，他的手指从我眼角滑过，憋了半天的眼泪瞬间功亏一篑。我其实是很爱哭的。

他轻声道：“你不知道我为什么生气。”

我泪眼蒙眬地看着他。

他继续帮我抹眼泪：“你不知道周越越打电话和我讲你落水了时我是什么心情，打一个比方，宋宋，你觉得有谁能忍受好不容易失而复得的珍宝再被自己弄丢？你从不知道该怎么来爱惜自己，最让我生气的是这一点。”

我不是很明白地看着他。

他叹了口气：“你想对林乔他们发脾气，大可以按床铃请护士把他们赶出去。再看看你做了什么？宋宋，无论遇到什么都不能伤害自己，唯有身体上的疼痛没有人能帮你承受，虽然我很想，可就连我也不能。”

虽然我很想，可就连我也不能。

这真是一辈子也没有听过的好听话。我怔怔看着他，我说：“你不讨厌我？你知道我是个什么样的人了吧，你怎么还不讨厌我？”

他把我脸旁的头发拨开：“我一直知道你是个什么样的人，我这么一大把年纪了，你以为我是像毛头小子一样只打算和你玩玩儿？或者你刚才那么说只是想我放开你。宋宋，我不会放开你。”

我直视着他：“可万一颜朗的父亲是个流氓，总有一天要把我带走呢？”说完抖了抖，“不仅带走我，还要带走颜朗呢？”

秦漠僵了僵，半晌，道：“朗朗的亲生父亲不会是流氓。你怎么会觉得他一定是个流氓？也许是一个才华横溢的小说家。”顿了顿又道，“不管他是什么，我不会让他带你走的。”

他揉着我的头发，灯光下恍惚听到千里之外的海涛，风吹过来撩起纱帘，露出一小片红色的裙角，脑海里突然出现这样的幻象，我摇了摇头，他的手仍放在我头上。

我撇了撇嘴：“你老把我当小孩儿。”

他手滑下来捏住我的脸颊往外拉：“你不是小孩儿是什么？”

我挣扎着拽他的手：“好歹我也二十四岁了。”

他突然笑了笑，俯身下来吻上我的额头，他说：“对，你是女人了。”

第十七章

秦漠，生日快乐

周越越和岳来一前一后地来参观我，我刚刚睡醒，水将挂完，而秦漠不知所终。

周越越手上打着绷带，披头散发，牛仔裤也破了个大洞，瘸到我床前坐下，半天没说话。此等震撼人心的视觉效果，必须是被许多人同时蹂躏才有机会达到。

我问岳来：“她这是怎么了？”

岳来挠头：“我也不知道，我听完讲座过来附院开点儿感冒药，正好碰到她，她说你落水了，在这儿住院，我就过来看看你，你怎么落水了啊？”

我想这事儿真是说来话长，长话短说地简单表达了下中心思想，在我们对话期间，周越越一反常态，依然保持沉默，我们都不由自主地看向她。我试探着问：“你这是在表演行为艺术啊？主题是不要和陌生人说话？”

她终于回神，龇牙道：“半路上没注意摔了一跤。”看着病房门发了两秒钟呆，又道，“不是说保时捷速度快吗？你说何必那也是辆保时捷吧，怎么我从楼道上摔下来给他打电话他就半天不见人影呢？妈的还不如辆奇瑞 QQ 呢。”

我和岳来双双被吓了一跳，我躺在床上不方便，只能用目光表示担忧，岳来赶紧跳起来去查看她被摔的地方，奈何已经被绷带扎得严严实实，难以看到全貌。周越越一边摆手：“没事儿没事儿。”一边纠结，“我靠在楼梯口等了他二十分钟，妈的，保时捷，二十分钟，从他们家到学校，他居然开了二十分钟还没开到……”

我奇道：“原来你认识保时捷这个牌子啊？”

周越越也奇道：“我们家从小就用他们公司的产品啊，我肯定认识。”

我和岳来惊悚地看向她，那一定是两双饱受惊吓的目光。没想到身边竟然潜伏了一个活的豪门，而且潜伏了两年都没有被我们发现，一时不知道该说什么好。

周越越在我们的注视下艰难地挠了挠头发：“宝洁啊，你们也用的吧？”两秒后不确定道，“难道宝洁和保时捷不是同一家公司的？”

周越越的伤确实没有大碍，而何必自始至终没有出现，谁都搞不清楚他们俩到底怎么回事儿，周越越一直表现得很消沉。在我们都以为她今天晚上会潜到何必他们家把他车轮胎爆了以消心头之恨时，她却突然想通：“我是神经短路了才会给何必那小子打电话吧，我干吗给他打电话啊，我应该打 110 啊。”

岳来悲天悯人地看着她，半天，道：“110 那是匪警，你这个情况得拨急救中心 120。”

我想岳来其实不应该对周越越寄予太高希望，她没去拨 114 就已经很可以了。而周越越受伤之后立刻给何大少打电话这个行为，本质上分析其实是向何大少撒娇。不良妇女和良家妇女的区别就在于，不良妇女习惯向多个男人撒娇，良家妇女一般向某个男人撒娇。周越越很明显是个良家妇女，不轻易向人撒娇，从这个角度来看，何大少其实还有戏。

大瓶里的水挂完，护士又过来换了个小瓶，百无聊赖之间，岳来在一旁说起下午秦漠的讲座，因我和周越越没有亲临现场，很难了解其间盛况，不由得侧耳倾听。

岳来道：“幸亏你们俩没去，人那个多啊，简直排山倒海，礼堂里里外外尽看到脑袋了。秦大师平时就够帅了吧，讲课的时候那个帅劲儿平时没法比，一举手一投足，那个优雅，那个冷幽默，把全场的小姑娘老姑娘们迷得神神道道的。最后半个小时自由提问，还有胆儿大的小姑娘直接站起来问他喜欢什么样的姑娘，曾经拿谁当梦中情人什么什么的，真是胆儿大啊，坐在下面的校长脸都绿了。”

周越越恨声道：“要不是教授突然抽风把我叫过去我也不能错过了这个讲座。”恨完很感兴趣地凑过去，“那秦大师是怎么回答的啊？”

岳来露出追忆的神色：“大师就是大师，半个字也没透露，就说了句‘回答你这个问题之前，我得先看看今天我女朋友有没有来听这个讲座’，四两拨千斤啊，一拨完下面就炸锅了，又不敢明着炸，一个个忍得甭提多辛苦，大礼堂碎了一屋子的芳心，都在打听大师的女朋友是谁，之后倒是再没人提类似问题了。然后没多久，大师接了个挺急的电话，规定时间还没到就提前结束讲座离开了。”说完特别遗憾地感叹道，“也不知道谁打的电话，真是个不懂事的电话，怎么就那个点儿打过来了呢，实在太不懂事了，就不能让大师再跟我们面对面多接触会儿吗？用心险恶啊，喝凉水呛死他丫的……”

周越越欲言又止了半天，终于止不住截住话头：“那个不懂事的电话，可能……是我打的……”说完估计觉得少了点儿什么，手一指转向我，“不过不关我的事，是她不小心掉水里了，我也没不懂事，我是着急啊，才打的电话，你那个诅咒说什么也不能应在我身上。”

我赶紧表明立场：“这和我没关系吧，我都来不及不懂事，那个报应也不能应到我身上，我觉着……”话没说完，被一个声音打断：“和你没关系那和谁有关系？”

我转头去看，秦漠正立在门口，手里拎着个保温桶。岳来愣了愣，理清楚事情原委，了然一笑。

秦漠边放保温桶边道：“刚好像听你们在说什么报应，要报应到宋宋身上？”

空气静止了五秒，周越越苦着一张脸道：“没有，我是说那个报应报到我身上就正好。”

秦漠挑了挑眉。

我看向周越越：“那就辛苦你了哈。”

秦漠笑出声来，俯身帮我掖被子：“你还得寸进尺了。”

岳来在一旁捂着嘴乐，我觉得脸有点热，看着秦漠修长的手指拨弄被子，就更热了，正想再说点儿什么，却被周越越打断，周越越说：“林乔？”我心里一咯噔，这可真是阴魂不散啊。

我其实压根儿没看到他，秦漠挡在我面前，我也不能为了看他一眼把秦漠拨开，只听见他的声音在门口空落落响起：“今天晚上我值夜班，顺道过来看看颜宋好些没有。”

秦漠握着我的手，转身颔首道：“劳林医生费心了。”

林乔“嗯”了一声，没再说什么。

从门口到走廊，渐渐响起空洞的脚步声，秦漠握着我的手紧了紧，半晌转头道：“你这手怎么长的，这么小？”

经过落水这一出，哭一场又睡一觉，蓦然觉得轻松很多，而且一看到秦漠，心中就立刻有暖流涌过，虽然和高中那场暗恋的酸涩滋味大不相同，但研究了这么多古往今来的爱情小说，无师自通地被我推测出这样的感觉也是爱的一种，也许还在萌芽阶段，但假以时日必然长成参天大树。我觉得自己还有重重疑虑，但秦漠说他不会放开我。他在我最狼狈的时刻抛下手上的工作现身救场，对我来说意义重大，已经不只是感动。喜欢到爱是量变到质变，我本来就挺喜欢他，可能我对他已经有很多喜欢，被韩梅梅这么一闹终于发生质变。我想，我和秦漠这样，就算是正式开始谈恋爱了吧。但在这天晚上，想好这些之后，我并不打算立刻和他坦白，主要在于四天后就是他的生日，我买不起太贵重的生日礼物，只好留一句最贵重的话，在生日当天好亲口告诉他。这就是平民的哲学。

眼看小区里的树普遍掉光叶子，冬天一步一步深入，气温也越来越低。

在我琢磨着该怎么给秦漠庆祝生日的当口，学生会去山区义务支教的选拔活动低调结束。我们完全不知情，却在一个午后接到上面通知，说我和周越越双双以高分通过选拔，从两百多名报名者当中脱颖而出，成为两名光荣的支教人员。此次支教活动为期一周，组织上安排我教语文，周越越教历史。我得知消息后莫名其妙很久，周越越得知消息后感叹说：“没办法，竞争是残酷的，这是一个物竞天择、适者生存的时代。”秦漠对此的看法是：“你去教语文也就算了，周越越去教历史……你们其实是去戕害山区少年儿童的吧？”周越越辗转听到秦漠这句评价，在广场上的毛主席塑像底下忧伤地坐了很久。

支教的出发日期就定在秦漠生日的第二天，生日当天他陪我买日用品，完全没有提到那天是自己的生日。

我将颜朗遣去了周越越家，自以为是个英明决定，但炒菜时痛苦地发现没酱油了，才深深意识到颜朗存在的重要性。本想打电话让秦漠带一瓶回来，手机掏出来才想起这顿饭是做给他的生日礼物，要给他一个惊喜，考虑半晌，默默地又把手机揣了回去，换了衣服亲自出马。临近七点半，终于把一桌子饭菜捣鼓完毕。

我坐立难安地等待着秦漠，心情忐忑，就像钉子户面对房管所。等了半天没把他等回来，肚子倒有点饿了，干脆跑下楼去买了碗冒菜回来边吃边平复心情。冒菜吃到一半，听到隔壁好像有开门声，想着大概是秦漠回他家了，赶紧开门。台词已经在我脑海中盘旋很久，眼看就要说出来，却在和面前的金发美女目光相接时生生顿住。这是个金发碧眼的洋妞。

秦漠正要往屋里迈，看到我停住脚步，上下打量一番，又抬手看了看表：“都九点了，这么晚你还要出去？”

我傻了半天，愣愣道：“嗯，吃得有点撑，出去散个步。”说完面容冷峻地转身进屋关上门，背着门板再次傻了半天，不知该先洗碗好还是先洗澡好，发了一会儿愣，突然想起刚才好像说的是要出去散个步？颜朗不在，一百三十多平方米的房子顿时显得冷清，九点其实也不算晚，我收拾收拾准备出门，正四处找钱包和钥匙，门锁“嗒”地一声响，秦漠闲庭信步地走进来，随手关上门，好整以暇地看着我。今天晚上脑子里好像总有一根筋接不上，良久我才反应过来，震惊道：“我明明是关了门的……”

他掂了掂手里的钥匙，似笑非笑：“你忘了我是房东？房东怎么可能没钥匙？”

我一想也是，但刚才遇到突发状况，第一句台词没能顺利说出来，极大地影响了后续思路，我想了五秒钟，问他：“你还没吃饭吧？饭厅桌上有东西可以吃，要不你吃一点儿？”

秦漠没说话，仍然保持着那个表情：“刚刚那个是我秘书Vanshirly，跟我过来拿两份重要文件……”

我脸一红，打断他的话：“你是不是以为我在吃醋？我没吃醋，没误会你，真没有，我一直很相信你的。我就是有点惊讶，主要是我有话跟你说，看到陌生人一下子没反应过来。思路被打乱了，有点紧张。”

他笑着摇了摇头，绕过我前去饭厅，边走边道：“确实饿了，还好你留了饭，有什么话想跟我说，我们边吃边……”话没说完，戛然而止，半晌，低声道，“这么多菜。”

我磨蹭了好半天，尴尬道：“今天不是你生日吗？”话毕想起来，跟着到饭厅，把几个凉菜指给他看：“你先吃这几个，其他的我先去热一热，这个早做好了，现在都冷得差不多了。”

他没搭理我后半句话，轻声道：“你怎么知道今天我生日？”

我一边收拾那几个原本是热菜的凉菜一边回他：“有本建筑杂志上面提了一句，有心就能记住啊，这又不是多难记的东西。”

话刚说完，人一下子被他拽进怀里，他一向和煦如春风，此次力气却前所未有的大，箍得我动弹不得。为了节约电费，我只留了一盏小灯，使得饭厅里光线昏黄暗淡，特别适合作奸犯科。他一双眼睛微微弯起来，亮晶晶地看着我：“宋宋，你还敢说你心里没我？”

我巨有气势地本能反驳：“谁说我心里没你啊？”说完觉得不对，解释道：“我是说我没说过我心里没你啊。”想想还是不对，继续解释道：“我就是想说我压根儿没说过我心里没你这个话。”

秦漠的头埋在我肩膀上，闷闷笑道：“好了好了，你不用强调了，我知道你心里有我。”

我思考半天，才反应过来是被他下套了，挣扎着要从他怀里出来，或者把他从我怀里拽出来。他揉了揉我脑袋：“别动，要不想发生点什么意外事故的话，就乖乖站好让我抱一会儿。”

我咽了口唾沫乖乖站好让他抱。犹豫着什么时候把那句珍重很久的话说出口。

我们贴得紧紧的，我说：“秦漠。”

他“嗯”了一声。

我再喊一次他的名字。

他依旧懒懒应着。

今天晚上的事态发展虽然差不多完全超出我的预料，导致大部分预先想好的台词都说不出口，但这一句台词一定得说出口，这是我送给他的生日礼物。

我慢慢抬起手搂住他的腰，幸好看不到他的表情，好歹没那么尴尬，我说：“秦漠，我……你……还有……生日快乐。”

腰上蓦然一紧，人一下子被他抱起来，没等我反应过来已经被他放在了旁边摆小饰品的柜子上。他站在我两腿之间，眼睛里有笑意，微微偏头，柔声道：“你刚刚说什么？我没听清。”

我不太自在地往后靠了靠：“生日快乐。”

他摇头：“不对，前面那句。你什么我？”

我左顾右盼：“我没什么你，没听到拉倒。”他的表情明明都听懂了，非要我再说一遍，实在太无耻了。

他没说话，笑了一声，静静注视着我，漆黑的眼睛里波光流转。我假装自己很镇定，用手推了推他：“你退后一点儿，我下来。”

他非但没往后退，反而像是觉得我这样很有趣，更紧密地贴过来。我眼睁睁看着他的唇压下，目的地却不是我的嘴唇，而是滚烫地落在颈项上。停顿了两秒钟，和以往完全不同的是，根本没有温柔的过渡，立刻就是恶狠狠地吸吮连带噬咬，我仰着头难耐地哼了一声，身上一把火腾地烧了起来。

他的手探进我的毛衣，肌肤相触，指尖带着滚烫的温度，唇舌已顺着颈项咬到下巴，再到唇角，一寸一寸舔吻，我觉得心里发慌，很想正面碰触，却总不能如愿。他咬住我的下唇，声音低哑：“要我吗？”

我脑子里一团糨糊，本能地攀着他的肩膀：“要……”直到他双手解开我背后的扣子，人突然清醒了半分，急忙摇头：“不要。”

他没理我，手依然在动作。我急了：“都说了不要了，你怎么不尊重我啊？”他安抚地吻我耳垂：“别怕。”双手配合地轻揉我背部。

我都快哭了：“我是不怕啊，关键是我大姨妈来了，你不是想浴血奋战吧……”

秦漠停住动作，顿了半晌，幽幽道：“真是不懂事的大姨妈啊。”

第十八章

蛋挞，八年不见了

第二天一大早，半空阴云密布，秦漠拉开窗帘驻足观赏半天，往我行李箱里添了两把雨伞。我半夜踢被子，早上起来鼻子有点堵，被他发现这个情况，又皱着眉头往我行李箱里添了一大包药。这些药瓶上有且仅有英文说明，让人很难搞懂用法用量和功能。我吃饭的时候他意识到这个问题，拿纸和笔将说明全部翻译成中文，临出门前又从头到尾给我讲了遍它们各自的吃法，并且让我复述一遍，才点头出门开车送我去车站。

坐上车扣好安全带，秦漠发动车子，突然停下转头问我："带隐形眼镜的护理液没？"

我急忙跳下车回头去拿护理液。

匆匆回来，秦漠抱着手靠在车门旁："洗面奶带了？"我想想后点头，他转身去开车门，不经意道："乡下应该挺冷的，手套也带了？"

我揣着护理液再折回去拿手套。

手套拿回来，大家坐在车上，秦漠沉默半晌："你确定东西都拿完了？"

我点头："完了。"

他转身下车："算了，我再检查一下你行李箱，统计一下看是不是还有东西没带。"

我着急道："昨晚上我都收拾得差不多了，真的，就差一个手套差点忘可也没忘不是，你别磨蹭了，火车要开走就来不及了……"

他已经打开行李箱，随口道："你们九点半的火车吧，现在几点了？”

我摸摸口袋找手机看时间，心里一咯噔：“啊，那个什么，手机忘带了，哈哈，你等我一会儿，我再回头去拿个手机……”

他抬头似笑非笑：“昨天买的那套旅行用洗漱套装你也没带，对了，”低头又随手翻了翻，“卫生巾呢？”

“……”

寒风阵阵。我们跨越大半个城区，终于在九点之前赶到火车站。

周越越缩着脖子领了颜朗在候车大厅里等我。颜朗病假没休完，不用立刻回学校上课，自从知道我要去山区支教，就吵着要跟我一起去体验生活。秦漠找了医生来给他检查，医生认为他如此生龙活虎，已能胜任各种或短或长距离的旅途，并且少年儿童多开点眼界其实有利于心智成长，跟着我去支教也有好处。秦漠没有反对也没有赞同，学生会的意思是跟个小孩更能体现这个活动的人文关怀精神，不仅没反对还免了颜朗的来回交通费用。周越越认为这个便宜不占白不占，不占就将被学生会的进步青年们拿去公款吃喝，这样的事情坚决不能让它发生，我和她英雄所见略同。颜朗的执念不花半毛钱就得逞了，他感到很高兴，我和周越越也很高兴，大家基本上怀着喜悦的心情上了火车。只有秦漠一个人微微皱着眉头，车开动时，他冲我扬了扬手机，我琢磨好一阵，领会他的意思，掏出包里手机一看，新收了一条短信：“记住充电，别让我找不到你。”

火车缓慢移动，回头看，即使这样不动声色的速度，也已开出老远，C 城的上空始终阴霾，秦漠站在月台上，只能看到模糊的一个影子。记忆中似乎也有此种离别场景，但我想象很久，只觉得这样文艺的桥段，一个人一生碰到一次已属难得，碰到两次真是好难得。多半是以前看台剧或者韩剧，有类似场景让人印象深刻，只是看的时间太久，印象还在，影像全没了。

火车迅速驶离 C 城，窗外，一溜黑乎乎的厂房从我们眼前呼啸而过。

颜朗坐在我旁边，已经昏昏欲睡。昨天送他去周越越家，忘了给他拿围巾，在车站时秦漠把自己的围巾解下来系在他脖子上，但因实在太长，不得不重复绕了好几圈，乍一望脖子包得像个倒置的陀螺。颜朗缩在陀螺里渐渐沉入了梦乡。

周越越坐在我对面，完全无视了我和颜朗，眼睛直勾勾地注视某个地方。

我拿手在她眼前晃了晃："你带扑克牌了吧，咱们玩会儿牌。"

她将我的手从容拨开，继续注视某个地方。我顺着她的视线回头一望，看到两排之遥的斜后座坐了一个塞着耳机专心听音乐的、头发挺长的……我转头问周越越："那是个姑娘还是个小伙子？"

周越越讶然看我一眼，竖起手指嘘了声："你没看出来他是谁？先锋派小说家程嘉木啊，亏你还是个学文的。"

我忍住了问周越越到底知不知道先锋派是什么东西的冲动，转过头去偷偷打量侧头看向窗外的青年。火车正要过隧道，那是个剪影般的侧面，无论是角度还是清晰度都剪影得不行。瞬间，火车进入隧道，我在黑暗中悄声问周越越："你怎么知道那是程嘉木？不是说程嘉木挺低调吗？深居简出，不搞签售不座谈也不在博客上发自己的照片……”

周越越打断我说：“你可以不相信媒体的智慧和力量，但不能不相信天涯人民的智慧和力量啊。上次天涯上有个楼在炒美男作家，不知道哪个油菜花爆出来程嘉木的照片，因为实在太惊艳了，就记住了，真是帅啊，有点儿像年轻时候的藤木直人。”

周越越继续感叹美男美男，其实就刚才那个剪影得不行的剪影来看，程嘉木长得未必多么出色，只是在经历了一批又一批美女作家的摧残之后，老百姓已普遍对作家的长相抱持比较宽容的心态。

我回忆起去年看过程嘉木的一本书，写一个才华横溢的酷爱画画的小姑娘。小姑娘有个青梅竹马的小男友，两人在一个滨海小城过着白天上课晚上做作业周末去补习班补习的悲惨求学生活。大家都渴望素质教育的减负春风能吹拂到这个小城，可在一片望眼欲穿中，等来的只是高考 3+ 大综合 +1 的噩耗。小姑娘的爹妈仔细研究近两年高考的模式，再研究小姑娘的成绩，觉得只有让她考 S 美院，于是专门请了家庭教师来辅导她画画。家庭教师是她娘的朋友的儿子，一个年轻的画家。小姑娘跟着老师学画，和小男友分开，男友和另外一个姑娘越走越近，甚至约定要同上一所大学。小姑娘不能容忍，深受打击，为了转移自己的注意力，拼命画画，就在拼命跟着老师学画的过程中，对自己的老师产生了暧昧感情。但这注定是不能有好下场的一件事，小姑娘不能接受自己竟然对老师有不道德的想法，始终压抑自己。男朋友在不久后却意识到想上同一所大学的绝不是那另外的一个姑娘，重新回到小姑娘身边来，希望得到她的谅解。为了让自己别在不伦的道路上越走越远，小姑娘试着重新接受男友，可总是过不了自己这一关，两人分分合合。老师始终是老师，却也是梗在两人之间的一根刺。终于有一天，做老师的离开了这个小城，小姑娘目送他离开，心里犹豫不舍，却没有说出任何挽留的话。酷爱画画的小姑娘和她的小男友又重新恢复了从前的平静日子，甚至偷尝禁果，有了一个小孩，两人担忧又兴奋，似乎那年轻画家的阴影已从他们之间消失殆尽。就在此时，大洋彼岸传来了那个人死于一场意外的消息，第二天，小姑娘也失踪了。小男友以为这是有预谋的失踪，她依然忘不了那从未开口表达过爱意的老师，但三天后，警察来到了他们家，带来小姑娘死于一场凶杀的消息。故事至此戛然而止，谁也不知道在生命的最后一刻，这个小姑娘到底爱的是她的小男友，还是她曾经的老师。

书的名字叫《红裙子姑娘》，是他去年的新书，出得相当低调，基本没什么造势宣传，文风也一改过去的冷淡尖锐，笔锋深情款款，扉页上还印了两句亲笔题词“给我死去的、在天堂的姑娘”。很长时间我都不能忘记这个故事，没想明白高中生也能这么轰轰烈烈，但回想起我的高中，好像比人家还要轰烈，也就不好再说什么。周越越和我同期看的这本书，她主要纠结于女主角为什么会觉得对老师的爱不伦，她的看法是：“只是家教而已，有什么伦不伦的，要两个人都有意思，不伦也伦了，真爱无敌嘛。要一段婚姻两个人都没意思，你包二奶我养小白脸，伦也不伦了，真爱……无敌嘛。”

火车已开过隧道，车厢一片敞亮，我问周越越：“要不要找他签个名？”

周越越思索半晌道：“我兜里带了个白的毛背心，你说我让他把名签在这个毛背心上，按照市场规律，转手卖给他粉丝大概能卖多少钱？”

我一方面觉得周越越很有经济头脑，一方面觉得这实在难以估摸，为难道：“明星的衍生产品价格就跟明星的包养价格一样，基本上都不遵循市场规律的，我觉着这个主要得看买你这毛背心的人能傻到什么程度吧，一般傻能卖个一两百，要是特别傻，搞不好能卖个一两千。”

周越越的双眼顿时明亮起来。两秒后寻思道：“不过程嘉木是个小说家，文人啊，文人和艺人还是有区别的，卖不到那么高吧？”

我一边帮她取旅行包一边安慰她：“现在这个社会，文人出了名都当艺人去了，艺人出了名都当文人去了，没什么大区别，你放宽心。”

我们找出那件毛背心，转头观察程嘉木的动向，企图寻找一个合适时机上前请他赐字。他仍然维持着看向窗外的姿势，右手抬起压了压耳塞。

我目不转睛地对周越越说：“少女，勇敢地上吧。”

周越越说：“好，我这就……”话没说完，程嘉木忽然转过头来。恍然看到他的正面，我按住了周越越蠢蠢欲动的上半身。

周越越说：“你干吗？”

我说："会日语不？"

周越越说："哈那色……呀咩得……一他一……"

我说："有没有正常点的？"

周越越思忖两秒钟："八格压路。"

我抚头说："你还是别去丢人现眼了，人明明就是藤木直人，你连正经日本话都不会说两句，去问人要什么签名啊？"

周越越震惊道："不会吧，你看看他，明明就跟天涯上贴的那张照片长一样啊。天涯上都说了，那就是程嘉木。"

我挥了挥手："天涯上还说韩寒跟郭敬明是一对呢，尽信天涯不如没有天涯，你不要太天真，指不定是谁恶搞呢，把藤木直人照片搬上去糊弄你们说那是程嘉木，天底下能有长那么像的人吗？还不是同一国籍的？"

话刚说完，五秒钟前还坐得和我们有一段距离的、自顾自听着音乐看风景的藤木直人转瞬已坐到周越越身边。

周越越张大了嘴巴，我也张大了嘴巴。

周越越紧张地说："空、空你七哇。"

藤木直人没有反应。

周越越继续紧张地说："哦爸，空你七哇。"

藤木直人依然没有反应。

周越越破釜沉舟地说："Can,can you speak English?"

藤木直人终于动容，却没看周越越，一把握住我的右手，快速瞟一眼，手指划过掌心的黑痣。

周越越失声道："You want do what?"

藤木直人用纯正的、以北方方言为基础的标准普通话同我打招呼："蛋挞，八年不见了。"

周越越惊悚地看我，我也惊悚地看她。大家瞬间失语，半天，我说："你原来不是藤木直人啊？"周越越也配合地补充："真是程嘉木？先锋小说家程嘉木？"

程嘉木没搭理我们，只定定看着我，除了眉头紧皱，表情基本波澜不惊，半晌，低头把玩一个火柴盒，喃喃道："八年了，我都不相信，你居然还活着，那时候事情闹得多大，警察拿了戒指来找我们辨认，你妈妈当场晕了过去，你爸爸怎么也不能接受你是那件碎尸案的被害者，Stephen 回国后……"

我完全没搞懂他在说什么，颜朗悠悠醒转，揉着眼睛叫我："妈妈。"

我模糊应了一声，程嘉木手中的火柴盒"啪"一声掉桌子上："你儿子？"

我推了把颜朗："快叫叔叔。"

颜朗叫了声叔叔，程嘉木没有回答。颜朗觉得被扫了面子，气鼓鼓地看向窗外。

大约过了四十秒，程嘉木道："你还活着，还有个儿子……"说完捡起火柴盒迅速转了两下，突然抬头，"不对，我没听说 Stephen 结婚，你还活着，这孩子……"

我说："啊？"

他看着我："你和 Stephen……"欲言又止片刻，而我一头雾水。

我觉得他可能认识十六岁以前的我，但他陈述的信息含量太大，一时让人措手不及，我说："那个……"

他忧伤一笑："你失踪以后，大家都在拼命找你。那时候我对你爸爸说，如果 Stephen 执意要和你分手，那么找到你之后，请他把你交给我，我要和你结婚。”

我嘴巴张成了 O 形。

他继续说：“后来 Stephen 回国，我也是这么和他说的。我告诉他，如果你还活着，一定会选择我，虽然他和我都没能陪你走到最后一刻，可至少，在你最难过的时候，是我陪在你身边，而那时候他没有出现，他这一辈子就不配再出现了。”

我仍然满头雾水，他抿住了嘴唇没再说话，气氛一时冰冷，周越越在一旁用迷离的眼神望着我们。

我觉得不能冷场，又说了个“啊”字。

火柴盒静静躺在桌子上，他笑了一声道：“蛋挞，我那样说一定让你生气了。你当然不会选我，你那么喜欢他。”他垂着眼睫道，“可你们已经订婚了，他却吝于给你起码的信任，那样看低你的爱情，在你最需要他的时候，他却听信风言风语一走了之，他不配做你的未婚夫。你那时候有多痛苦，我只是想让他遭受同样的痛苦罢了。”顿了顿，他抬起头来看着我，“那些话，的确让他非常痛苦。可，如果因为我的原因造成了你们之间的误会，让你现在过得不幸福，蛋挞，我……”

他没再继续说下去，闭了闭眼睛，窗外又是一溜厂房呼呼飞过，转瞬消失在视线尽头。周越越终于找回声音，颤抖着说：“你们这是……”

我咳了一声，无辜地望着她。

程嘉木扯出一抹笑来，连我这么不会看人眼色的也看出他笑得很勉强，他说：“可你也未免太狠心，既然还活着，八年也不联系我。”

他目光如炬地看着我，我一边被他伤感的口吻麻得打了个哆嗦一边想：那也得我知道有你这么一号人物存在啊……

没等我回话，他苦笑一声：“也是，我们现在其实也没什么关系，你联不联系我都无所谓。”

我说：“其实话也不是这么说……”

他调整了下坐姿，轻描淡写打断我：“怎么突然回国了？伯父伯母身体怎么样？自从你失踪后他们移民，我也再没见过他们了。”

我心里咯噔一下，茫然将他望着，他笑容一僵：“别告诉我你没和他们在一起。”

我没有说话。

他收起笑容皱紧眉头：“你当年离家出走，是因为没办法接受伯父伯母不是你亲生父母的事实，可就算他们不是你的亲生父母，也把你养到了二十岁，你知道你的死讯对他们打击多大吗？”

我脑袋里“轰”的一声，瞬间不知作何感想。

从前也想象过失忆前我的人生必然复杂曲折，就是没想到有这么复杂曲折，爱情是琼瑶式的爱情，亲情是蓝色生死恋的亲情，难怪冯小刚说生活远比艺术深刻。但此情此景，明明程嘉木说的每一句话都没有逻辑错误，感觉非常靠谱，我却没有半点真实感。

回首望不过八年而已，但这八年已经活到了骨子里，八年之前的那些年，听他说起来，已经像是听上辈子的事。当然也有可能是在他的阐述中，我那被遗忘了若干年的人生里戏剧冲突太多太激烈，无法让人产生平易近人之感，更像是一本高高在上的夸张小说。

我说：“你别担心，我一直和他们在一起。我也会和……Stephen结婚，我过得很好。过去的事就过去了，啊，对了，听说你也结婚了？”

他认真看了我一会儿，估计在研究我的话有几分可信度，但我表现得如此正直，真是让他无法不相信我。

他低低“嗯”了一声：“那就好。”沉默了两秒钟，想起什么似的道，“你还没见过我妻子，什么时候带她出来见见你。”

我点头道：“啊，好。”

此后两相无话，程嘉木一直蹙眉沉思，如入无人之境，周越越几次把毛背心拿出来，又默默收了回去。他丝毫没有要回自己座位的意思，我和周越越不好说话，只能通过眼神交流。

周越越用眼神说：“你们这是怎么回事儿？”

我用眼神回答他：“没事儿没事儿，等他人走了我再跟你解释。”

颜朗从兜里摸啊摸啊摸出一副扑克牌来，吸了吸鼻子道：“我们来玩会儿扑克牌吧。”

周越越艰难地推开颜朗的扑克牌，斜眼觑了觑程嘉木，佯装正直道：“玩牌多低级趣味啊，我们来聊聊人生啊人性啊什么的吧。”

颜朗头也没抬：“这年头都聊生人呢，谁聊人生啊。倒是可以聊聊人性，先聊聊人，再聊聊性。”

周越越指着颜朗半天没说出话来。

我看着颜朗只觉得头皮发麻，忍耐半天道：“谁教你的？”

颜朗无辜道："爸爸。"

我说："你不是一直喊干爹吗？爸爸也是可以随便叫的？"

颜朗不耐烦道："称呼而已嘛。"

程嘉木瞟了他一眼，淡淡道："这性格倒挺像 Stephen 的。"

程嘉木半路在一个小站下了车，临下车前和我换了手机号。

周越越说："宋宋，你们刚刚是在说你从前的那些事儿吧？你都弄明白了？"

我茫然看着火车顶摇头："哪儿弄明白了啊？听得半懂不懂的，搞不好是他认错人了也说不准。"

周越越吃惊地指着我："那你还装得你就是那个蛋挞似的，说什么过得很好，还会和，和那叫啥的结婚来着？"

窗外一棵不知名的枯树上挂了只残破的风筝，我目送那棵老树越退越远，短暂地组织了遍语言之后表达自己的看法："这样他就不会来打扰我的生活了，就算我是那个蛋挞，也没人会来打扰我的生活了。我们娘儿俩好不容易才平顺下来，经不起什么升华了。"

周越越从颜朗手里接过扑克牌，看了我半晌："有时候我真搞不懂你。"

颜朗"哧"了声："你搞不懂的人多了去了。"又转过头来问我，"妈妈，玩儿什么？跑得快还是干瞪眼？"

我想了想："就跑得快吧。"

我很理解周越越为什么不能搞懂我，一来她本人不是个失忆人士，不能感同身受。二来她这个人没什么逻辑，不适合搞研究。我从前也像其他罹患失忆症的病友一样，对恢复记忆有一种狂热的执着，不搞懂自己到底是谁就不能安心。但对失去的记忆本身又有一种畏惧和惶惑，人们对于未知总是惶惑。从前是执着大于惶惑，如今却是惶惑大于执着。并且随着秦漠的到来越来越惶惑。现在我压根儿就不想想起从前了。生活好不容易这么顺，老天爷最近这么厚待我，再怎么也等我先尝够甜头。就算要想起过去也不应该是现在，况且我根本就想不起，这都是老天爷的安排，我想，我只是随缘……罢了。

火车到达终点站。

在招待所安顿好后，我给秦漠打电话报平安，他不知在干什么，声音压得很低，问我乡下的温度、临时住处有没有烤火设施之类。我和他说起路上见闻，提到先锋小说家程嘉木和我们一节车厢，周越越一直策划让人给她毛背心上签名，结果人都下车了她也没成功。

秦漠说：“程嘉木？”

我说：“对啊，长得跟藤木直人一个模子印出来似的，我都吓了一跳。你认识？”

秦漠低声道：“不认识。”又道，“你衣服多穿点儿，看后天我有没有空过来一趟。”

第十九章

这个恐怖的雨夜

我们一行九人前来支教的这个村子名叫鲁花村。

周越越一度怀疑此地是人民大会堂专用油——鲁花花生油的故乡，但很快就被她自我否定，因鲁花村实在太穷，完全看不出具有滋生大型民营企业集团的土壤，再说此地它也不产花生。

我妈从前做镇长的时候，每年春节都要到治下特别贫困的乡村慰问，给贫困户送米送油，以确保镇上的电视台在连小偷都休假的新春佳节里还有新闻可播。我因时常尾随，对远离城市喧嚣的贫困深有体察，在这方面算是个见过世面的人，第二天看到鲁花村村小的孩子们时便没有多么大惊失色。但周越越自小长在都市，没有见识，一走进这所摇摇欲坠的村小，看到这些摇摇欲坠的祖国花朵，立刻便说不出话来，连颜朗都比她镇定许多。

尘土飞扬的操场上，祖国的花朵们个个骨瘦如柴，穿着磨损严重、款式古老且明显不合尺寸的脏衣服，三五成群怯生生地望着我们，脚上清一色套一双军绿色的解放牌胶鞋。这样的打扮让我想起四五岁时候的颜朗，那时他的衣服、鞋子大多是街坊周济，尺寸不合是常态，但总是干净整洁。外婆对颜朗在卫生习惯上的要求一直很高，高得连我都于心不忍，且丝毫不随我们生活环境的改变动摇。颜朗目不转睛地盯着面前孩子们脚上的胶鞋，观察良久，对我说："妈妈，这么冷的天气他们穿这个鞋冷不冷？"

我说："嗯，但你看他们都很珍惜自己的新鞋子，每一双鞋子都很干净，你也要向他们学习，珍惜自己的东西。"

周越越没说话，大大叹了口气。

听接待我们的老师提起，这些鞋子来源于校运动会前夕，校长去相隔八十里地的镇上赶集，买了一张体育彩票，中了五百块钱，想起运动会上大多数孩子没运动鞋穿，回来就拎了两麻袋。平时孩子们都很宝贝新鞋子，只有在重要场合才穿出来。显然，他们认为今天是一个像开运动会一样重要的大场合。

我们适应了会儿环境，看接待老师将散落在操场各处的小学生们召集起来，向他们宣布我们这些支教的新老师的到来，并勒令他们发出雷鸣般的掌声以示欢迎。阵阵掌声中，我身后一个服装设计系的时髦姑娘后知后觉地说："你们看，他们脚上穿的那个鞋子，就是那个解放牌胶鞋啊，其实挺好看。分析流行趋势，眼下正流行回力鞋配铅笔裤，不久的将来一定会流行解放牌胶鞋配铅笔裤，看那个形状，再看那个线条，多 cool。"

我和周越越构思了下解放牌胶鞋配铅笔裤的立体形象，觉得那已不只是 cool，简直是 cold，双双打了个哆嗦后达成共识，觉得流行这东西真是难以理解，比 HIN1 甲型流感还要不可捉摸。虽然对于穷人来说，流不流行不重要，流不流感才重要，但对于潮人来说，流不流感其实不重要，流不流行才重要。双方的区别是……怕死和不怕死的区别。

站在操场的正中央，可以看到四周巍峨的高山。山上覆盖的林木在如此寒冷的冬天依然郁郁葱葱，树冠参差纠缠，紧紧挨在一起，远看构成一道谱系不明的私家菜——清炒西蓝花，可想当积雪落下，那就是蒜蓉西蓝花。

短暂而朴实的欢迎仪式结束之后，通过接待老师半个小时词不达意的冗长介绍，我们去粗取精，了解到鲁花村小分六个年级，加起来一共一百二十来人，其中四十多个学生因家离学校太远，至少需翻越一座大山，不得不住校。

接待老师介绍完毕后，我们酌情分配，各就各位，很快进入教学状态，颜朗也跟着三年级的学生们旁听去了。

上午四堂课，我打算挨着给三、四、五、六年级讲诗歌，从“锄禾日当午，汗滴禾下土”讲到“相见时难别亦难，东风无力百花残”，讲完收工。结果才上完第一堂，就遇到周越越过来和我换科目。据说她勉为其难上了一堂历史，讲到司马迁时非说他有个儿子叫司马光，当场和一个认为司马迁没有后嗣的五年级小学生发生激烈的课堂冲突，令偶然经过他们教室上厕所的支教队队长大跌眼镜，果决地安排她过来和我换科。

周越越问我：“你没有准备讲稿吗？”

我鄙视地看着她：“给一帮小学生讲讲诗歌还需要讲稿？”

她欲言又止了半天，说：“哦，那确实不需要。”又说，“诗歌，诗歌我还是不错的，我小时候特别喜欢诗歌。”

和周越越换科后，我的教学任务陡然减少大半，这就是说，当语文、数学、外语老师都还在讲台上唾沫横飞时，我们教历史、政治、地理的已经能够功成身退四处溜达了。我将手机打开，从教室里走出，耳边是周越越声情并茂的朗诵“……兴尽晚回舟，误入藕花深处，两情若是久长时，惊起一滩鸥鹭”……

我走出二三十米远，已经不能再远，再远就超出了这个玲珑别致的鲁花村小的势力范畴。我靠在校门口搓着手拨通秦漠手机，拨通时竟然没有考虑到目前手机状态是长途加漫游。这一刻，终于能够理解为什么全中国除了交通运输部门以外，最支持远距离恋爱的就是中国移动。

四百多公里以外，秦漠接起电话，没有立刻出声，耳边传来均匀呼吸，就像他的气息穿透话筒直接抚摩在我接听电话的半张脸上。纯学术地说，这其实属于意淫的一种，由此产生种种联想，一不小心没控制好度，不能自拔地立刻脸红了。我红着脸尴尬地咳了一声："你在干什么？"

电话那头道："画设计图，怎么这个时候打给我，不上课吗？"声音沉沉的带点儿鼻音，真是一把磁性的好嗓子。

但我立刻从他的鼻音中辨出不正常来，呆了一下问他："你感冒了？"

他"嗯"了一声，补充道："你传染给我的。"

我一边觉得什么地方不对一边觉得内疚，正要嘱咐他吃两片力克舒，突然想起来："我前天晚上虽然踢被子了，但昨天早上刚有点儿感冒的征兆就被扼杀在摇篮里了。我一个没感冒的人，怎么可能把感冒传染给你？"

他没有正面回答我的问题，只不痛不痒地淡淡道："你可不只踢被子了，还踢我了。"

我愣了半晌，没话说。

前天晚上我和他情不自禁，差点发生婚前不正当行为，幸好被大姨妈及时制止，之后气氛一直很好，吃过饭后他落地生根，赶都赶不走，我经过剧烈思想斗争，觉得大姨妈在，没什么好怕的，略有迟疑地让了半张床给他。

躺在床上熄了灯，他抱着我说：“你别紧张，刚才是我太激动，这样对你不尊重，我道歉，你不答应的话，我不会对你怎么样的。”

我问他：“但是你不会睡不着吗？”

他说：“为什么我要睡不着？”

我说：“你看我就躺在你旁边，你今天晚上肯定睡不着的。”

他说：“……”几秒钟后更紧地抱住我，让我的头紧贴在他胸前，声音为难道，“这个问题可不好回答。要是我说睡得着，显得你太没有魅力，回答睡不着，又显得我不够沉稳。”

我被他逗乐，笑出声来，也忘了紧张。

借着窗外的某种非自然光线，他轻抚我的眉毛，声音柔得好比阳春时节一股和煦春风，他说：“宋宋，你在我怀里，我觉得很安心，可以睡个好觉。”

回忆就此打住，我觉得脸上火辣辣的，红着脸假装很愤怒，对电话那边的秦漠嚷：“是你非要住我这边的，我都跟你说了我睡相有点不太好。”

他在那边笑：“把被子踢下去好几次不说还差点把我也给踢下去，原来这个只是叫睡相有点不太好，不知道很不太好的睡相又该是个什么样。”

我哑口无言，想说点什么来反驳，在脑海里检索半天，什么也没检索出来。

他也不像是非等着我说一个答案，不等我开口，声音已经压得沉沉地继续道：“其实，除了踢我那几下外，其他的小动作还都挺可爱的。明明睡得人事不省了还非得拽着我的睡衣，我下床去喝水，一根指头一根指头掰开你还不肯，非要再拽上来。”

我沉默了，脸热得厉害。

电话里起码有两分钟只能听到彼此的呼吸，眼看着人民币在沉默中从手机账户里义无反顾地流出去，不禁让人想起一个四字成语——“沉默是金”。一个学生从我眼前飞驰而过奔往厕所，中途回头看了我一眼。我目送那个学生进入男厕所，秦漠已经点到即止地转移话题：“课上得怎么样？”

我拍了拍脸，镇定下来：“这些孩子都挺聪明，我教他们念诗，都念得很好，比城里的孩子一点不差，只是念书的条件差太多，不过这里的校长和老师人都很好，对学生也好，真正的为人师表。”

他又一一问了颜朗，顺便问了周越越，临挂电话前，我思忖着问他：“你明天是不是要过来？”

他笑道：“怎么，想我了？”

给他打这个电话，确实是因为突然想听他的声音。我觉得做人要诚实，斟酌了一下，回答他：“嗯，有点想。”

他顿了一下，低声道：“我一个人在家里画设计图，你和朗朗都不在，家里突然就冷清下来。从前我都是一个人，倒从来没感觉到冷清。”又说，“我明天下午过来。”

我说：“你……其实不用过来，你过来也没什么事儿，我又要上课，这周边的旅游景区也还没开发出来，你过来我都不知道该怎么安置你。”

他一本正经地说：“你不是想我了吗？我过来让你看看。”

我咳了一声：“你的脸皮还可以再厚一点。”

鲁花村小有一个小锅炉，方便学生中午带米蒸饭，我们住的招待所离学校不算近，支教队队长体恤下情，每个人都给发了个铝制饭盒，跟学生们一道在学校蒸饭吃。我和周越越在午饭时间逡巡了几间教室，发现这些孩子带来的下饭菜要不是黑漆漆的豆豉要不就是黏糊糊的腌萝卜干，有点心酸，把我们俩带的菜全分给他们了。

颜朗自告奋勇地要把自己小饭盒里的菜也分出去，被周越越制止：“我们是大人，一两顿不吃肉没什么，你现在正在长身体，凑什么热闹。”颜朗边把青椒肉丝往一个小妹妹饭盒里刨边说：“哦，我最近正好要减肥。”小妹妹茫然地看着他，半天，怯生生道：“哥哥，老师讲的，不能随便要别人的东西……”颜朗把对方装菜的罐头瓶子拿过来，往自己饭盒里扒拉了两勺子豆豉，道：“看，你不是随便要我的东西，是我想用青椒肉丝换你的豆豉。”我揉了揉颜朗的头发。背后突然有人道：“你把颜朗教得很好。”

我手一紧，颜朗僵着脖子龇牙道：“颜女士，别紧张，放轻松，先把你手从我头皮上挪开，放轻松，啊，别扯我头发。”

我放手在颜朗脑门上弹一个爆栗，警告他不要没大没小随便挑战我这个当妈的威信，随后转身，极为镇定地和站在教室门口的林乔打招呼：“没想到还能在这儿碰上，真是巧得很。”

他扶了扶眼镜：“也不算巧，院里组织送医疗下乡活动，为了方便，和你们那边学生会的支教活动都联系的同一个地方，今天下午刚好过来给这个小学的孩子们做体检。”

我一看他身后，果然还跟了几个扛器材的小伙子。

周越越松了口气：“这么说今天下午全校体检不用上课了？”

我奇道：“不用上课你这么高兴，这种事不一般都是学生比较高兴吗？”

她扭捏了一会儿，不好意思地踌躇道：“我……可能还是要先备一下课……”

林乔身旁一个卷发姑娘笑道：“课还是要照上的，我们是一个班级一个班级体检，项目也不多，轮到那个班的时候老师停一会儿就好了。”

周越越立刻倾身向前和卷发姑娘商量：“你看你们能不能把体检的顺序这么排一下，第一堂课先查五年级，第二堂课查二年级……”

周越越和卷发姑娘讨论得热火朝天，而此间我和林乔再没说一句话。仿佛正因上个星期在他和韩梅梅面前歇斯底里发泄一场，多年积郁得以纾解，以至胸襟豁达许多，看到他也不再有什么特别情怀，还能抽空观察观察他的脸色。也许是光线原因，他的脸色比上一次医院里所见还要白上几分，人好像也瘦了一圈。但如今这个世道男生也开始流行骨感美，说不定人家是在减肥，想到此处，也就不再深思。

很快，接待老师匆匆到来，寒暄了几句之后将他们领往另外一个教室。他本已转身离开，走了几步又回头望我：“身体好了？”他穿着驼色大衣，系着很厚的围巾，立在教室外阴霾的天空下，像一株长在北极的棕榈，当然北极没有棕榈，假如有，一定又挺拔又脆弱，就像他现在这个样子。我面无表情地点了点头：“有劳你费心。”

他们走出很远，我忍不住叹气：“真是见鬼了，在哪里都能偶遇。”

周越越看着我欲言又止。

我给她一个鼓励的眼神，示意她不要压抑自己。

周越越拍拍我的肩膀：“你真相信这是偶遇？人一辈子，外遇容易，偶遇可不易，还要短时间偶遇这么多次。”

我抱着纯学术的心态和她辩论：“也许，这就是人家说的缘分呢？”

周越越吓一跳：“妈呀，偶遇这么多次，这得要多大的缘分啊，有这样的缘分，你们早到民政局登记结婚了，还偶遇个什么劲儿啊。”

我反思片刻，觉得她说得有道理。

临上课前，我一直在思考，这个地方方圆五十里只有一间招待所，而秦漠来后，我势必不能让他住得太远，也势必不能让他和我同住一个屋檐下，这时候，除了再打个电话劝他不要过来，还有没有什么别的办法可行。可没等我电话过去，他已经电话过来。电话里带来不好的消息，说他母亲得了急症，在家中晕倒，他得立刻回美国一趟，没有办法过来看我了，订了下午的机票，到洛杉矶再给我电话。电话里听不出他的声音有什么波动，但可以想象，他和他母亲一向感情好，此次生病，竟然还晕倒了，他一定很着急。我这么一想，挂断电话后又对自己的想法疑惑，他什么时候和我说过他和他母亲感情好来着？

自从挂断秦漠的电话，我就一直心神不宁，想起老人常说福无双至，祸不单行，觉得今天下午还会再发生点别的事，并且大有不发生就不能心安之势。可直到下午放学，也没有大事发生，只是天空淅沥下起小雨，雨势逐渐变大，终于演变成不打雨伞就不能回去的态势。

周越越第二堂课上完就先回住处忙着备明天的课了，没有赶上这场冬日里难得的大雨。我从住校的学生那里借到一把破旧雨伞，前去三年级教室带颜朗回招待所，还想着这样大的雨，山路一定更不好走。

推开教室门，几近腐朽的木头发出潮湿的味道，目所能及之处却一个人也没有，挨着其他教室一间一间找，仍然没发现颜朗的身影，我想他也许是跟着住校生们回宿舍了，打着伞赶紧朝对面的宿舍跑。住校的孩子们正抱着饭盒坐在各自床边吃晚饭，看到我时，不约而同显现出一副茫然神态，其中一个小男生听我打听颜朗的下落，鼓了半天勇气，怯怯地说："我们班刘强的妈妈病了，颜朗跟着刘强一起去山里给他妈妈采草药了，第二节课就走了，他们和校长请了假的……"

我心里一紧，看着窗外瓢泼的大雨："你们有谁知道刘强的家住在什么地方？"下面有稍微大点的孩子答了一句："齐老师知道，齐老师今天值班，我刚刚还在办公室看到她了。"

在办公室找到学生口中的齐老师，我和她一起冒雨赶向刘强的家。齐老师一路安慰我："山里人靠山吃山，生了病都习惯弄点花花草草煮汤吃，我们这儿的孩子从小就去山里采药，都是很有经验的，你不用担心，说不定他们现在正在刘强家里，雨太大才没及时回来。”

我勉强“嗯”了一声，想开口却不能说出别的话，冷雨打在路旁不知名老树上，发出噼里啪啦的声响，像紧紧敲在心坎上。我只知道不停往前走。齐老师在后面嘱咐我：“颜老师，你慢点，小心路滑。”在她的嘱咐声中，我一分心就摔了一跤，幸好被一棵卧倒的枯树缠住，才没有滚下山坡，手机却从口袋里掉了出去，眨眼隐没在坡下的草丛中。

齐老师惊魂甫定地将我拉上来，再次保证：“颜朗不会有事的，多半就在刘强的家里等着你，颜老师，你走路小心些。”

半个小时后，我们赶到刘强家门口，天已擦黑，推开院子里的篱笆门，正屋的门窗透出一点如豆火光，有人正从屋里出来，我脱口而出：“林乔。”

他走近几步，目光似在辨认，但半路上我那跤摔得太狠，全身上下都是稀泥，让他很难辨出我是谁。

我又喊了他一声：“你怎么在这里？”

他愣了愣，终于根据声音认出我是颜宋，右手抬起：“你脸上身上都是怎么回事？”我本能地往后退了一步，他的手在半空中顿了十来秒，被雨水打湿，泛着冰冷的白光。

我抬起袖子边擦脸边客套：“没什么，刚才不小心绊了一跤，你在这里做什么？”

他顺势将手收回大衣口袋，看了我半晌，别开视线：“我过来给这家人看病，他们家只有母子俩，母亲卧病在床，这么晚儿子还没回来，她担心，我就出来帮她找找，正要去你们学校。”

我心底一沉，两条腿像被白蚁蛀空的朽柱子，风一吹，就能应声而断。屋里传来咳嗽声，持续了好一阵，林乔望着我，神色模糊不清，屋里的女声微弱道：“是强强回来了吗？”

我提高音量：“屋里的是刘强妈妈吧？我们是刘强的老师，今天雨大，他和其他几个同学晚上都住学校里，免得家长们担心，我挨个儿来通知你们一声。”

刘强的母亲在屋里道谢。

一旁的齐老师低声道：“你……”你了半天，没你出下文。看她的样子是要安慰我两句，却一时找不出合适的理由。

这样黑的夜，这样冻人的天气。我想起从前老家有个熟人开夜车出了车祸，晚上，又是冬天，找不到人求救，结果活活冻死在野地里。手冷脚也冷，心里空得厉害，身上的擦伤也在一瞬间疼痛鲜明起来。

走出篱笆门，除非刘强的母亲在房子四周装满窃听器，否则绝无可能听到我们对话。我问齐老师：“你知不知道孩子们平时都去哪里采药？”尾随着我们一路出来的林乔皱眉：“采药？”齐老师向他解释：“颜老师的儿子和刘强下午就去山里采药了，人一直没回学校，我们就来刘强家里看看，以为他跟着刘强回家了……”话没说完，又转头对我道，“你别担心啊颜老师，千万别担心，现在是冬天，蛇啊虫子啊都冬眠了，我们这儿的孩子又有经验，虽然雨下得大也不至于走着走着摔下山，今天晚上没什么光亮，他们多半迷路被困在山里了，人肯定还是平平安安的……”

我心中其实也这样安慰自己，但此种安慰好比望梅止渴画饼充饥，不仅不能缓解心中恐惧还使人越想越恐惧。风吹得树叶沙沙作响，齐老师还要再说点儿什么，被林乔不客气地打断：“麻烦您在前面带一下路，虽然没什么危险，但两个孩子在山里也难免害怕。”

我们走在狭窄的山路上，唯一的一支手电筒握在最前面的齐老师手中，悠长而昏黄的光线照亮脚下的蕨类植物。暴雨渐渐停息，只在空中飞舞可有可无的雨丝，像下了漫天的暴雨梨花针。我想，颜朗正被困在这黑黢黢的大山的某一处，等着我前去营救，那是我的儿子，和我相依为命八年的儿子。

路上差点儿又被绊倒两次，林乔扶住我，但这种前进方式太过不便，最终改成手握着手。我挣扎了两下，被他镇压，他皱眉解释：“我没有其他意思，只是怕你摔倒。”我们边走边呼唤颜朗的名字，这一辈子都没有叫过他这么多次，声音回荡在大山之间，有一种让人毛骨悚然的凄厉。

嗓子都快喊哑，却没有得到任何反馈，估计他们都以为我要哭出来，齐老师一直给我打气：“没关系，这一片找不着没关系，我还知道一片，我们到那边去看看。”林乔甚至把随身携带的手绢拿出来给我使用，但我已过了最害怕的阶段，已经相当淡定，反而安慰他们：“不急，慢慢来。”因为我已打定主意，假如颜朗有个什么三长两短，我就去陪他，他一个人一定会害怕。外婆在养老院过得很好，天天和同龄的老头老太太们下棋打太极，不用我担心；妈妈再过五年出狱，她在牢里学会了做塑料花，并且在做塑料花的比赛中次次第一，出来可以开一个卖塑料花的花店聊以为生，也不用我担心；秦漠……秦漠什么都不缺，以后他会找到更好的，更不用我担心。

我已经做好了找不到颜朗的心理准备，脑海中充斥了种种可怕后果，连追随他自杀时遗书该怎么写都构思得差不多。怀着这样视死如归的心情，我们一路辗转到第二个山坡。无心插柳柳成荫的是，还没放开嗓子号颜朗的名字，就成功地把他和刘强找到。

手电筒微弱的光芒歪打正着地照进他藏身的树洞，他正坐在洞里打盹儿，头上顶着几枚树叶，半闭着眼睛，小小的身子被冻得瑟瑟发抖，腿上枕着另一个小男生的脑袋，估计就是带他采药的刘强小朋友。

我火速地冲过去要抱起颜朗，动作太大，他腿上的小朋友嘤咛一声，颜朗一下子醒过来，眨了眨眼睛，看到是我，嘴巴动了两下，眼泪啪嗒掉下来："妈妈，我以为再也见不到你了，天这么黑，刘强又受伤了，我很害怕。"

这是四年来颜朗第一次在我面前示弱，他一直是个酷小子。我揉着他的头发，按捺住和他抱头痛哭一场的激动心情，连声音都没有颤抖一分，我说："儿子，妈妈很担心你。"

在这个恐怖的雨夜里，我们找到颜朗和刘强，幸运的是两人均没有生命危险，不幸的是刘强的脚严重扭伤，且两人淋了不少雨，裹着湿透的衣服在冬夜里冻了很久，都有不同程度的发热发烧。林乔把大衣脱下来给颜朗穿上，我把外套脱下来给刘强穿上，但他们的脸色并没有因此而好上多少，可能寒气已经浸入肌理。

雨已彻底停下，月亮从乌云背后露出一个光圈，只是这不能自然发光的球体借给地球的光少之又少，也就是说，即便有月光照耀，离开手电筒我们依然不能看清前路的方向。

我和林乔一人抱一个孩子，深一脚浅一脚朝鲁花村小前进，学校的操场上停着他们医疗队那辆拉风的随队越野车，可以把颜朗和刘强立刻送去八十里以外的镇医院救治。

齐老师边走边向林乔道谢："今天晚上真是多亏林医生了，不然我和颜老师两个女流之辈都不知道怎么办才好。"我一想待会儿还得麻烦他开车送颜朗和刘强去镇医院，也赶紧随着齐老师附和道："今天晚上确实太感谢你了。"他没有说话，半天，道："颜宋，你非要跟我这么客气？"我不知该说什么，他已抱着刘强走到前方，齐老师不明就里，在一边打圆场："礼多人不怪，哈哈，礼多人不怪嘛。"

从鲁花村小到鲁花镇，只最初一段是弯曲的山路，比较考验司机的水平和越野车的性能，剩下六十多里地基本都很好走，和柏油路比起来也不显得过分逊色，除了颠簸点儿并且泥巴多点儿。林乔一句话也没有说，眼镜在模糊月色下映出冰冷光泽，骨节分明的一双手却稳稳掌控着三菱帕杰罗 V77 一路风驰电掣。我抬头看窗外黑色的山峦，想，时间把姐己弄成知己，把知己弄成知彼，你不再了解这个人的一切，甚至不知道他什么时候已经考到了驾驶执照。

一个小时后，我们顺利到达镇医院帮颜朗和刘强挂好急诊。

刘强得去打个 CT 看有没有骨折，被齐老师抱去了 CT 室。颜朗经医生诊断是由淋雨引发的普通感冒，毛病不大，只开了两瓶液体退烧。林乔拿过方子检查一遍，确认没什么问题，带着我和颜朗去住院部输液领药。我多次示意他可以回去休息了，不用再跟着我们忙前忙后了，但他执意假装没有听到。

颜朗换了衣服平静地躺在病床上，今天晚上折腾太久，扎针时他就进入半睡眠状态，针扎完不到两分钟，已经进入深度睡眠状态。颜朗的规矩是，熟睡时千万不能把他吵醒，否则他会像你挖了他们家祖坟一样仇视你，不管你是不是他妈或者他妈的朋友。我本想把他扶起来喝点儿热开水，看他睡得这么陶醉，于心不忍，转身把杯子递给了林乔。他愣愣接过杯子，沉默着深深看了我一眼，杯子握在手中很久，骨节都发白。房中突然有短信提示音响起，是林乔的，我一拍脑袋，想起秦漠说到了纽约要给我电话，火速将全身上下的口袋从里到外搜一遍，猛然想到手机早在三四个小时前就已遗失在鲁花村的崇山峻岭之中。秦漠说，别让我找不到你。只恨他不在我身上安一个 GPRS 全球定位仪。

林乔读完刚收到的短信，没什么表情，看我在一边手忙脚乱，柔声道："你在干什么？"

我头也没抬："找手机打电话。"

他将手中的黑色 iPhone2 递到我眼前："先用这个吧。"

我一时没有动作。

他伸出的手顿了顿，慢慢收回去，半晌，低声道："号码。"

我说："啊？"

他自顾自埋头解锁："你要打过去的那个人的手机号码。"

我本能“哦”了一声，良久才反应过来他是要帮我拨号，不知道该说什么，斟酌半天开口：“不用了，我是要打个国际长途，不好用你的手机，再说你今天晚上已经帮了我这么多。”

他手上的动作和我的话音同时停止，头缓缓抬起，就像文艺电影里的慢镜头，他说：“颜宋，你不用客气成这样。”

我呵呵笑了两声：“我没客气。”

房间里陡然穿过一道冷风，他几步走到窗前，关好一扇半开的玻璃窗，就着背对我的姿势，突然道：“我还记得你总习惯开着窗户睡觉，冬天也不例外，常常被风吹得感冒。”

我说：“啊？有这回事儿吗？”

他僵了两秒钟，淡淡道：“啊，你都忘了。”

我说：“嗯，忘了。”

他猛地转过头，眉目间满是隐忍和压抑，却在转瞬间恢复平静。他扶着额头，像是说给我听，又像是自言自语：“很多时候我都不知道自己在做什么，颜宋，你总是让我方寸大乱。最近我一直在想，是不是有些事，从一开始我就做错了。”

他说话做事越来越哲学，已不是我的智商能够理解。他深深望着我，眼睛里有丰富内容。这些内容过于丰富，令人完全无法解读，我搞不懂他想要表达什么。

正好走廊上传来一声重物落地的轰响，颜朗在睡梦中皱了皱眉头，我说：“我出去看看怎么回事。”他还想说些什么，终于没有出口，只抬手将我拦住，淡淡道：“你坐一会儿，我去。”

门打开，他的身体狠狠一晃，“小心”两个字还没来得及说出口，他已重重倒在地上。我以为他不小心摔倒，赶紧过去要把他扶起来，叫了好几声他的名字，他却毫无反应，我茫然了半天，才反应过来他是昏倒了。

从没有处理过这种情况，我只觉得心惊肉跳，心里明白应该立刻去找医生，却临时思维断层忘记值班室在什么方向。走廊上一片空旷，一种令人发毛的恐怖感蔓延过脊梁，林乔的手机突然歇斯底里叫起来，我慌乱之间不小心按下免提接听键，那边传来韩梅梅的声音："林乔，你听我说，虽然做了手术也不一定会康复，但治愈的可能也不是没有，我……"

我打断她的话："你说什么？林乔他得了什么病需要动手术？什么病动了手术也不一定会康复？"

我能听到听筒那边陡然加重的呼吸，韩梅梅说："颜宋？你是颜宋？你和林乔在一起？你为什么和林乔在一起？你让林乔听电话。"

我看了林乔一眼："他昏倒了。"

电话里沉默了两秒，突然传来尖叫："他是肺癌，肺癌中期，你还跟我讲什么电话，快叫救护车啊，颜宋，林乔有什么三长两短我不会原谅你，绝不会原谅你！"

脑海里有一瞬间的空白，林乔他得了，肺癌？

电话从我手中滑了下去。

第二十章

如果命运也有形状

那天夜里，懒洋洋的鲁花镇镇医院忙得鸡飞狗跳。我站在住院部门口，看医生们来来往往，听到有人问：“那个年轻人是什么来头啊，连院长都惊动了，我正准备睡觉呢，被急吼吼叫过来。”有人答：“上面直接来的电话，不清楚怎么回事儿，反正勤快点，做好本分就对了。”

林乔他们医疗队的队员也在半个小时内集体赶到，说接到电话要立刻送他回T大附院。林乔被放在白担架上抬上车，一直没有醒过来。医疗队的领队把外套脱下来盖在他身上，几个女队员眼里饱含泪水。一个说：“生了这么严重的病，林师兄他为什么还要跟我们一起到这么艰苦的地方来搞这个活动呢？”另一个抹着红眼圈：“谁知道呢？”我站在一旁，游离于忙碌的人群之外，觉得像在做梦，又像在看一场急救电影，心里空荡荡的什么感觉都没有。临上车前，早上见过的那个卷发姑娘迟疑问我：“是颜宋吧？你不和我们一起吗？”我点头又摇头，嘴巴开合几次，才渐渐发出声音，我说：“不了，我儿子还在这里输液。”

此后几天，我生活得异常平静，白天上点课，晚上创作点聊以卖钱的短篇小说。颜朗的病来得快去得也快，病好后他收敛很多，再不随便跑去山里乱逛，一心致力于帮三年级的小女生补习数学，很快就成为全鲁花村小的男性公敌和女性之友。秦漠到纽约后没打通我的电话，转而打给周越越，每天晚上都要和我煲很久电话粥，搞得一心等何大少电话的周越越很愤怒。

据秦漠说，他母亲是旧疾复发，已经稳定下来，健康无须担心，人却多愁善感得不行，还需要他承欢膝下一阵子。我在电话里安慰他：“老人家上了年纪是容易东想西想，你多陪陪她。”他笑开：“老太太倒没东想西想，就想着我什么时候才能结婚。”话毕问我，“宋宋，我们什么时候才能结婚？”我不知道该怎么回答，他轻声道：“老太太想抱孙子已经想疯了。”

那个电话在正午一点打来，窗外有瘦石寒潭，稀疏日光，尽管风还在呼呼地吹，但看上去暖洋洋。这是一个冬日里难得的好天气，秦漠在电话里一本正经地跟我求婚，我沉默了很久，他耐心等待，一直等到那边不知谁的声音响起：“你在给谁打电话？”他懒洋洋道：“你儿媳妇儿。”这句话清晰响在我耳边，我心底一颤，周越越的手机没电了。

一星期后，支教活动圆满结束，离开时，除了我和周越越，所有队员都流下了惜别的泪水。我是觉得自己虽然和这些孩子有感情，但还没深到依依不舍的地步，周越越是觉得人生何处不相逢，相思尽在风雨中……

火车上，周越越问我：“听说林乔他们医疗队几天前就走了，这才下乡下了几天啊，完全就是走个过场嘛，他们这也太不负责了。”

我帮颜朗系围巾的手不小心一抖，他被勒得使劲儿咳嗽，我被咳嗽声提醒，回魂道：“是啊，可不是吗？”

自那一夜，这么多天以来，我第一次想起林乔。我问周越越：“你知不知道肺癌中期生还的概率有多大？”

她愣了一下，面露喜色道：“这个你问我就问对人了，前几天我一直在看一本韩剧，叫《巴黎圣母医院》，这个剧里的男主角就是得的肺癌，最后死了，肺癌啊，生还概率很渺小的，中期，活下来的概率也很小吧。”

我心底一空，半天，点头道：“哦。”

韩梅梅在我回到学校的第三天上午找到我，那时我刚在学校东区的小茶馆里见完导师，正收拾好资料准备回去，她风风火火冲进来，一把揪住我的衣领子，像个女流氓，咬牙切齿：“颜宋，你可真沉得住气。”

我拨开她的手指，边整理衣服边往外走。她在后面跺脚：“林乔他……他在医院躺了一个星期，一个星期你不闻不问，一面也不见他，你……”

小茶馆里的客人纷纷停下手中动作，含蓄地看向我们，我昂头向前走，一步也没有停留。她踩着高跟鞋几步追上我，挡在我面前，身后是小茶馆狭窄的正门，她声音颤抖：“颜宋，算我求你，你去看看他，你不知道他……”

我打断她的话：“行，过两天我买个果篮去瞧瞧他，你先让一下，我还有点急事，得赶时间。”

她眼睛蓦地睁大，神情古怪地望着我：“你说什么？”

我说：“对不起，麻烦你让让，我赶时间。”

话刚说完，颊边“啪”一声脆响，半张脸火辣辣地疼。韩梅梅的右手还保持着抬起的姿势，嘴唇哆嗦了半天：“他病成那样，病成那样还参加那个破医疗队，就是知道你要去，知道你在那里，他躺在病床上疼得人事不省，皱着眉头叫你的名字，颜宋，你就是这么对他，你还有没有良心，你还有没有良心？你这么冷血，为什么他要喜欢你，为什么他到死都……”

我没有让她把这句话说完，扬起手“啪”一声回敬了过去。韩梅梅捂着脸愣在当场，估计没想到我会打还回去。茶馆里众人纷纷屏住呼吸，紧张地等待事情的后续。我听到自己的声音在半空中干干响起：“不管是过去、现在，还是将来，站得离林乔最近的那个人从来就不是我，也不会是我。即使有一天他，他死了，该趴在他坟头哭的那个人也不会轮到我，我曾经很想，但他从来没有给过我机会。过去是苏祈，现在是你，我这个人，在他这幕戏里从来就不是个光彩的角色。你怎么好意思说他喜欢我？我问过他多少次？我厚着脸皮问过他多少次？他说，颜宋，你怎么会这么想？你看，连他自己都不承认，他有哪一点表现得像是喜欢我？你这么说，我会以为你是在讽刺我。”

韩梅梅的右手再一次狠狠扇了下来，但被我一把抓住，我平静地望着她，她明亮的双眼中满是怨恨之色，半晌，冷冷笑道：“我以为事到如今，你该知道为什么他不承认喜欢你。你看不到他对你的情意，因为你没长眼睛，颜宋，你没长眼睛，哈哈，苏祈和你一样，当局者迷，旁观者清，她要不是那么喜欢林乔，不会直到你和林乔出了那样的事才发现自己的男朋友最爱的不是自己……”

我手脚冰凉，蓦然打断她：“他连五年前的事都告诉了你？”

韩梅梅愣了一下，愣完挣开我的手，哈哈大笑：“你忘了我是苏祈最好的朋友？我去医院看她，她抱着我哭，问我林乔为什么要跟她分手，说明明是林乔对不起她，她已经原谅了他，他车祸伤了腿，她天天去看他，可他还是要跟她分手。呵，你不知道林乔车祸伤了腿吧，那件事发生后，林乔为了追回苏祈手上的DV，出你家门就发生了车祸，苏祈呢，苏祈自杀，颜宋，只有你一个人平安躲过。林乔在医院躺了一个多月，他那么爱打篮球的一个人，从此却再也不能打篮球，苏祈出院后得了抑郁症，不久又进了医院。可你，你消失了五年，林乔到处找你，为了找你差点儿和他父母断绝关系。高中入学报名册上，家庭住址你写的租住的房址，父母单位你写你妈妈是家庭妇女，什么有用信息也没有，可想要找到你多么困难。你既然一开始就选择了消失，为什么不消失到底，五年后还要出现在他面前？颜宋，看着林乔再次为你神魂颠倒你很有成就感是吧，你这种人，你这种人迟早要遭报应！”

她一席话说完，气喘吁吁，停下来研究我的反应，我看着她，用手不耐烦地扯开围得严严实实的围巾，反问她：“那又怎么样？”

她茫然地注视我，语无伦次：“林乔他出了车祸，他一直在找你，你对不起他，你要遭报应的。”我逼近她：“对，我要遭报应的，我已经遭了报应了，五年，够不够？你说我这五年是平安躲过？我那要算是平安躲过，伊拉克也进入和谐社会了。可你告诉我，那又怎么样？你是要让我同情苏祈和林乔，要让我觉得内疚？我不是知心大姐，谁把自己困住了，谁就他妈的自己解开，这么多年，谁不是这样过来的？接下来你是不是要告诉我林乔是因为自己得了病不想要我担心才不告诉我，也不承认喜欢我？你要想说的只是这个，你可以走了。”

她被我逼到墙角，先前的控诉怨愤已全然不见，神情茫然地睁着一双大眼睛：“你不相信？颜宋，你不可以不相信的，林乔那么喜欢你，一直都喜欢你。你考进我们学校，我第一个看到你，我跟在林乔身边五年也没让他喜欢上我，我想我该认命了。我在学校论坛用你的名字发给他那封情书，我想你们总有一个需要主动的。我发短信给林乔，说找到你了，你知道他那时候有多高兴吗？上午还和教授在S市开医学研讨会，下午就回了学校，一下飞机，行李也没放就到你住的地方找你。你说你回老家了，不管你说的是不是真的，他没有找到你，接连在那幢楼下等了一个星期，也没有等到你。你知道他的病是怎么检查出来的吗？等你的第七天晚上，天下了大雨，我到他住处找他，屋子里满是酒气，他全身湿透，握着啤酒罐姿态全无地昏倒在地。颜宋，你一定没有看过那样的林乔，假如你看过，哪怕只一次，你也不会这样冷血狠心。”

我解下围巾，反手搭在近旁的一张椅背上，拉过椅子坐下来，面无表情地看着她。

她眼圈微红，几番哽咽：“我把他送到医院，医生检查出来，是肺癌早期。他治疗的那些日子，除了他父母，只有我陪在他身边。病好后，他没再提过你，那时候我想，为什么不再争取一下呢？明明他最困难的时候都是我陪他度过，我不信他对我没有一点感情。我向他表白，我没想到他会接受我，更没想到他会那样接受我，他说，肺癌完全治愈的概率小之又小，你如果只是想满足自己的一个心愿，我答应你。那时我笨，我自欺欺人，我骗自己是我的诚心打动了他。可爱一个人不应该是这样的，应该希望他好，希望他生活愉快，希望他无忧无虑，爱一个人不会愿意他为自己担惊受怕，食不安寝。我在很久之后才愿意明白，林乔让我在他身边，是因为他不爱我，他不在乎。月前他病症复发，做了 CT 之后发现病灶转移。确诊的那天晚上，他躺在病床上高烧不退，昏睡中念出你的名字，他说，‘颜宋，幸好’。”她低下头望住我，“我真嫉妒你啊颜宋，你觉得他想说什么呢？我一直在想，他那时候到底想说幸好什么呢？”

小茶馆外，枯黄的冬叶飘了一地，两只刚落地不久的小狗躺在地上打滚。我说：“你说完了？我可以走了？”

小茶馆中已有人窃窃私语，韩梅梅双眼聚满愤怒之色，看着我，就像不认识我，紧紧抓住我的肩膀，目眦欲裂，几乎要一把将我掐死：“你怎么还能这个样子？我没有说错，你没有心，你果然没有心的。颜宋，为什么得病的不是你，你怎么有资格承受林乔的喜欢？我知道了，哈哈，我知道了，你是不是害怕去看林乔惹秦漠不高兴？你就是这种人，好不容易傍上秦漠这个钻石王老五，你怎么敢惹人家不高兴？你走，你走，林乔死了你也别来，有种林乔死了你也别来！”

我说：“好。”

我站起来拿上围巾，已经走出茶馆门，她在后面叫我的名字，我转头看她还有什么事，冷不防又挨一耳光。角度原因，这一个比上一个快得多，也狠得多，脑袋都开始轰鸣。我摸了摸脸，神经系统反应过来，一碰都疼。我沉着脸看向她，她哆嗦着嘴唇：“我要打醒你……”

我一把将她掀到椅子上，两手压住椅子扶臂。她喃喃：“你……你要做什么？”我看着她，一字一句：“林乔他对你好不好？温不温柔？体不体贴？”

她没有丝毫犹豫，面色惊惶，却重重点头。我听到自己笑了一声：“那不就结了？你说他真正喜欢的人其实是我，可我从来没有从他那里感受到半点男朋友对女朋友的体贴温柔，他对我说话，从来是伤心的比贴心的多。你说你嫉妒我，你嫉妒我什么呢？一个人，他心底真正喜欢的是一个人，但从来不对这个人好，反而对另外一个人极尽温柔，不管有什么理由，你不觉得都太荒谬了？我是个俗人，欣赏不来单方面的柏拉图，与其让他心里喜欢我，却对另一个人好，不如他对我好，心里喜欢另外一个人。我们俩人生观不一样，对我来说，现实里的好比什么都重要。不过，事到如今，还说什么喜欢不喜欢，苦衷不苦衷，你觉得有意义吗？”

她被困在椅子里，嘴唇动了几动，没点头也没摇头，却也没有说出任何话。

我走出小茶馆，风吹过来，将沙子带进眼中。旁边一个小朋友走过，对她妈妈说：“看，那个阿姨在哭。”

我揉了揉眼睛，终于忍不住，找了个僻静没人的地方，放声抽泣起来。

我以为过去已经终结，终结在我写《忏悔录》的那个时刻，那全是我的一厢情愿。就在这个寒冷的十二月里，遗忘的岁月卷土重来，每一个细节都成为旋涡，将我吞没。生活呈现出我不认识的模样，我想了很久，对林乔和苏祈来说，我到底是受害者还是加害者，却想不出结果。林乔曾经问我，有一天他死了，我会不会难过。我不知道这空荡荡的情绪算不算难过，我有太多次难过，可这些难过都和这样的心情大不相同。我想到“死”这个字，想到有一天再看不到林乔，想到他的骨灰会葬在墓地里，那是白色的骨灰，从那些齑粉里再辨不出他生前的模样，想到这些我就控制不住自己，恐怖得浑身发抖，我觉得自己被巨大的阴影笼罩，却奇怪地感觉不到任何悲伤。

那天下午，我依然没去医院看林乔，吃过午饭后准时上了《中国辞赋史》和《文艺美学》两门课，除了带错讲义走错教室，没犯其他错误，而且走错的教室也在课上到一半的时候成功找到了。

教授讲的东西好像很有趣，大家都在笑，我努力想听清楚，明明每一个字都进了耳朵，却不知道他在讲什么。

课间休息时团支书过来问我：“颜宋，你是不是病了？脸色真差，人也心不在焉的，要不要请个假去医院看看？”我婉拒了她的好意，去厕所洗了个脸，镜子里的人明明很正常，表情也很丰富，我看不出来和平时有什么不同。不过，人死了，大概就没这么多表情了吧。

出来时不小心撞到一个同学，正要道歉，抬头一看，是周越越。我脑子还混沌着，想了半天：“你们建筑学院不是有自己的教学楼吗？你怎么跑到综合教学区来上课了？”

她把我拉到一边，踌躇半天，问我：“宋宋，林乔得了癌症那个事是真的？”

正好上课铃打响，后面有个男生急匆匆跑过，擦着肩膀差点带倒我，我趔趄了一下，站稳后点头：“嗯。”

周越越低头“啊”了一声：“我还以为是他们胡说的，怎么会这样……”

我没有说话。

周越越皱眉半晌，表情郑重地问我：“宋宋，你怎么想的？你别急着告诉我，你先想想，先想想再说。”

我说：“我没怎么去想，也没想什么。你说，这日子怎么一下子又乱起来了呢……”

她打断我：“秦漠打了好几个电话到我手机上，说这两天打你们家里的电话你老是不接，问我你怎么了。宋宋，我说你不会因为林乔得了这个病，就想跟秦漠掰了吧？我听说你上午跟韩梅梅在东区茶馆吵架了……”

上课铃开始响第二轮，我沉默很久，对她说：“这件事你先别告诉秦漠。让我自己先调整一下。”

那天晚上，我把这么多年的事情从头到尾想了一遍，一个细节也没有遗漏。我很多年不再这样想起这些事，越回忆越混乱头疼。生活毕竟没有办法冷酷地分成几段，前因得来后果，那些人那些事，其实我一直没有逃开，尽管我以为自己早已逃开。如果命运也有形状，必然是一张网，我和林乔的两张网一定充满了纠葛，不知什么时候开始我绕你你绕我，最后绕得谁也分不清谁。外婆说人活着不能往后看，得往前看，喜欢往后看的人容易被过去困住。总是在事情发生之后我才会想起她的金玉良言，我被过去的网狠狠困住，不能脱身，我曾经以为自己走了出来，那些都是幻觉。我对韩梅梅放了狠话，却无法对林乔坐视不理。我想，没有爱情，人一样可以走下去。我在这样混乱的状态下做出一个重大决定，也许在内容上没有顺应心意，在形式上也没有丝毫逻辑，却在很多年后，也不曾后悔。

颜朗在客厅里问我："妈妈，干爹什么时候回来？"

我告诉他："以后你要忘了这个干爹，我们要搬回以前的房子了。"

他睁大眼睛："为什么？你和干爹吵架了吗？我让他给你道歉。"

我仔细和他讲道理："不是，干爹很好，只是妈妈有自己在道义和人情上必须得承担的东西，不能因为干爹人很好就连累干爹。"

颜朗低头想了想："你说的我都听不懂，干爹对我很好的，我不能随便把他给忘了的，做人不能这么忘恩负义的。"

我抄着手问他："你主要是想表达个什么？"

他踌躇半天，道："我就是想问问，要是以后干爹想约我出去吃饭，我能偶尔答应他一下吗？"

我揉揉他的脑袋："到时候再说吧。"

第二天，C 城下起淅沥冬雨，我去校门口买了果篮，一路走去 T 大附院。店里现成的果篮装满了各式各样的水果，我记得林乔爱吃苹果和甜橙，不吃香蕉，于是让老板用苹果和橙子重新组了个新果篮。一红一黄两种颜色躺在一个小篮子里，看起来气色不错。

那时候林乔不留指甲，剥不好橙子，就用刀削皮，下手又重，橙子皮削下来总是带厚厚一层果肉，手上也弄得满是汁水，让他独立吃完一个橙子，就像经过一场和水果的殊死搏斗。

我看着于心不忍，每次都帮他剥，有时候也用刀削，我可以拿刀把橙子皮和橙子肉完整析开，皮是皮肉是肉，让林乔跟着学，他拿书卷成个卷儿抵着后脑勺撑住头：“你这么好手艺，我还学什么学。”

他一直没有学会怎么剥橙子和削橙子，我帮他剥了半年多，也不知道一共剥了多少斤。然后就有了苏祈。苏祈的橙子也剥得好，他想吃橙子时，再不用我帮忙。

我终于可以自己给自己剥橙子。

我打听了林乔的病房，来到住院部。

雨越下越大，果篮从伞下探出，包装的玻璃纸被斜飘的雨丝淋出一层细密的水珠。我把伞抬高一点，看清面前的是不是十号楼，一个声音不确定道：“颜……宋？”我循声望去，左前方的女子撑着一把镂花的淡蓝色雨伞，齐腰的长发打着卷儿一路垂下来，卷发中露出一张巴掌大小的雪白小脸，是个美女。女大十八变，我曾经以为自己一辈子都不会忘记她的样貌和声音，乍然看到却恍惚了好一阵。住院部大门内紧跟着走出一对体面的中年夫妇，看到我，脸上不约而同出现惊诧神色。五年，整整五年。刚把旧事理清，就不断地遇到这些旧人。

我面无表情地提着果篮踏上台阶，中年妇女愣在那里，半晌，反应过来问我：“你是颜宋？”

我停下脚步，假装成刚看到他们的样子，颔首道：“林伯父林伯母，真巧。”

林乔的父亲没说话，只他母亲不自然地笑了笑：“变漂亮了，我都认不出来了，你是来……”

唯一一次见到林乔的母亲，我还记得，那是在五年前的夏天。

她气质好，长得也漂亮，明明有林乔那么大的儿子，看上去不过三十出头。教养良好的样子，却在第一次见面时就给我一巴掌，打得我半边脸通红，骂我是下作的狐狸精。这些都是旧事，虽早已没了愤怒，能平静对待，记忆中却总还有模糊影子。五年前还年轻着厉害着的妇人，五年后却苍老许多，神色憔悴，鬓发里都染了霜白。我微微抬了抬果篮：“来看看林乔。”

她眼圈乍然一红，别过头去抹了抹眼角，再对着我时，已是满脸和善笑容。同是一个人，厉害起来会是那个样子，温柔起来又是这个样子。她看着我欲言又止，难以启齿似的，半天，缓缓道：“你陪阿乔好好说会儿话，从前，从前是我们对不住阿乔，也对不住你，眼看他……”

我打断她，将雨伞收起来：“那我先进去了。”说完错身踏入住院部大门。背后，冬雨淅沥，林乔的母亲在淅沥的冬雨中轻轻叹了口气。

走到电梯口要二十来步，我站在口子上等电梯，顺便从兜里掏出纸巾来擦果篮上的水珠。背后传来高跟鞋踩地特有的嗒嗒声。我转头看了一眼小跑着追上我的卷发美女，低头继续擦玻璃纸。电梯到了，里面一个人也没有，她先我一步踏进去，按住开门键，淡淡道：“怎么？你怕我，你从前就很怕我。”

我笑着走进去，反手按上关门键，轻声道：“苏祈，五年不见，你说话还是这么幽默。”

我一点都不奇怪会在这里碰到苏祈，林乔的病就像一块巨大的磁石，将所有人从犄角旮旯里找出来重新聚在一起。拖了五年的爱恨情仇，总要寻求一个终结，谁也无法逃开，除非有人已经彻底看开。可那一段经历着实让人印象深刻，一般人很难看开，我不能，林乔不能，苏祈不能，韩梅梅也不能。哦不，韩梅梅是自己主动把自己绕了进去，当年其实根本不关她什么事儿。

一直以来，大家假装生活和谐又美好，假装得连自己都相信，其实全是假象。

电梯里只有我们两个人，苏祈直视着前方，声音冷冷响起："你知道我为什么突然从国外回来？"

我说："哦？原来你还出过国？你什么时候出的国？"

她眉毛跳了跳，电梯要在五楼停下，她伸手紧紧按住关门键，老电梯晃悠了一下，又慢慢往上走。她转头来看我，温柔笑开："我听说林乔癌症复发了，我就回来看看他，善恶终有报，你们俩当年那样对我，果然……"她抿了抿嘴，是个笑模样，却没有把那句话说完。

我将果篮换只手提，敷衍道："对，你是尘世里最后一朵洁白无瑕的雪莲花，当年的事全是我和林乔的错，你没有一点错。"

她半天说不出话，从高中开始，她吵架就从没吵赢过我。当我和她还保持着走钢丝般危险又虚伪的友情时，我们俩就常常意见不合，那时她最会用的招数就是找林乔帮她打压我。她只需要甜甜叫一声："林乔，你看宋宋。"林乔的眼神轻飘飘瞟过来，说一声："颜宋，你让着苏祈一点儿。"我就不能再有任何言语。但今非昔比，林乔已不能成为她的帮手，就算能，我也不会像从前那样坐以待毙。

苏祈气急败坏道：“你怎么敢这样和我说话？你还讽刺我？你抢了我的男朋友，你是个可耻的第三者，你还讽刺我？”

电梯已到十二楼，关门键一直被她按着，没法打开，我偏头看她：“从前我一直以为，当年那件事，不管结果如何，我是最早的罪魁祸首，但昨天突然有人告诉我，林乔当年追着你跑出去，是为了要回你手上的DV，苏祈，你说，这意味着什么？”

她细白的脸庞更加细白，却很快镇定下来，只用一双黑白分明的眼睛冷冷看着我。

这些事情昨晚上我研究了一整晚，时间隔得不长，正是记忆犹新，陈述起来条理清晰、逻辑分明。我看着自己的手指，缓缓道：“林乔知道DV里都拍了些什么，才会那么短时间反应过来，追出去找你要DV。可你应该知道吧，他有相当严重的镜头恐惧症，不能容忍自己出现在任何镜头里，从前我用相机不小心抓拍到他，都会让他夺过去立刻删掉，更不用说DV里出现他的影像。你看的那盘带子，其实从头到尾都没有出现过林乔吧？苏祈，你对所有人都撒了谎，所有人也都帮你圆谎，可既然不是我和林乔酒后乱性的现场实录，那带子上到底记录了什么内容，会让你看完后当场吞掉半瓶安眠药自杀呢？”

她按着关门键的手指突然松开，电梯稳当地停在八楼，有两个护士走进来，电梯开始往上升，再次来到十二楼。其间我向护士们打听了1218病房的位置，护士说在十二楼走廊的尽头。我和苏祈从电梯里走出来，转个弯就来到楼梯拐角，她似乎已调整好状态，在楼道口停住脚步，这里又昏暗又寂静，基本不会有路人经过。她笑了一声，轻轻道："颜宋，你还是老样子，总是在不该聪明的地方聪明。当年的事我可以一件一件说给你听，因为即使所有的误会都解开，你和林乔也再没可能了，你知道，林乔他活不长了。"

在这个阴暗的角落里，五年前的夏天以另一种姿态呈现在我面前，一股灼人的热浪从脚底烧到前胸，呼入的气息都是闷热的，就像立刻要下一场雷阵雨，让人无端心慌。

苏祈说了很多，那是我即使想过，也从来没有相信过的，是我从不知道的五年前的过去。如果说我所经历的五年是一个平面，她终于肯将林乔的平面、她的平面、其他人的平面一起端出来，在我面前还原出一个立体的五年，这里有精确的时间，有精确的空间，有事实的全部真相。在这个立体的五年里，每个人都在自己的平面里兢兢业业地扮演一个伤痕累累的受害者。

苏祈说，高考结束的那天晚上，林乔对她说了分手，她不知道林乔为什么要和她分手，她没有答应。我和林乔出事的那天早上，她正在家附近散步，碰到从我们聚会上回来的女同学，女同学说起头天晚上的聚会，问苏祈为什么林乔来了她却没来，还说起 DV 忘在我家了，喝到最后大家拿着 DV 一气乱拍，拍到很多关于林乔的意想不到的镜头。

苏祈看着我，嘴角勾起笑纹："颜宋，你说得不错，那盘带子里连林乔的侧面都没有。镜头里全是你，你各种各样的特写，配上他温柔的提示旁白，'宝贝儿，这个表情不错。宝贝儿，把眼睛睁开’，很甜蜜的称呼吧，他和我在一起那么久，他从来都是叫我苏祈苏祈苏祈，他从来没有这样亲昵地叫过我。最后一个镜头，是对着你们家的电视柜，只有一个古旧的空空的静止的电视柜，但我听到他的声音，他说，我爱你，我爱你。他说得那么情深义重，我没有看到，但我知道他在亲你。我为什么要自杀？当初我为什么要自杀呢？我受不了啊，自己的男朋友这样背叛自己，换作是你，你受得了吗？他出了车祸，我不是故意要跑那么快的，我不知道他在后面被车撞着了，我那时太难受，我只想着要回家。我在医院里洗胃，好不容易从死亡线上挣扎回来，我妈流着泪问我为什么自杀，我告诉她是你勾引了林乔，你让林乔背叛了我。你不要这样看着我，我说的至少有百分之五十是正确的，不是吗？人总得为自己的行为付出代价，那是你应该付出的代价。事实到底怎样，只有你和林乔知道，但谁也不会相信你，林乔躺在医院里，医生也说他一时半会儿醒不了，他不会站出来说我说的是错的。林乔醒了之后，立刻要去找你，我告诉他，你恨他，你恨死他了。但最恨他的其实是我，你一定没有我那么恨他。他被他父母关在家里，他从三楼的窗户跳下来，把好不容易养好的腿摔断，再也不能打篮球。那时我想，我心中的林乔已经被你毁了，不放手不行了。”

她观察我的表情，一双眼睛闪闪发光，声音里饱含了诡异的满足，她说：“颜宋，你是不是觉得很痛苦，一定很痛苦吧？你和林乔本来可以有四年美好时光，只要彼此相信，彼此努力，可你们自己把自己糟蹋了。现在，他活不长了，你们再也不会有未来了。”

我努力控制自己的声音，我以为撑过那些苦日子，无论面对什么，都能一副坚不可摧的硬心肠，其实，怎么可能呢。

我面无表情，声音却抖得厉害，我说：“苏祈，那年你才十八岁，做这些亏心事，你怎么下得去手？”

她笑盈盈反问我：“颜宋，那年你和林乔也才十八岁，你们那样伤害我，你们又怎么下得去手？”

这大约是第一次我和苏祈吵架以败北告终。

五年前，我伤害了她。那个时候，我是那样嫉妒她，除了学习成绩，简直嫉妒她的一切，但我从来没有想过要去伤害她。最后伤害了她，并不是有意为之，她的报复来得疯狂而猛烈。但她没有想过要去报复林乔。

她海波一般的黑头发在胸前剧烈地起伏，她成功打击到我，她用胜利者的姿态从我身边踱开，已经置身于光明的走廊，却突然顿住脚步，轻声道：“如果林乔没有遇到你，没有遇到我，就好了。”她用双手蒙住脸，前一刻还满足着得意着的嗓音里，带了难言的哽咽。那毕竟是她喜欢过的人。

那也是我喜欢过的人。

苏祈离开很久，发麻冰凉的四肢渐渐暖和起来。

我想起那个著名的论断，在正确的时间遇到错误的人会如何如何，在错误的时间遇到正确的人又如何如何。

我和林乔，我们在青春年少时遇到彼此，那是最洒脱美好的时光，那是最不成熟的时光，我们的喜欢没有在一个维度里过，从来都是错位的。

可原来，我和他，我们本来可以的。

我用手臂挡住脸，吃力地靠在墙壁上，眼睛干燥，心里却挤出眼泪。

我这么靠了一会儿，从包里掏出小镜子整理好头发和脸色，提起果篮，从容地走出这个阴暗的墙角。

第二十一章

无法再失去你

自从入冬以来，我就频繁地辗转于市内各大医院。

通过综合比较，T大附院的这一栋病房地理位置大概是最好的。楼下就是个小花园，种着各种不知名的树木花草，常有病人坐在花园里晒太阳。但今天下雨，花园人迹罕至，只有几只被淋湿了翅膀的麻雀，躲在树枝间叽叽喳喳地叫。

我站在花园里一把锈迹斑斑的铁椅子旁，椅子上搁着果篮，雨水打在好不容易擦干净的玻璃纸上，滴答滴答像是唱歌。

林乔的病房在十二楼走廊的尽头，我本来已经调整好表情，抬起手想敲门，却在听到咳嗽声的一刹那，从病房前挪开脚步落荒而逃。反应过来时人已经站在了花园里，头顶是钢丝做的伞骨，四周是越来越大的雨声。

这可真不好，我心中已做好决定，临到头却做了逃兵。

雨水撞到地面上，迅速没进土里。一只流浪猫耷拉着耳朵从我眼前跑过，钻到旁边一棵老树下，喵呜一声，使劲抖了抖浇在身上的雨水。我本能地往前站了两步，想躲开猫身上甩下来的泥点儿，兀然间听到脚步声和着雨声接近。不到半分钟，眼底就出现一双鞋。

我将视线抬高一点，隔着模糊的雨帘，看清站在我面前的这个人。他穿着宽大的病号服，肩上披着一件黑色的大衣，鼻梁上架着金丝眼镜，长得像日本著名的美青年柏原崇。

他走近我一些，将撑着的雨伞举高，覆盖住我的伞。砸在肩膀上的一串串雨点儿被深蓝色的大伞挡住，他的声音在我头顶响起："这么大的人了，还不知道怎么打伞吗？"说完像是突然反应过来这样说话太过亲密，往后退了一步，不自然地咳了一声，语声淡淡道，“我送你去外边打车。”

我没有说话，也没有跟着他往外走。我低头看着他握住伞柄的右手。白得吓人的一只手，青筋浮现，手背明显肿起，看得见针孔下方的皮肤瘀血。

我抬头看他，他的眼睛隐在金丝眼镜后面，但今天下雨，没有足够的光线，镜片再不能成为保护色，能看到他眼中墨一般的黑。

我说：“林乔，你病得很重。”

他握住我的伞柄，将我歪歪撑着的雨伞扶正，不动声色地退后一步，彻底和我拉开距离。

我再次提醒他：“你病得很重。”

他沉默半晌，微微点头：“对，病得很重。”

我笑着看他：“电视里演到这一步，男主角不都告诉女主角他们不严重吗？舍不得女主角伤心难过，就算医生断言只能再活一个星期，也要咬着牙告诉女主角，亲爱的，不用担心，我很好，没什么大不了……”

他打断我，眼睛冷冷的没什么光彩：“可你不是我的女主角。你看哪一部电视的男主角对女配角说过这些话？”装得冷淡的一副模样，肩膀却在发抖。

懒懒披在他肩上的大衣微微下滑，他浑然不觉，我赶紧过去救场，好歹在衣服完全掉下去时紧紧抓住了。他高出我那么多，只好踮着脚，手臂靠着他的肩膀，更加真切地感觉到颤抖。

我偏头疑惑地看他：“这么说起来，那些话你是想对谁说？”

我紧紧贴着他，咄咄逼人地问他："苏祈还是韩梅梅？"

他眼中闪过某种神采，一把推开我，并没有用力，但地面满是黏土，被雨水浸湿，滑得厉害，我一下子摔倒在雨中。他脸上有一瞬间的惊慌失措，赶紧过来拉我，我狠狠甩开他的手。雨水冷冷打在身上，漫天的大雨，仿佛永远不会停息。我保持着坐在地上的姿势，平静地看着天空："原来如此，苏祈、韩梅梅，只有她们的伤心才是伤心，她们的难过才是难过，只有她们才是你的舍不得。真是奇怪，人人都说你爱我。可你对所有人好，唯独不会对我好，对所有人温柔，唯独不对我温柔。她们为什么都信誓旦旦地说你其实爱的是我呢？苏祈不是说你为了找我从三楼跳下来摔断腿再也不能打篮球吗？韩梅梅不是说你……"

这句话没能够说完，他压抑的眉眼越来越近，我们半跪在雨地里，他紧紧将我抱住。他在我的耳边说："颜宋，你知道不是这样的。"

我还能分心用空闲的手抓起雨伞撑在他头顶，我循循善诱："不是这样的，那是怎么样的？"

颊边是冰冰凉凉的触感，身上也没有一丝温暖。他久久没有说话，只是在雨地里拥抱住我。老树下的野猫喵呜一声跑开，我说："林乔，爱一个人，是实实在在地对她好，不是逃避隐藏。你愿意在你死了之后，我想起你，只记得那些不好的回忆，那些痛苦的回忆吗？当然，"我反手抱了抱他，"你会活得很久。"

他将头埋进我的肩膀，脖子里有湿热的东西流过，良久，他低低笑了一声："你总有各种各样的理由。可是……"

我没有让他把那个可是说完，心中虽然有难言的酸涩，还是将那个决定说出口，我单手抱着他，我说：“我们会一直在一起的，我会一直陪着你。”

他身体一僵，半晌，道：“颜宋，你在可怜我。”我没有点头，也没有摇头，他的呼吸就响在我耳畔，我平静地看着远方水蒙蒙的地平线。

终于，他更紧地搂住我：“如果是可怜……”

地平线上突然扯出一道闪电，照亮半边天际，紧接着是轰隆作响的滚滚惊雷，仿佛千军万马破空而来，天地为之动荡。

我没有听见林乔说什么，尽管那话音就响在耳边。

雷声过后，他放开我，我们俩浑身是泥，脏得不像样，我提起椅子上惨不忍睹的果篮到他面前晃：“吃橙子吗？我请你吃橙子。”他笑起来，又像是高中时代那样形式上冷漠内容上柔和的笑，那样盛开来的笑意，却掩不住背后重重的病容。我呼吸一窒，被他扳住脸，用幸存的大衣仔细揩拭我脸上的雨水，那表情认真又严谨，就像高考时做最后一道压轴的数学题。

我看着他，想我真是罪无可恕。

我撒了谎。

这是最拙劣的谎言，他却假装相信。

那天晚上，周越越打来电话，告诉我秦漠坐第二天的飞机到C城，人大概已经在飞机上了。她在电话那边东拉西扯了半天，临挂电话时说出完全不符合自身风格的话：“宋宋，做选择的时候多想想自己，多想想颜朗。”我镇定地答好，却忘记挂上电话，直到听筒传来忙音，才反应过来她刚才说了什么。

秦漠明天就要回来，事情马上就要了结。我选择了那个甩不开过去的颜宋，我要把秦漠从我的生活里剥开，就像析开橙子皮和橙子肉，干干净净的，完完整整的，决不拖泥带水。

心中有难言哽痛，一直哽痛到喉咙口，但幸好，我想真是幸好，幸好我爱他不深。可这样的爱，也许我今生再也不能给谁，我虽爱他不深，此时却最爱他。是的，我最爱他。可我一直在失去，失去记忆，失去养母，失去青春里初次的恋情，我只是，只是不能想象林乔从我眼前消失，他就像我的一段人生，而这一次假如再有一场失去，势必，会失去得最为彻底。

彻底得让人无法承受。

对，和林乔在一起才是正确的，他不是一直在渴望着我，像被抛在岸上的渴望水泽的游鱼，当第一缕晨光穿破云层到达地面，就会因干渴而死？我是他的因，不能不做他的果。也许这才是命运最初的样子，我和他才是注定？脑海里分裂出两个我来，一个眷恋秦漠，在拼命呼救，另一个却残酷无情，时刻同我论述命运。我想谁来救救我，谁来救救我，我已多年不曾这样软弱，但最终，残酷的那一方取得了最终的胜利。

我做了很充足的心理准备，等待秦漠回来兴师问罪。

我设想的场景是在晚上九点之后，他风尘仆仆从纽约赶回来，手里提着行李，手臂上还搭着大衣。窗外必须要有万家灯火朦胧月色，林木间传来伤感的小提琴伴奏。当然，如果实在没有也不必强求。这样，就齐聚了日本电视剧男女主角分手经典镜头的所有要素。

他说："宋宋，为什么这么多天一直不接我电话？"

我就说："秦漠，我们分手。"

他势必要问："为什么？"

我依然说："秦漠，我们分手。"

这时候他肯定恼了，过来抓我的手，强迫我回答："你至少要给我一个理由。"

但我不给他机会，我简直至死不渝，打定主意只给他六个字："秦漠，我们分手。"

我想象他会有什么样的表情，像是做复杂的填字游戏，每一步都精打细算，填得不亦乐乎，乐完了一抹脸，发现满脸的水。

也不知道是汗水还是泪水。

我在深夜里痛哭失声。

事实上，我设想的台词没有一句用上。就像好不容易规划好的人生，等那一年、那一天到了，计划早变化了。

我看到秦漠的时候，并不是晚上九点之后，甚至不是晚上。那是下午三点过，空气经过头天的大清洗，还带着泥土的清香，好不容易能看清的高远天空上，悬挂着鹅蛋黄一样的太阳。

T 大附院住院部下面的小花园里，病人三三两两或下棋或散步。我和林乔在一株老枫树下的长椅上看书。我坐着，手里握一本学期论文用的参考资料，他躺在长椅上，头枕着我的腿，看严歌苓的《穗子物语》。他不常看这些书，病房里仅有的娱乐书刊是几本体育杂志、几本电脑杂志和两本历史类书籍。这唯一的一本小说还是我带给他的。有微微的风，枫叶的阴影投在地上，随风摇摆。

我想事情想得入神，没有在秦漠出现时就感知到他，等到终于发现他时，他已经离我们很近。

他站在离我七八步远的地方，手上没有大衣也没有行李，英伦风格的格子毛衫外搭一件黑色的半长风衣，深色牛仔裤，高帮军靴，看起来一点也不像三十三岁的人，脸上没有任何风尘仆仆的迹象，状态好得可以换上礼服直接去拍结婚照。

他看了我一眼，又看了眼躺在我腿上的林乔，林乔仍在看书，没有注意到他的视线。

我重重咽了口唾沫，想这是最好的时候，也是最坏的时候，只要他说出那句话，说颜宋，你为什么不接我电话，我就可以告诉他："秦漠，我们分手。"这演练了一晚上的台词，眼看就要脱口而出，只在等待一个合适的契机。

大约我的僵硬太过明显，林乔将书放下来，抬头想打探我的情况，这时我清楚地发现，他也僵了，下一秒，已从长椅上坐起来，书从他身上滑了下去。

秦漠并没有问我那句话，他甚至什么都没有问。他就站在那里，本就颀长挺拔的身材在摇曳的枫叶下更显颀长挺拔。我想起我们分别时他发给我的短信，别让我找不到你。真是一句谶语，仿佛那时他就感应到我们终会丢掉彼此。即使不丢掉也要错过，就像这一刻，他找到我，但我的心情相较那时已大不相同。

我从椅子上站起来，方便能够不用过于仰视的目光注视他。

一支竹蜻蜓忽然飞到他脚边，他弯腰捡起来，递给从后面追过来的穿病号服的小妹妹。低垂的发丝挡住他的眼，我终于有勇气说出话来，我说：“秦漠……”

只是喊完这个名字，就被他打断，他几步走过来，微笑着上下打量我一眼：“在准备学期论文？”

我点头。

他像往常一样揉我的头发，用温柔的口吻嘱咐：“给你带了东西回来，晚上准时来拿，过期就拿不到了。”说完看了看手表，“时间不早了，我还有点事。你，”他眼神平静地瞟了林乔一眼，再移开目光只看着我一个人，“事情办完了就早点回家，朗朗想吃火锅，我买了做火锅的材料，还得你回来弄。”

秦漠离开时，我站在原地久久不能出声。

林乔将地上的书拾起来，低声道：“我先上去了。”我说：“好。”但他并没有迈步上楼，良久，平静道：“你只要偶尔来陪陪我我就很高兴了。”我看着头顶上的枫叶，就像一波黄色的海浪，我说：“今天晚上我会和他说清楚的。”他肩膀颤了颤，没有说话，叹了口气。

从医院出来已是晚上八点，其间林乔疼痛发作，我就在他身边，亲眼见他疼得咬紧牙关，额上身上全是冷汗。他让我走，我没有走，我一直握住他的手，他的手指在我手腕上捏出青色的指痕，他疼得太厉害。我一点忙也帮不上，我帮他擦汗，他挥开我，他断断续续地说：“让我一个人待着。”医生给他注射了镇痛剂，好一会儿，他慢慢睡着了。

我看着他消瘦苍白的脸色，第一次真切地感受到，死亡的阴影时时刻刻笼罩在这间阳光充足的病房里。他的生命正在一点一点流逝，没有人知道他还能不能够好起来。前路横亘着一场厚重的迷雾，谁也不知道雾色后是碧空万里还是暴风骤雨。我终于感到害怕这种情绪。

离开医院，又去学校图书馆借了两本病人心理护理方面的医学书，我一路步行回家，边走边给自己做心理建设。我说，颜宋，你已经做好决定了，做了决定就不要后悔。你爱秦漠不深，及时了断对两个人都好。他会找到更好的女孩，样貌乖巧，家世单纯，不会像你这样年纪轻轻就生了个儿子，不会像你这样平凡又坏脾气。你不能对他这样坏，选择了陪着林乔，还让他待在你身边浪费青春，你要放手，你要祝他幸福。

我拍拍脸，放松咬得死紧的腮帮子。

不久就到家，我端详一阵门扉，拿出钥匙开锁，“嗒”的一声，锁被打开，手一抖，钥匙圈掉在地上，我愣了一下，弯腰拾起推开门。

客厅里大大小小的灯全部打开。

我以为会是一场庄严的审判，没想到秦漠坐在客厅里陪颜朗一起打游戏。

他总是不遵守社会发展的一般规律办事，让人心里没底。电视屏幕上是一款老式的赛车游戏，颜朗身上穿了件英伦风格的格子毛衫，和他身上的一个样。两个人坐在地上握着游戏手柄专注地看着电视机，配合得很好，侧面的线条神情竟然极其相似。我恍了恍神，脑海里快速闪过某些东西，想要抓住，又一瞬间没影。

秦漠回头看到我，放下手柄起身过来，颜朗看着电视屏幕目不转睛地提醒他：“喂，干爹，这一关还没有打完，你不能要美人不要江山呀。”

我对颜朗说：“你收拾收拾回房间去做作业，我和你干爹有话要说。”

秦漠站到我旁边来，颜朗看了我们一眼，开始收拾收拾。先慢吞吞地关掉游戏机和电视机，再慢吞吞地把沙发上的靠垫摆正，时不时抬头飞快瞟我们一眼，瞟完了一看收无可收，竟然颠颠地跑到卫生间拿了块抹布出来挨着沙发一个一个抹扶手。我看不下去，无力摆手：“你不用收了，先回房间一个人待着去。”

颜朗握着抹布委屈：“你们说你们的，我收拾我的，我不妨碍你们的。”

秦漠道：“听妈妈的话，你先回房去。”

颜朗看看秦漠又看看我，无可奈何地甩下抹布。

秦漠拉我在沙发上坐下，揉揉我的头发抱住我：“怎么失魂落魄成这样，林医生的事我知道了，不要害怕，我一直在你身边。”他的声音温柔可靠，响在我耳旁，像春天里吹绿大江南北的暖风，他安慰我：“不好的事情很快就会过去，坚强点宋宋。”

我说：“你不知道……”

他吻了一下我的额头，没有让我把话说完，柔声道：“好了，其他的不要再说了，从现在开始，就只讨论我们两个人的事，好不好？”

我只能说好，我本来就是要和他说我们两个人的事，本来就是要和他分手。

但他一点都没有发现我的预谋，那么近的距离，他看着我对我笑：“想不想我？”

我一下子说不出话来。他没有等我的回答，再次抱住我，叹息似的说：“我想你了。想你想得睡不着觉。”

他难得说这样肉麻的话，但说得这样云淡风轻，就像喝水吃饭，没有半点不自然。我心里狠狠一颤，推开他，强作笑脸：“你是在说好听话。”

他偏头看着我，嘴角里藏了笑意，并不否认，却不知从哪里变戏法似的弄出来一个丝绒盒子，盒子打开，里面躺着一枚精致的钻戒，在客厅里比白昼还要亮堂的灯光下泛出流转的自然色。这样好看的一枚戒指。

他把戒指拿出来，握住我的左手，要把它戴到我的无名指上，传说这是联通心脉的地方。他说：“每天晚上我都睡不着觉，想着该怎么向你求婚，老太太等不及了。最重要的是，我也等不及了。”他深深看着我，漆黑的眼睛里有世界上最温柔的颜彩：“宋宋，要不要嫁给我？”我看着他，他吻着我戴好戒指的手指，缓缓重复：“宋宋，要不要嫁给我？”声音又低沉又诱惑。

我想我就要答应他，我简直就要答应他，这个想法只维持了三秒。

我说：“不要。”

他错愕地抬起头。

我斩钉截铁地告诉他：“不要。”

他仍然握着我的手，我用了点儿劲抽出来，将戒指从无名指上拔下。童话故事里讲到这个地方总是会写戒指拔不下来，拔不下来的戒指是宿命的安排，宿命都觉得王子公主不在一起天理难容。我手上的这枚戒指一定不是个合格的道具，我轻轻一拔，它就脱离我的手指。

我愣了一秒，将它重新放回丝绒盒子里，抬起头来无比镇定地面对秦漠，我说："我们分手吧。"

本以为是难以启齿的话。临到头却这样好开口。

他仔细看我，分辨我脸上的每一寸表情，最后，得出结论："宋宋，你压力太大。"

我摇头，但我不能直视他的眼睛。他每一寸眉眼都这么好看，从前我们就公认他是个美男。我是第一次发现他这样好看。

我躲躲闪闪，语声却平静有力。我说："我没有压力，我只是想和你分手，你该找到更适合你的女孩，你再把这个戒指送给她。"

他没有回答，我自说自话："你一直都对我很好，可是不是你对我好我就要喜欢你啊，前几天是我头脑不清楚，我自以为喜欢你，其实只是感激你，我对你说的话，你把它们都忘了吧。我和林乔有很多误会，因为误会才会分开，但现在这些误会都解释清楚了，我们已经言归于好了，我感激你，可我不能……"

百分之九十的真话加上百分之十的假话就是百分之百的完美谎言，我对秦漠撒了谎，我说我只是感激他，但我一定要让他相信。我还是忍不住叹气，我说："秦漠，找个更合适你的好女孩吧。"

他突然伸手拉过我的下巴，还没等我反应，就重重吻过来。

几乎是咬着我的嘴唇，舌尖抵开牙齿，舌头滑进来缠住我的，吮吸一般深入亲吻，最柔软的部分却做出最凶狠的动作，口腔里都是他的味道，我绝望地想他一定恨极了我，恨不得把我吃进肚子里，血肉撕裂骨头碾碎，这样暴力地一口一口吞下去。他做什么都是优雅沉着，是我把他逼得这样。就算是自恋一场，我也控制不住自己要这么想。

我已经喘不过气，他放开我，看起来像在笑，眼睛里却没有一丝笑意，他说："没有比你更适合我的女人了。"多么好听的一句话，响在我耳边，却带着冰霜的冷意。

我别过头去，强行忍住眼泪不掉下来，我说："这样没意思，秦漠，我放手，你也放手，咱们和平分手吧。"

他侧身靠着沙发背，撑着头看我，像是把我看穿："你不欠林乔什么，我也不欠林乔什么。"

他说得不对，他不欠林乔什么，但我欠林乔很多。我看着他头顶稍高一点的地方，这是从演讲中学来的技巧，让我显得像是认真看他的模样，我说："你是不是以为我是因为林乔的病才要到他的身边？你想错了，他没有病我也会到他身边，我们分开只因为误会，我只恨我和他，我们彼此明白得这样迟。"这是谎言。

我说："秦漠，我爱的是林乔不是你，你怎么就是不明白呢？"

还是谎言。

他猛然抬起眼睑，漆黑的瞳仁里有我看不懂的东西，像异常浓郁的悲伤，他说："你说什么？"

我说："你对我好，我很感激你，也许我还有点喜欢你，但那不是爱，你闪闪发光，哪里都是完美的，可我不爱你，我也没有办法。”

依然是谎言。

他微微闭了闭眼：“前后两次，不管你有没有失忆，你都……”他没有把这句话说完，脸上转换出冷冰冰的笑，我从没看过他这样子，他的口吻几近嘲弄，“你凭什么以为你不爱我，我就必须要放开你？”

我保持着刚才的视线，终于说出最心狠的话：“我只想要单纯的感情，我和林乔两个，单单纯纯就够了，你不要理所当然插进来，你这样让我很痛苦，既然你喜欢我，怎么忍心我这么痛苦呢？”我真是卑鄙，我不过是仗着他的不忍心而已。

他几乎是苦笑：“对我，你又忍心吗？”

我点头：“因为我不爱你。”

他认真地看着我：“你一点都不喜欢我？”

我说：“从前喜欢过，但现在不喜欢了。”

他说：“你要我离开你？”

我说：“对，永远也不要出现在我面前了。”

他说：“宋宋，我再没见过谁比你更心狠，”他笑了笑，“你对我一贯心狠。”脸上是那么明显的痛苦神色。

我觉得自己真是十恶不赦，却在心里安静地对他说：你应该得到更好的，秦漠，祝你幸福。

秦漠离开之后，颜朗缓缓打开自己的房间门，他说：“妈妈，我有点讨厌你了。”

此后我果然再也没有见过秦漠。

周越越找我喝茶，几次欲言又止提到他，都被我用别的话题打断带过。最后一次她终于忍不住，爆发道：“我问你一句，我就问你一句，林乔可能活不了多久了，秦漠可以理解你去照顾他的，你为什么一定要和秦漠分手？”

我看着杯子里的水：“林乔……我在他身边，他会好起来。”

我不太明白，为什么所有人都不看好林乔的病，虽然肺癌中期治愈的可能性不算高，可，如果林乔好不起来，我和他在一起，又是为了什么呢？

不久，我找到房子，和颜朗一起搬了出来。我们彻底退出了秦漠的生活，从奥迪 R8 的世界重新穿回了公共汽车的世界。

搬家那天天气很好，我看着爬满常春藤的老洋房，晚霞里像一座金光闪闪的城堡。我在这里做了人生中最美好的一个梦，就像童话故事一样。

第二十二章

我们错过了八年

此后，我基本没怎么去上课，收拾起所有不好情绪，拿出当年跌到人生谷底时面对未来的勇气，努力攒出笑容，坚守在医院陪着林乔与病魔为伴。韩梅梅偶尔也会过来，带点水果或者当天的报纸。

今年的冬天虽然冷清，却难得洒满阳光，即便是没有温度的阳光。我有时给林乔读几段书，有时讲几段时政新闻，还去找来许多古早的电影，当《狮子王》的音乐响起时，笑着给他表演那段著名的“hakuna matata”。“hakuna matata，你不必再担心，不必像从前，听天由命，hakuna matata。”就像是一把扫帚，我尽己所能地驱逐这间小小病房中的死亡阴影，恨不得将它们都扫进这冬日里的冰冷阳光，再一把火点燃，听它们在舔起的火苗中刺刺作响。

林乔的气色渐渐好转一些，我却不知道我是否在慢慢枯萎，但夜深人静的时候，我会想起秦漠，想起最后那夜他看我的样子，他说“宋宋，你对我一贯心狠”。

心就揪得痛起来。

林乔的手术算是成功，术后三天的血检报告出来后，大家都松了一口气，但这只是第一步，随之而来的化疗就像是一趟接力马拉松。5 公里、10 公里、5 公里、10 公里、5 公里、7.195 公里的六段赛程，能看到 42.195 公里之后是什么样的终点，只是，每段赛程唯有林乔一人接力。我们不知他是否能撑得过去。

第一次化疗结束后，林乔开始掉发，且吃什么吐什么，我只能变着法子给他做营养餐，除此之外别无他法。他的情绪不好，却尽量不让我察觉，我将张卫健和徐峥的光头照找出来给他看，告诉他其实这两人一直是我男神，他就笑起来。入院后他瘦了很多，可笑起来时无疑仍是整个肿瘤科笑得最好看的病人。

医生说这一阶段主要是看病人的求生欲，求生信念战胜一切。

我为他描绘出美好蓝图，就像教导一个蹒跚学步的小孩，丢开他站在十步开外，然后伸开双臂向他微笑，许诺他一个光明未来，鼓励他一步一步走到我怀里来。我的心里被不安填满，脸上却仍能保持微笑，这一套我很熟练。

那晚窗外有大片雪白的月光，我收拾好病床前的两份报纸，正要按惯例将装了桑芽茶的保温瓶放到床头，听见林乔轻声说："我们好像一直没有真正约会过一次。"

我说："啊，对。"曾经我们差点要一起看一场电影，最后却无疾而终。那时候电影院里正放裴勇俊的《丑闻》，我用半价从学弟那里买了一张票，他还送我两袋话梅两包鱿鱼丝。

他说："什么时候去约个会吧。"

我就说："好，你快点好起来，好起来我们去游乐园坐碰碰车。"

这场约会安排在林乔第二次化疗后，当然不能去坐碰碰车。

林父林母对林乔是否能坚持下六个疗程的化疗忧心忡忡，愿意满足他的一切合理或不合理的愿望，尽管医生叮嘱化疗期间最好避免室外活动，但他们不忍令林乔失望，亲自为我们买了天文馆的门票。

按林乔的意思，约会就应该去看电影，但正常电影院人流过多空气浑浊，不宜接待病人，而天文馆正好有个数字影院，非节假日期间清静堪比墓园。虽然在此注定只能看一些《宇宙探秘》之类的科教电影，但好歹也算是看了电影。

天文馆中不贩售可乐和爆米花，唯有罐装绿茶，但林乔竟执意从外面的超市买来，他似乎将看电影当作一个仪式，这些东西他一样也不能吃，但拿在手中也是好的，这才像是约会。

偌大的影院中果然只有我们两人，是一部介绍十二星座的片子，典型的科教风格，只要是个成年人就不容易看下去，唯一的优点在于配乐悠扬，堪称助眠圣品。

我以为林乔会睡着，出乎意料的是，他看得很认真。我时刻关注他的情况，三心二意，自然也没有睡着，那些星座知识更是听得一知半解。但对某个段落的插曲印象深刻，因为那插曲响起时，林乔跟着轻轻哼唱，深沉的男低音在我耳边响起，他哼得很熟练，发现我看他时，低头对我说："你也喜欢这曲子？我以后弹给你听。"

我并不喜欢这支曲子，但我愿意看到他对未来许诺，这是一种求生欲。我拍拍他的手背，尽最大努力表现我的真诚，说："你一定要弹给我听，我喜欢这支曲子。"

天文馆二楼拐角有个小小茶座，我们选了个紧靠玻璃幕墙的角落坐下喝茶，等林乔父亲的司机来接我们。

桌上搁了本参观手册，林乔随意翻看。他戴着黑色的毛线帽，帽檐拉得很低，挡住耳朵，金丝眼镜换成了丙酸纤维的板材镜架，围巾随意搭在脖子上，除了脸色有些异于常人的苍白，简直看不出是个正在化疗的病人，更像个刚从T台走下来的模特。

我认识他那年，他十七岁，那时他就像个王子，而这么多年，这个人就算是苍白着、脆弱着、狼狈着，也是王子一样闪闪发光。或许光芒微弱，但人群之中，足以让想找到他的人一眼看到。

我选择了他，他要好起来，然后我们一直在一起。

他注意到我看他的目光，微抬了眼："刚才那片子，你有没有数过里边出现了多少个宙斯的儿子？"

我抿着咖啡问他："你刚才看得那么认真，是在数这个？"

他的手指轻扣着桌沿："你不是喜欢小孩吗？家里小孩越多越热闹。"

我说："别傻了，我泱泱大国，再喜欢小孩未来你也只能生两个，你以为你还能组出个足球队？"

他握住我的手，苍白的嘴唇挨过我的手背，唇角却提起一个微笑的弧度，他爱这么笑，高中时代他这么笑时能迷倒全校一半女生。他说："已经有了朗朗了，我们只能再生一个。"

近来我给他规划过很多有关病好后的蓝图，但从未规划到这一步。我希望他对未来提出各种要求，越多越好。但他说出这句话时，我却不知该如何回应。这不正是我选择的未来？但我是那么擅长演戏，即便心中慌乱，却本能地给出最适宜的答案，我说："好啊。"

然后我就看到了秦漠。

有一刹那，我不能明白这是一场怎么样的巧遇，但电光石火间突然想起周越越说过，此次秦漠来C市，原本就是为了省天文馆的设计工作。

不见秦漠已一个半月。

空旷的大厅，顶上是圆弧的穹顶，像是夜空倒扣下来，而天文馆的这个大厅就是整个世界，他从世界的另一边出现，穿着深色的西装，显得身材颀长。工作人员在前面错开几步引路，后面呼啦啦跟着一大群人，他和一位头发花白的老先生被簇在中间，正边走边说话，因身量太高，他微微低着头，令老先生不必费力仰头。

工作人员回头说了句什么，一行人齐向茶座而来，他顺着工作人员的手势瞟过来一眼，却并没有停顿。我不确定他是否看到了我。

大三时一位教授教我们演讲，告诉我们紧张时手上千万不要拿东西，纸片是最要不得的，其次杯子，再次钢笔，它们会将你的紧张至少放大十倍给观众看到，你想装作镇定，它们却惯会出卖你。

我赶紧放下手中的咖啡杯，却不料用力过猛，杯子撞到杯托，极清脆的一声响。林乔闻声抬头，正看到溅在我手背上的咖啡渍，熟练地拆出纸巾来帮我揩干净，一边揩一边道："早上我还想最近你越来越会照顾人了，这会儿搁个杯子却能把咖啡洒一身。"

一行人已入茶座，如此狭小的空间，我虽坐在最里侧，却正对着秦漠。视线在半空与他相接，他的眼睛深如黑潭，像从前一样漂亮，却含着令人不熟悉的淡漠，从前所见那漆黑眸子里的温柔笑意，就像是个幻梦。林乔背对着他们，我想我的表情应该维持了镇定，没有任何奇怪之处，因为林乔并没有转头去看身后新来的客人。

秦漠在林乔身后的高背沙发中落座，其他的工作人员也纷纷落座，一群人开始交谈，那一瞬间，似乎整个世界的嘈杂都向我耳边涌来，却唯独没有秦漠的声音。我们之间隔着一张桌子、两把椅子，他就坐在这段距离之后，但他没有说话，保持着沉默。

林乔似乎对那本绿色封皮的参观手册着了迷，翻到其中一页指给我看：“下次我们带朗朗来看这个？”

我说：“好啊，但过不久这里可能会重建吧。正好，你病好了，新天文馆也该建成功了，我们就带他来玩儿。”

抓住一切机会让林乔许诺未来或者对他许诺未来，经过一个半月的锻炼，已然成为一种本能，我其实都不知道自己在说什么。

他想了想说：“到时候就可以去游乐园坐碰碰车。他还爱什么游戏？”

我说：“他还爱下五子棋，还爱打游戏，他上奥数班，特别爱钻研奥数题，你可以教他，他不像我这么笨。”

他唇角抿起很浅的笑意，大约是想到了我们共同的高中，他的确被我在理科方面展露的笨拙气得不轻。但那也成为了好的回忆。

林乔突然问我：“你对未来有什么憧憬？”

我一时茫然，未来，未来，我对未来的想象，一切止步于林乔好起来，而之后会怎么样，我没有想过，我知道我们要在一起，但我们会怎样地在一起？

他合上参观手册，轻声道：“我憧憬过。”顿了片刻，继续道，“语文老师和儿科医生组成的最简单的家庭，平时我们会有自己的工作，每周看一次电影，周末带孩子们去游乐园或者公园野餐，我会学着开始下厨。”

我端起咖啡来喝了一口，听到自己说：“好啊，但你要把工资卡都交给我。”

他愣了一愣，很快反应过来，笑着说：“当然。”拢着我握着杯子的手，“当然，宋宋。”

他的笑容依然有十足魅力，且这个笑容不同往常，满含颜彩和生机。但这一刻，我想起的却是那个夜晚，我同秦漠坐在阳台上看星星，他说宋宋，如果有一天我背叛了你，伤害到你，就把全部财产都给你。

但是我先背叛了他。

此时他就坐在两把椅子后，一定听到了我们的全部交谈，他会怎么想我？他一定恨极了我。我不想拖累他，他最好恨我。

我遇到一个好人，我却要不起他。

直到此刻，我终于有些理解当初的林乔，为何能喜欢着一个人，却又对那个人那样坏。但就像在林乔之后，我遇到了秦漠，在我之后，秦漠一定也可以遇到其他人。

手机铃声响起，司机到了，我拿起一旁的羽绒服给林乔穿上，拎着保温杯走出茶座。他自然地握住我的手，我自然地让他握着。林乔没有看到秦漠，但我能感到身后的视线，若锥骨的芒刺。

我想回头再看秦漠一眼，他坐在沙发上微皱着眉头讨论工作时一贯有种特别的好看，但我忍住了。

就这样吧。

一个星期后，我接到周越越的电话，告诉我秦漠要回美国了，不知道什么时候再回来，或许这辈子都不会再回来，她向我借一下颜朗去送个行。

自从我开始照顾林乔，颜朗大部分时间都跟着周越越，她想怎么折腾他全在我掌控之外，说白了根本不需要向我请示，却打这样的电话来，不过是借机告诉我秦漠要离开了。想出这一招来，一定用了她不少智慧。

我记得林乔手术的前一天晚上，周越越来找我和解，攀着我的肩跟我说："宋宋,无论怎么样,你幸福就好,我就是怕你不幸福，特别怕，你要是不幸福，我也不能把我的幸福分给你一点儿，你说该怎么办啊？"说着竟然真心着急起来，好像我已经开始不幸，我不得不花了将近半个小时安慰她，幸好大家是面对面抵足而谈，算是节约了电话费。

我答应了周越越，她可以带颜朗去，却推辞林乔那天有个检查,我去不了。她很失望,可能想起曾经答应过我要尊重我的选择，才没有口头威胁我非去不可，我们和平地挂断了彼此的电话。

虽斩钉截铁告诉周越越我无法送行，但秦漠回美国那天，我却早早起床打扮，早早打车来到机场，早早候在起飞坪外。不像小说描写，有情人终能相会，我甚至没有进机场大厅，当然没可能见到秦漠。

那天虽一贯的寒风凛冽，倒有很好的阳光，银杏叶在干燥的空气中飞舞，像一群黄蝴蝶不知要被风吹往何处。

我不知哪一趟飞机上坐着秦漠，只是昂首望着天空，等着那庞大的铁盒子带着我喜欢的人飞离这个城市。感情的事不能拖泥带水，我选了林乔，就不能拖着秦漠，但离开秦漠，并不像剥离一个橘子皮，那更像是剥掉自己的指甲，痛得钻心。因这痛是自己给自己的，无论如何，我都受着，没有人告诉我该怎么做，似乎怎么做都是错。

我们有一个闹剧般的相遇，我却希望至少结束是好的。我和他的结束，不该是他望着我的背影，我的手放在别人的臂弯中。

秦漠，再见了。

再见了。

那之后我开始嗜睡。

大学时代，为了免费治疗心理疾病，我参加了学校的心理协会，此前已经说过，在这个组织的帮助之下，我的心理疾病越来越严重，可以看出，这的确是一个不太靠谱的组织。但即便如此，我还是靠着自己过人的毅力，在这个艰苦的环境中学到了一些正确的心理学知识。比如我知道，人在精神压力过大时，逃避作为一种心理防御机制会开始起作用，并由此会产生一些具体的逃避行为——困倦或嗜睡。

我时常梦到秦漠。

这辈子我都没有做过这么文艺的梦，还这么多，它们就像约好一样在这一个月内频频造访我的睡眠。

梦里的场景变幻无穷，有时是在古旧的地铁站，有时是在拥挤的公车旁，有时是在潮湿的码头边。每个地点都关乎离别，每个梦境都关乎离别。我总是挽着他的手踏上梦中的交通工具，不知它们驶向何方，心中却格外安定。可一错身他就同我分开，站在窗外和我挥手告别，眼中含着伤悲。地铁将我带走，公交车将我带走，航船将我带走，如此没有逻辑，我立刻就知道是在做梦。可同秦漠分开的恐惧仍然紧紧攫住我的心脏，我就在梦中哭醒过来，然后呆呆地看半天天花板，接着擦干眼泪，熟练地去冰箱里拿出冰袋将眼睛敷一敷，洗漱完毕赶往医院。

我的嗜睡症和关乎秦漠的梦境齐齐结束于林乔的第四次化疗。

一直到第四次化疗前，林乔的情况都还不错，连医生都说，在他遇到的病人中，林乔算是坚强的，照这个情况下去，前景应该会比较乐观。这的确让我们都松了一口气，在我，则是有时间做那些关乎思念和伤感的梦。但第四次化疗后，林乔的身体状况突然急转直下，就像一条宽广平静的大河，河底深处的静水在猝不及防中掀起滔天巨浪，浪头临空而下，浇得人遍体生寒，而浪头之间的林乔整整四十个小时在寒战和高烧中颠沛辗转。

冷的时候凉意从骨头里发出来，头发尖都冒着寒气，再多的棉被也不能让他感到一丝温暖；热的时候脸颊都烧得发红，血般的殷红渗出几近透明的肌肤，连话都说不出。林乔大多时候很镇定，清醒时甚至能安慰我，他一定是这世上最会忍痛的病人。但痛起来时，他偶尔会忘了我的存在。我不知道一个人能痛成那个样子，能难受成那个样子，似乎在这样的疼痛之下，死亡也变成一种甜美的归宿。

镇静剂，特效退烧药，特效退烧药，镇静剂，大量药品填鸭一般注入林乔的身体。我握着他的手不断在他耳边重复我们设计好的那些未来，内心充满恐惧，声音却坚定无比。

黎明前有一阵他清醒过来，他的手瘦得厉害，却抚上我的头发，他微微叹息，对我说：“你不快乐，宋宋。”我害怕得牙齿都在发抖，颤颤巍巍地回答他：“你生病了啊，因为你生病了啊。”又哆哆嗦嗦地威胁他，“除非你好起来，否则没人能快乐，你不好起来，我一生都不会快乐。”我几乎是跪在他床边，握住他的手，“我们一起加油渡过这一关，林乔，等你好了我们就结婚，我都想好了，婚礼办在玉满楼，让周越越当伴娘，颜朗当花童，婚戒我要蒂芙尼的黄钻。”婚礼的每一个细节我都提出要求，就像真的为此慎重考虑过，说出这番话时，心底一空，有一种奇异的释然，仿佛命运就此尘埃落定。

我看着他的眼睛告诉他：“不要再让我失望，林乔，你一定要挺过来。”他闭了闭眼，轻声说：“好。”

我将自己的未来交给一个谎言，却无暇顾及那意味着什么。直到林乔终于退烧，身体状况恢复正常，那漫长的几十个小时，我的脑海中始终是片空白。

之后的三个月是场噩梦，因为这一晚的前车之鉴，即便那些常规检查列出的各项指标都没有问题，我们也不敢有丝毫懈怠。未知才是最大的恐怖，你不知道下一刻会发生什么。整整三个月，神经绷到极致，我整夜整夜地失眠。有好几次看到林乔的母亲在十二楼的转角处压低了声音哭。我至今仍不喜欢他的母亲，但看到她那个模样也觉得可怜。

韩梅梅来过几次，有一天她问我：“你想过没有，万一林乔他……你会怎样？”

她没有将那个字说出来，她也在害怕。人这一生，有些悲痛没法在脑海中预演，不是不能，而是不敢。我会怎样？我只知道，无论如何，我已尽己所能。这么多年，我学会的最宝贵的人生哲学，是尽人事，听天命。

而这一次，终于，命运没有再让我失望。

林乔跑完了这场接力马拉松，最后一次化疗，血检报告中癌细胞指标已恢复正常。42.195 公里后，寒冬悄然远去，我们迎来了万物复苏暖阳高悬的春天。

三个月里，大家背地里不知流了多少眼泪，每一次哭泣都像是在独自举行一个隐秘的仪式，要牢牢瞒住林乔，而终于在这一天，得到了一个可以在他面前肆意宣泄的机会。

林乔半躺在病床上，白色的病号服穿在他身上有些空荡，他实在瘦了太多，他的亲人们依偎在他床边喜极流泪，五月的阳光透过玻璃窗落在他睫毛上、鼻梁上、嘴唇上，为他苍白的肌肤烙下一些暖的颜彩。

他的视线停驻在我身上，招手让我过去，他的亲人们会意离开。偌大的病房一时空旷，我走过去坐在他床边，他垂头轻抚我的指尖，良久，抬头看着我："宋宋，你一直让我好起来，我好起来了，来和你履约。"

我终于没能忍住眼泪，我想我的确是高兴的，但也是悲伤的。

这种大好时刻为什么我会悲伤，只有我自己知道。

第二十三章

第一场花期

又是两个月匆匆而过。

春天渐渐远去，夏天郁郁葱葱到来。这是个充满活力的、生机勃勃的季节。天空中有明晃晃的太阳，向人间普度刺眼阳光，树枝间每一声蝉鸣都带着滚滚热浪，偶尔会下雷阵雨。

我已经快忘了自己是个研二在读生，这学期的功课毫无疑问一塌糊涂，但就算一塌糊涂还能全部擦着及格线低空飞过，让挂了两门的周越越简直百思不得其解。

颜朗看着周越越的成绩单，沉默半晌说："听说你们的《马克思主义哲学》是开卷考试，这样你还能不及格，少女，你果然是有一些智商上的硬伤啊。"

周越越冷峻地看他一眼："信不信我打你？"

颜朗赶紧躲在我身后，控诉周越越："你现在都学会说不过我就要打我了！"

周越越继续冷峻地看着他："别以为你妈回来了，你就能忤逆我了，躲在你妈背后我也一样能打你，你妈她打不过我。"

颜朗沉思两秒，立刻去抱周越越的裤腿："越越，我错了！"

我伤感地看着颜朗，不知道跟着周越越的那几个月，这个如今竟然这么懂得见风使舵的儿童到底都经历了些什么。

生活似乎又回到初时模样，只要不去深想。但毕竟是不同了。那些不同之处埋着隐隐的遗憾隐隐的伤，不过我想总有一天，它们都会被忘怀。我每天陪林乔锻炼，监督他按时吃药，给他做营养餐，日子过得循序渐进、按部就班。

但有好几天中午，午睡时我接到奇怪的电话，以 001 开头，接通后线路彼端却杳无人声。

我去查了国际区号大全，得知这几通电话的归属地是美国，美国纽约。

C 城和纽约相差十三个小时，我在正午的阳光中接到的电话，却是在纽约的深夜里打来。

那之后我没再接过那通电话，任铃声一遍遍响。而讽刺的是我的手机铃声正是来电人的清唱，游鸿明的一首老歌："时光很奇怪，让你和我有了爱然后分开，九霄云外，谁在叫我，翻阅回忆的字典，也解释不清爱，第一千个昼夜，忽然我醒来。"我好像没有提过，秦漠很会唱歌。

我在铃声里神经质地咬着指甲，却没想过要把它关掉，我想要听他在我耳边唱"第一千个昼夜，忽然我醒来"，就好像自己也是在做梦，马上就会醒来。

当十个指甲都被啃得残缺不全时，我换了铃声，结束了自己的臆想症。

俗话说否极泰来，连连的厄运之后，似乎终于迎来了好日子，2008 年的这个暑假里，发生了很多好事。

比如我妈在狱中表现良好，刑期减到了八年。比如外婆从镇上新搬来的老中医那里得到一个偏方，彻底治好了多年不愈的老毛病。比如颜朗拿到全国小学生数学奥林匹克竞赛一等奖，他们班主任找我商量，说这孩子学习能力很强，看是不是考虑让他跳级。再比如周越越安全期计算错误，和何大少在一起的时候，一不小心中了奖。

关于最后这一件事，周越越的想法是，艺术家不能有后，生娃容易让艺术家变正常，一正常了就很难再在艺术上有深的造就。本着为艺术献身的精神，她打算把孩子做掉。尽管我安慰她不搞建筑艺术了你还可以去搞行为艺术，行为艺术对精神层次要求不高，但她还是坚定不移要拿掉这个孩子。

世界上没有不透风的墙，这件事理所当然被何大少知道，很快演变成他们全家都知道。何大少家五代单传，何老太太高兴得差点晕过去，立刻准备丰厚聘礼，和何老太爷一道亲自去周越越家登门提亲。

慑于何家的淫威，周父周母欣然应允了，双方家长达成高度共识，周越越自此被休学软禁在家，每天好吃好喝好好供着，只待下个月良辰吉日和何大少完婚。虽然也尝试过反抗，但哪里有反抗哪里就有镇压，且每次都被镇压得很彻底，周越越终于举白旗投降，何大少很满意。

周越越来找我商量："宋宋，我结婚那天你当我伴娘。"

我说："那不成，我都有儿子了。"

她坚持："正好，你儿子就来给我当花童。"

我说："这真不成，没这个先例。"

她看着一旁的何大少："宋宋不当我伴娘我就不结婚。"

何大少说："颜宋，你行行好吧。"

我说："那好吧。"

就在周越越的婚礼如火如荼准备期间，那天，我如常去电视台。台里没什么人，办公室只有蒋甜和陈莹两个，似乎正讨论什么，看我推门进来，双双愣了一下，愣完埋头继续讨论她们的。

我前几天已经和头儿递过辞职信，做完这个学期就不打算再做，一方面要忙着实习，另一方面要忙着找工作。头儿答应了，打算让蒋甜接我的班，最近几次到办公室来都是和她做工作交接。

我整理了一会儿材料，把有用的挑选出来，递交给她。

她漫不经心地接过，突然提高音量对陈莹说："娱乐圈就是这样的，你看有些小明星一辈子想嫁入豪门，想攀上高枝做凤凰，可就是不看看自己几斤几两重，主动贴上去给人家玩儿，到头来人家玩儿过了该订婚照样订婚，该结婚照样结婚。她们自以为能怎么怎么样，最后还不是被人家几个钱就打发了。"

陈莹笑了一声："能怪谁，自己把自己搞得太便宜了。"

她们讨论得热烈，我不便打扰，资料整理完正准备离开，手已拉住门扉，蒋甜叫住我："欸？颜学姐，你知道秦老师订婚了吧？"

我转头看她。

她把手中杂志翻开立起来给我看："你不会不知道吧？杂志上面都登了。他未婚妻是个画家，又漂亮又有才气，家世也好，媒体都评论说是世纪良缘，传说他送给他未婚妻的粉钻订婚戒要二十多万美元呢。"

隔着五步的距离，杂志上的秦漠和九个月前没有什么不同，妥帖的衬衫，妥帖的西装，臂弯里是一位黑发深眸的西方美女，美女穿着曳地的绿裙子，脸上的笑容清纯美好。

我早说过，他会找到家世单纯、样貌乖巧的好姑娘。

蒋甜笑着问我："颜学姐，你怎么了？"

我将视线从杂志上挪开，笑了笑：“没什么。郎才女貌，看着真般配。”

我不是早就料到会有这么一天吗？我不是说过会祝福他吗？

他一定要过得好，一定要比谁都幸运，拥有一段世界上最完美的婚姻。

第二天下午，我正在家里看教授给的一个课题，中途接到林乔电话，说在学校旁边的咖啡馆等我，有话和我说。

颜朗在一旁抄课文，见我要出门，蠢蠢欲动：“妈妈，我的课文快要抄完了，能不能看一个小时的《火影忍者》？”

我想了想，觉得他抄完那篇课文确实无事可做了，就又给他布置了一篇课文让他抄。颜朗咬着笔头悲伤地看着我：“妈妈，林乔约你去咖啡馆是不是要跟你求婚，你和他结婚了是不是就不爱我了？”

我说：“说什么傻话。”

他保持着悲伤：“你让我抄课文，你不让我看《火影忍者》。”

我们对峙良久，我说：“我怕了你了，电脑密码是555555。”

他说：“妈妈，我在和你讨论我们的未来！”

我说：“这次没有设置自动锁屏，你想看多久就可以看多久。”

他说：“妈妈，你路上小心。”

不知林乔为何想在咖啡馆见我，但奇怪的是我竟不在意这个，就连颜朗对我说，他可能是要在咖啡馆和我求婚，心中也没有激起太大涟漪，只觉得，这一天终于要来了吗？这件既定之事终于要发生了吗？

近来我对人对事，突然有了一些顺势而为的道家风范。

下午的驯鹿咖啡馆人烟稀少，我提着保温瓶匆匆赶来，林乔正坐在窗边垂头看一本杂志，朴素到近乎简陋的封面上印着一长串英文字符，纸页握在手中颇有厚度，只能是医学杂志。

林乔面前放着一杯柠檬水，我动作迅速地拧开保温瓶给他倒雪梨汁，穿着短裙的女招待过来问我们要什么饮品，林乔从杂志里抬头为我点了杯焦糖玛奇朵。九个月里，我养成了带保温瓶的习惯，保温瓶中常备润肺饮品，和他外出时我从没有忘记携带过。周越越以小见大，好几次充满感情地赞美我："宋宋，你这简直就是专业护理师的节奏，有几个女朋友能做到你这样啊？"

我其实太像一个专业护理师，不太像一个女朋友。

女招待将我的玛奇朵端上来，林乔的目光仍专注在杂志上，我握着杯子连着泡沫啜了一口，问他："你是想让我陪你上自习？电话里说清楚呀，我好把教授给我的课题也带上。"

林乔合上手中的杂志，安静地看着我，良久，他道："宋宋，我们谈谈。"

我含糊地"嗯"了一声，在我换着方向啜饮玛奇朵的当口，他说："你过得很不快乐。"

我愣了，抬头呆呆看着他。

这句话有些耳熟，我记不得在哪里听过。我的确不快乐，但我一直试着努力让自己快乐，就算努力也没法填补心中空了的那个角落，我也至少试着让自己开朗，我每天都笑很多。

我僵着脸干笑着反驳他："我有什么好不快乐的，没这回事，你想太多了。"

他直直看着我的眼睛，我突然就笑不出来。

又是许久，他转头看向窗外，低声道："有一个词叫'恃弱凌强'，你听说过没有？意思是依恃自己的弱者之姿而肆无忌惮，处处要求别人，为难别人，甚至，"他顿了顿，"借此绑架别人的感情。"

他笑了笑："我最讨厌这样的人，可没想到，有一天我也成为了这样的人。"

我瞬间明白他话中所指，握住他的手说："不是的，林乔，你没有绑架我的感情，人生做许多选择并不是仅仅依从感情，我选你有很多的原因……"

他反握住我的手指拢在手中："但不是为了爱，对不对，宋宋？"

我哑口无言。我只是太诚实，因为太诚实，反而说不出话来。

他的眼中慢慢浮起一层暗淡，却轻声安慰我："不用在意，宋宋。"他天生就该做一个医生，无论何时都能保持冷静，不管是安慰自己，还是安慰患者。

他的声音依然很冷静，却透着疲惫，他说："你知道吗宋宋？如果你没有陪在我身边，我一定没办法好起来，你不知道你对我意味着什么，我在暴风雨里撑着一只小船，而你一直是我的灯塔。"他闭了闭眼，"在我病着的时候，只想着你是我的灯塔，而当我好起来之后，我想了很多。我还是想要和你在一起，尽管你不快乐，但我……我甚至尝试说服自己，就算一开始是出于怜悯，只要我们在一起，总有一天你会再次爱上我，总有一天你会再快乐起来，毕竟，你曾经是爱我的。”

他一向惜言，今天却说了这么多话，这样感性的话，竟将我比作一个灯塔。心口狠命跳起来，我预感到他还要再说什么。

他看着我：“我想让你过得好，无论过去还是现在，这样的心情从没有改变过，但……你的幸福不在我这里。”

秋天已经快要到来，窗外的阳光是这个夏日最后的阳光，像要留住什么似的，有一种懒洋洋的热烈。

林乔就在这样的阳光中靠近我，我微微仰着头看他。自他出院以来，这是我第一次这么认真地看他。

他已经恢复得几近从前，有黑而柔软的发丝、黑而沉默的眼睛，穿着黑色的衬衫，英俊挺拔。

他的嘴唇擦过我的脸颊，轻声在我耳边：“我错过了得到你的最好的时光。我放你走。你为我做的，已经足够了。”

我茫然地看着他，不知道事情为什么突然如此急转直下。他的眼中浮着悲伤的情绪，声音却很平缓，他问我：“宋宋，你曾经是爱我的，对不对？”

我愣愣地点了点头。

他的手撑着桌面，略一迟疑，嘴唇在我额头上点了点。

玻璃门打开，碰到门边的风铃，一阵叮咚轻响。玻璃门外，林乔的背影渐渐远去，融入油画一般的街景里。我才发现，街道两边那些在阳光下发光的梧桐树，它们都长着心形的叶子。

我一点一点啜饮着杯子里的玛奇朵，发现这种饮品在凉掉以后越发甜得腻人。心中有一层一层的情绪浮上来，伤感、茫然，然后是，轻松。就像三层蛋糕，叠得整整齐齐，一口咬下去，有着最原始的甘甜与苦涩。

这是我最初认识的林乔，我喜欢过他，在我最懵懂的青春时光里，虽然因为这份喜欢，我们各自都经历了很多伤痛，但那时候，我没有喜欢错人。

我们还是结束了，说不定内心深处，我早已预料到这结束。

就像听到一段岁月的列车，呼啸着从我耳边急驰而过。

我端着杯子，缩进巨大的椅子里。

我在驯鹿咖啡馆坐了近半个小时，正准备离开，面前突然有人影挡住日光。

我当头一愣："好巧。"

许久不见的程嘉木"啪"地将一本杂志甩到我面前："巧你妹。"

没等我回过神来，他已经气势十足地落座在我对面："我打电话给你，你把手机落家里了，我差点拨你手机拨到我手机没电，估计你儿子听不过去接了电话，告诉我你在这里。"

我一摸挎包，果然没带手机，问他："你找我是……"

他瞥了一眼我的杯子，眼神透着凌厉："Snoopy 就要和别人结婚了，你还在这里喝枫糖玛奇朵？"

我愣了一下："Snoopy 结婚？是和加菲猫吗？"

他也一愣，骂了声"Shit"，改口道："Stephen！"继续谴责我，"Stephen 就要和别人结婚了，你还在这里喝枫糖玛奇朵？"

我沉默片刻，说：“不是枫糖，是焦糖。”

他说：“什么？”

我说：“是焦糖玛奇朵。”

他用看外星人一样的目光看我：“So what? 管它什么鬼的玛奇朵，Stephen 要和别人结婚了啊，蛋挞，你反应能不能给我正常点？”

我想幸亏我的英文水平比周越越要高一些，否则真是很难和他完成这场中英文夹杂的高层次对话。上次在火车上，程嘉木看上去就要内敛很多，倒真像是个神秘的先锋小说家。我灌了一大口玛奇朵下去，力求给出他一个正常的反应，沉着地对他说：“其实上次就想问你了，Stephen，谁啊？”

许久，程嘉木用看钢铁侠和美国队长喜结连理一样的目光看着我：“蛋挞，你怎么了？”

我仍然保持着沉着，说：“程嘉木，我失忆了，八年前我怀着颜朗的时候被车撞了。”我指了指自己的脑子，“八年前的所有记忆，这里都没有了。上次我看到你时，其实不知道你是谁，你说我是什么蛋挞，老实说，我不知道我是不是你认识的那个蛋挞，我都不知道我是谁。我那时候那么和你说话，只是敷衍你，不想你来打扰我现在的生活。”

程嘉木的反应终于有点符合他神秘先锋小说家的定位。他没有震惊，也没有惶恐，他很平静地说：“哦，原来你失忆了。”又说，“你当然是蛋挞，我们俩青梅竹马，我不至于认错你，就算世界上有人和你长一模一样，”他举了个例子，“比如我和日本的那个藤木直人，但不至于连手心的痣你们都长得一模一样。”

说完皱了皱眉，“哎，等等，你说你失忆了？”

我说：“嗯。”

他终于想起来惊讶：“意思是你把我给忘了？”

我说：“嗯。”

他看起来一副立刻就要跳起来揍我的样子，我赶紧将椅子往后挪了两步，还没等我挪到安全距离，他又停下来：“不对，那岂不是你把 Stephen 也忘了？”

我说：“嗯。”

他立刻就平静下来，手一挥道：“哦，反正你连他都忘了，忘了我也没什么。”

我将挪远的椅子又重新挪得靠近桌边。

程嘉木看了我一眼，打开烟盒拿出一根烟，却没有点燃，他皱着眉揉了揉太阳穴，他说：“蛋挞，让我理一理。你的意思是，你现在过得很好，有了新的生活，你不希望知道过去的事，不希望过去再来打扰你，你是这个意思？”

没等我回答，他已经朝后靠坐在椅背上：“但你说你怀着孩子时遭遇了车祸，也就是说车祸前，你的所有记忆都是存在的？那你还记得孩子的父亲是谁吗？”

我摇了摇头。

他却苦笑起来，喃喃说：“孩子的父亲只可能是 Stephen。”他望着天花板，“你生下了他的孩子，躲在这个城市里，他却以为你死了，什么都不知道，还要和别的女人结婚，可现在你也不希望再遇到他，你就像是另一个人，过着另一种生活，要是从前，看到你把他甩了我简直要乐疯过去，可现在……”

我打断他的话，我说：“程嘉木，我以前是怎么称呼你的？”

他的目光回到我脸上，说：“你叫我木头。”

不像小说中那些失忆者，听到从前提惯的某个称呼，立刻就有似有若无的熟悉感浮出水面，我没有任何这种感触，只觉得两个小伙伴彼此竟然称呼蛋挞和木头，都是日常生活消耗品，看来真是很热爱生活。

我说：“木头。”

他看上去又要接话，我赶紧凌厉地说：“闭嘴，先听我说。”上次火车上相处太短，当时没有看出来他是一个话痨。

程嘉木闭了嘴，我十指交握撑住下巴。他见缝插针地说：“你真的就是蛋挞，你小时候就爱做这个动作。”

我简直想用这家店特制的双层蜂蜜蛋糕塞住他的嘴。估计是看我面色不善，他主动做了个在嘴上拉拉链的动作。

我说：“木头，你知道上次在火车上，我为什么没有和你说我失忆的事吗？”话一脱口立马反应过来不能问他问题，话题到了他口中我就别想抢回来了，看他果然跃跃欲试，我立刻机智地接口，“让我来告诉你。”他很丧气。

我说：“因为那时候我生活得很顺，人在顺境中过习惯了，就容易失去勇气。见了你之后，我其实想过我就是你口中的蛋挞。”我叠起手指笑了笑，“那简直就是一定的，有个女孩八年前从你们身边消失，八年后我在这个城市里出现，和她长得一模一样，还失忆。如果我不是她，我又是谁？但我什么都不想从你那里知道，因为我不想改变。承认我是她，我的生活会再次发生天翻地覆的变化，我最怕变化，我从来不想找回过去的记忆。”

他眉头紧皱，终于找到当口插话："那你今天为什么不继续敷衍我？"

因为九个月后，就在刚才，半个小时前，我的生活再次天翻地覆了，又只剩下我和颜朗两个人了。已经没有拼命保护如今这个我的必要，没有太多牵挂，这个我反而不再那么脆弱，过去的那些记忆，她已经可以面对了。

但这些当然没有必要和他说明，我朝椅背上靠了靠："因为我成长了，明白了一味拒绝过去不过是幼稚和软弱。你一定有很多事想要告诉我对不对？我过去是怎么样的？你说过我的养父养母，他们是怎么样的？我为什么要离开你们？还有……颜朗的父亲，他是个什么样的人？"

程嘉木点燃手中把玩良久的香烟，尽量侧身，让烟雾远离我，似乎在斟酌："当然，"他说，"这是很长的一个故事，蛋挞，你的前二十年简直精彩纷呈。我是你最好的朋友，简直是你的御用垃圾桶，你什么都和我说。尤其是你和 Stephen，你们的所有故事我都知道，从你们第一次见面开始，你和他说过的每一句话，他每一个让你印象深刻的表情。那时候你天天和我说他。"

他第一件事并不是向我介绍我的家庭，他将之前甩在我面前的那本杂志翻到其中一页，指给我看："这就是 Stephen，你从前简直爱他爱得要死。"

我说："你还是先告诉我我的家庭和我的年龄，我对这个比较……"边说边瞟了彩页一眼。

那一瞬间，就像被点了穴道。

在和程嘉木这场对话的前半段我已经想好，并且做好各种准备来迎接传说中的 Stephen。就算在程嘉木的描述里我们过去有过怎么样可贵的姻缘，但我想，现在的我毕竟不是过去的我，我会将他看作前世的男友，祝福他即将到来的今世良缘。我并不是要寻找过去，只是想知道颜朗的生父是个什么样的人。

这个角落有很好的光影，杂志上的男人穿着深色西装，微微颔首，露出完美笑容。

命运的洪流像一面悬挂在山巅的瀑布，陡然横冲而下，瞬间将我击得粉碎。

这到底是怎样的一个轮回？

我在 2008 年的夏末，得知颜朗的亲生父亲，竟然是秦漠。

像有无数的闪回镜头从我眼前掠过，让我头晕。

去年的冬天，我第一次见到秦漠，是在一个餐厅里，我在那家餐厅相亲，临出餐厅时发现他的目光。那时我觉得他的目光太凌厉。而此时才终于知道，那不是凌厉，是震惊。

第二次我们见面，他帮我将颜朗送进医院，他失手揉我的头发，说颜小姐你长得很像我的一位故人。他说出这句话时，我觉得他的神情古怪又僵硬，而此时我终于明白他那时的心情。

我不知道他什么时候发现我就是他失踪的未婚妻，或许在见第一面时他已经察觉？

他一步一步介入我的生活，他说："你觉得我为什么要对你这么好？宋宋，因为我在追求你。"我不知道他为什么喜欢我，觉得这喜欢来得太莫名，自私地不敢投入，只是在被青春的遗痛伤害时，一味向他索取救命的养分。

我们像是要登台表演一幕爱情喜剧，一切准备就绪，但女主角却忘记背台词。幸好男主角十项全能，每一步都能给她提示，这场喜剧终于磕磕绊绊地演了下去。但女主角却一点也不尽心，一直掉链子，到最后，还自私地先从舞台上逃走，导致喜剧变悲剧。

我以为这场两个月的爱情太单薄，敌不过将我团团缠绕的过去。可将我缠住的过去不过两年，而这场爱情原来不止两个月。

怎么会有这样荒唐的事情?

程嘉木有些慌："蛋挞，你哭什么？"

我竭力压抑住声音中的颤抖，对他说："没什么，眼睛可能进了飞虫，有点痛，你跟我说说秦漠的事，跟我说说我们过去是怎么样的？"

程嘉木赶紧递给我纸巾："你知道 Stephen 中文名？啊，他现在是个名建筑师。我有八年没有再见过他，你知道当初我问你喜欢 Stephen 的理由时你是怎么回答我的吗？"

我说："是不是'喜欢一个人是不需要理由的'？"

他笑了："不是这个答案，你给我列出了一大堆理由，你说他唱柳拜乐队的歌，看《科学世界》，无聊时玩磁石玩具，用你的画报做填字游戏，有时开朗有时沉静，舞台上专注打爵士鼓的样子很迷人。"

程嘉木定定看着我："蛋挞，你变化真的很大，你现在这么文静沉着，我都快要不认识你了。八年前的你活泼开朗，热烈莽撞，想要什么就要得到什么，简直是个小太阳。"

夏日炎炎，我从程嘉木的口中，听到我失忆前的半段人生。

在这个过程中，我终于找到了程嘉木成为小说家的人生意义。或许命中注定终有一天我会车祸失忆，所以上天特地安排他成为一个小说家，花费数十年光阴学会怎么讲故事，然后到我身边来，为我讲述我失去的半段人生。真是中国好竹马。

唯有小说家才能将这段人生讲得那么清楚，就像在动一个手术，打开我的脑袋，将它们严丝合缝地放进去。

程嘉木说："蛋挞，你……"

我打断他："你用第三人称讲这个故事。"

程嘉木将烟熄灭，改口说："好吧，她，她叫洛丽塔，家人朋友们都叫她洛洛，她的家乡是S城。"声音高低起伏，有一种海涛的韵律。

第二十四章

岁月静好

故事中的女孩，她叫洛丽塔，家人朋友们都叫她洛洛，她的家乡是S城。

S城临近海边，终年有蓝天白云，腐朽的珊瑚化成白沙积满海滩，大海退潮时会留下许多海螺海贝。

她的养父母开一家建筑公司，两人事业平稳，感情融洽，人近中年，却膝下无子，于是从孤儿院领养出她来，当作亲生女儿。他们给她取名洛丽塔，因她的养父姓洛，养母姓黎，而两位都是工科毕业，文学素养欠佳，误打误撞起出来这个名字，初衷其实是为了表达对她的爱。

她并不知道自己的身世，在一个充满爱意的家庭里懵懂长大，十六岁以前整个青春期最大的忧伤，是想改一个好名字。

十六岁是她人生的第一个分水岭。

那一年夏天，她遇到了二十一岁的秦漠。

那时候她念高二，离高考仅有一年，要开始为未来打算。父母让她考S美院，她誓死不从。她并不是讨厌画画，只是犯了小孩子的通病，以为叛逆是种时髦，不能接受父母安排的人生。她妈妈的朋友秦太太从国外回来，到海边疗养，正好和他们做邻居。据说秦太太有一个很会画画的儿子，刚取得麻省理工学院建筑系硕士学位，陪着母亲一起过来疗养。

她妈妈带她去拜访秦太太，让她叫秦太太顾阿姨。

两位太太坐在客厅里喝茶，聊人生聊家庭。她们的话题她不感兴趣，端了一杯橙汁，端端正正坐在旁边的一个小凳子上研究对面的一台老座钟。

临海的两层别墅，客厅宽阔，欧式的花神雕像座钟放在博古架旁，是百年前的老古董。她学美术，正琢磨着它带了点新古典主义的艺术范儿，楼梯上就突然响起脚步声。

她抬头望，正下楼的青年穿着深色 T 恤浅色长裤，头发在客厅里灯光的照耀下泛出柔顺光泽，面目有着一种古典的英俊。

秦太太笑着对青年招手：“Stephen，你来得正好，我和你黎阿姨正说起你，黎阿姨的女儿洛洛明年要考大学，想考 S 美院，你反正也没什么事儿，能做洛洛的辅导老师吧？”

青年在他母亲身边坐下，和她妈妈打过招呼，转头看她。他的眼睫毛很长，眼睛很明亮，随意看人也像是专注的样子。他说：“洛洛？”

是询问的语气，听上去是要问她全名。

她为自己的名字感到瞬间的羞愧，却面无表情地逞强：“啊，洛洛，全名洛丽塔，看过纳博科夫·弗拉基米尔的禁书《洛丽塔》没，就是那个洛丽塔，英文名 Lolita。但是你不能叫我洛丽塔，你要叫我洛洛，因为我不喜欢……”

她妈妈瞪了她一眼：“这孩子就是话多……”

她装作没有看到，脸色不善地看着青年，要给他个下马威：“我知道斯蒂芬·霍金、斯蒂芬·李、斯蒂芬·斯皮尔伯格，还有斯蒂芬·杰克逊，你是哪个斯蒂芬？”

她妈妈惊讶得简直要去捂她的嘴，但她坐得远又说得快，说完还将凳子往后挪了两步，离她妈妈更远。她不愿意考 S 美院，谁来辅导她，谁就是父母的帮凶，不要想她给好脸色。她得意扬扬地想。

青年看着她，有点错愕。

客厅里有瞬间的安静，秦太太却扑哧笑出声来：“Stephen，是不是觉得这个说话风格很熟悉，洛洛多像小时候的你啊。”

青年愣了一愣，眼里露出笑意：“我小时候说话可不会带这么浓的鼻音。”

鼻音是她的死穴，她脸一阵红一阵白，简直有点恼羞成怒。青年却友善地伸出手：“我是斯蒂芬·秦，秦漠。‘秦王朝’的‘秦’，‘沙漠’的‘漠’。我比你大很多，你要叫我秦哥哥。”

她把头偏向一边，心想谁要叫你哥哥，较劲道：“你是国外回来的，国外不都是直接称呼名字的吗？”

青年饶有兴味：“可我现在回国了，要入乡随俗，按照国内的规矩来。”

她有些被噎住，找不出反驳的话，求助地回头看她妈妈。

她妈妈和秦太太却只是笑盈盈地看着他们两个不说话。

她把头偏得更狠，跺脚道：“我才不叫你那个什么什么。”

秦太太终于哈哈大笑：“Stephen，你要好好补一下中文，不知道只有小两口才叫情哥哥、情妹妹的吗？”

她不能置信地看向秦太太，完全没想到一个长得这么漂亮这么有气质的阿姨居然会在未成年人面前开这种玩笑。

青年眼睛里仍含着笑，听他妈妈这样说，立刻做恍然大悟状：“哦？还有这种说法？不好意思，我中文不好，”又转向她，“但你至少要叫我一声哥哥。”

她觉得自己要被这一群大人弄哭了，大声道：“你又不是我妈生的，我才不叫你哥哥，我……”

还没有吼完，手心却一暖，青年握着她的手，将一串黑曜石的手链取下来放到她手里，温和道：“不知道回国会见到这么可爱的小妹妹，也没有给你带什么礼物，就把这个送给你当见面礼吧。”说完揉了揉她的头发。

掌心里还放着别人给的礼物，再发脾气就太不懂事，她生生把没有吼完的话憋进肚子里，又想起礼貌，通红着脸说了声：“谢谢。”

青年含笑看着她：“要叫我什么？”

她一想，礼物都收了，还要跟人赌气就太不大度了，半天，喊了声：“哥哥。”

秦太太笑得眼泪都出来了，对她妈妈说：“你这女儿可真是个宝。”

此后每天放学，她都去秦漠家跟他学画。她在画室里看到他画的那些静物，死的东西在纸上焕发生的颜彩，连石头做的雕塑仿佛都有了灵魂。她被那些作品迷惑，渐渐觉得画画也是件不错的事情，没准以后自己真能成为一个画家。她想从秦漠的画里找出点什么，想一下子画出像他那样有生命张力的画作，她开始爱上了画画。

秦漠作画的样子认真又好看，炭笔握在他修长的手指间，就像武士握住一枚长剑。鹅黄色的窗纱被海风吹得卷起，他的眼神专注，只看得到画架上的世界。她有时会故意咳嗽一声打扰他，他一只手插在裤袋里，另一只手举着笔，丝毫不为所动。她使劲儿咳，咳得隔壁打扫清洁的保姆阿姨都来敲门，他只漫不经心地指指对面的柜子：“嗓子疼？那里有金嗓子喉宝。”只要他拿着画笔，这个世界于他而言就像是无物。她存在于这片无物中，却想生出一点涟漪，引起他的注意，她自己都不知道她为什么要这样做。

她在秦漠家学画的时间渐渐由一个小时增加到一个半小时，再由一个半小时增加到两个小时。其实只是她自己赖着不走，秦漠总是时间一到就开溜。但她不在乎，她宁愿把时间大把大把耗在他的家中，仿佛这是再自然不过的事。从前她总是把这些时间用来和她的青梅竹马程嘉木一起看电视、吃冰激凌、做作业，她把这些日常全部牺牲掉，牺牲得十分豪爽，丝毫不觉可惜。

而直到三个月后，她才终于弄明白这种牺牲意味着什么。

她喜欢秦漠。一种基于艺术崇拜的喜欢。可能是真正的喜欢。因为不像班级里那些早恋的男女同学那样拉拉小手就能满足，它更加炽烈也更加成熟。她想使劲抱住他，尽可能地贴近他，想亲亲他。

她滋生出如此热情大胆的想法，只有十六岁，离十八岁还有两年，从各种意义上来说，都还只是个未成年人，一个小姑娘。

她和程嘉木聊自己的心事。当着程嘉木的面，她能将对秦漠的喜欢铿锵地说出口，但面对秦漠时，却一丝一毫不敢逾矩，连最含蓄的暧昧都不能够。

她觉得他似乎只当她是个小女孩，她画出一幅好作品，他觉得满意时，会从衣服口袋里摸出巧克力来奖励她，就像幼儿园的老师奖励准时出早操的小朋友。

他看她的目光是看一个小孩，并不是看一个女孩。

有一天秦太太开她玩笑，说自从洛洛过来学画画，Stephen的衣服里总是装满糖果，洛洛还是个小孩子呀，这么爱吃糖果。

“小孩子”三个字深深刺激了她，她鼓着腮帮子生了一下午气，秦漠却照例在课程结束时拿出巧克力放到她手心，她终于鼓起勇气反抗：“我不要吃巧克力。”

秦漠翻着画纸：“我也不吃巧克力，反正最后两个了，不要浪费，好歹把它吃下去。”

她想了想的确也是，不能浪费，忍着委屈将巧克力吃下去。第二天，秦漠倒是不再从衣服口袋里摸巧克力来奖励她。但是开始奖励棒棒糖。

程嘉木打击她：“你们没可能的，看年龄，一个七零后一个八零后，一个时代的代沟；看文化背景，一个从小被资本主义腐化，一个长在社会主义红旗下，意识形态南辕北辙；再看看学历，我就好奇了，他一个硕士和你一个高中都没毕业的能有共同语言吗？”

这些都是事实，她不能反驳。但她下定决心，会将对秦漠的喜欢暗暗埋在心里，为了这喜欢，她要立刻长大，很快赶上他，那时候，他就不能随便拿个巧克力或者棒棒糖来打发她了。她会看着他的眼睛，就像个花丛老手，一点都不紧张惶惑，她要像个情圣一样和他表白：“秦漠，我喜欢你，喜欢你好多年了，你怎么说？”

她靠着脑海里不切实际的意淫来鞭策自己，学习陡然刻苦，成绩上升的速度好比坐云霄飞车，她妈妈看了成绩单简直不能相信，一个劲追问她：“你该不是抄别人的才得了这么高的分数吧？”她一边继续刻苦一边在心里暗暗遗憾，要是秦漠早两年出现，搞不好自己就能考上北大了。

这是一场货真价实的暗恋，她想要靠近他，又不敢太靠近他。被这种矛盾的心情折磨，连青蛙跳进池水也能激发愁思。可谓少女情怀总是诗。且还是一首俳句。

终于被她等到一个机会，能够光明正大拥抱他，不会被任何人发现。

是秦漠二十二岁生日，秦太太要办一个舞会，附近的朋友都会来参加。秦漠坐在沙发上边翻报纸边和她说起这件事，侧面被夕阳的余晖映出深沉轮廓，他好看的眉眼微微弯起来：“这个舞会自带舞伴，把你那个小男朋友也带过来吧。”

他误会程嘉木是她的男朋友。她想，这也不能怪他，从童年开始程嘉木就是她最好的玩伴，两人干什么都一起，简直是小区里的风尘双侠。她被秦漠的笑容迷惑，忘了反驳，反应过来之前已经重重点头。又觉得让他误会也有好处，只要他觉得程嘉木是她男朋友，她就能安全跟他撒娇，他不会看出什么。她一边痛恨他当她是小妹妹，一边害怕他不再拿她当小妹妹。

她想要和秦漠跳一支舞。

十六岁的她用有限的阅历苦思冥想，童话故事里哪一对公主王子没有一起跳过舞呢，她的要求也不高，就算不是公主，和他跳一支舞总不过分吧。

程嘉木又一次无情地打击她：“你这个要求的确不过分，但关键是你会跳舞吗？”

她用大无畏的目光望向程嘉木，坚定不移、矢志不渝地，她说：“我可以学。”

程嘉木望着碧蓝的天空沉默片刻，天空尽头是沉寂的海水和一动不动的海底勘油船。

程嘉木向她伸出手：“好吧，蛋挞，我被你的执着打动了，我来教你。”

她身体协调性能不好，痛苦地学了两个星期才学会一支曲子，且只能跳那支曲子，一放别的曲子就跟不上节奏，轻者踩对方的脚，重者踩自己的脚。程嘉木无可奈何，问她：“万一舞会上不放这个曲子你怎么办呢？”

她宝贝地装好舞曲的碟片，安慰程嘉木：“不会的，我自己把这个碟片带去，他们家那一套音响我玩得很熟。”

那个晚上很快到来，十月的天空亮着繁星。

她仔细打扮，穿上一条艳丽的红裙子，特地请她妈妈帮她把头发盘上去，做成一个成熟的发型。在去秦漠家前，她整整吃了两斤冬枣来平复心情，差点就去注射镇静剂。她想让自己别那么紧张，但无法不紧张。

程嘉木挽着她的手走进秦家大门，她不断问他：“你看我的眼影用得合适吗？”“这个口红是不是太浓了？”“项链和裙子会不会不太配啊？”“哎呀，鞋，我得回去换一双颜色浅点儿的鞋。”

程嘉木被她烦得没辙，忍不住对她撂狠话：“你再怎么打扮得成熟，还是个小丫头片子，你以为你这样秦漠就会对你刮目相看？”

她无言以对，半晌开口说：“我没有想让他对我刮目相看，我只想和他跳一支舞，我准备了这么久，还排练了这么久。”

程嘉木目不转睛地看了她好一会儿，叹气道：“蛋挞，从前你可不是这样，从前你多高傲，就像个货真价实的公主，拿出点你从前的气势来啊。”

他们走进大厅，舞会已经开始，空气中有各种好闻的味道，被柔软的乐声笼罩。

她在人群中寻找秦漠的身影，一下子就找到。他懒洋洋地靠在窗边，正和面前的一位美女聊天。成熟的，她不认识的美女。她淹没在人群中靠近他们一点，听见几个生僻词汇从美女嘴里说出，生态建筑啊新城市主义什么的，她一个都搞不懂，只好沿着原路退回去，默默坐在角落。

她看着地上发呆，音乐换了又换，感觉已经发了很久的呆。一双皮鞋突然出现在视线里，熟悉得让她瞬间就把心肝脾肺一起提到嗓子眼儿的声音在她头顶响起：“不冷吗？”

周围吵得厉害，她却只听到他的声音，她抬起头来，假装很自然地回答他：“不冷啊。”

秦漠手里拿着一个披肩，微微皱眉："真的不冷？"

她有点茫然："真的不冷啊。"虽然已经是秋天，但夏意还没有完全退去，她觉得自己穿着这个吊带的红裙子刚刚好，一点都不冷。

秦漠却没理她，干脆地把披肩搭到她肩上，捂严实："小孩子知道什么，这样的天气你穿这么点儿不冷才怪了。"

她最恨他说她是小孩子，正要开口反驳，却看到程嘉木走到近前，她在心里暗暗着急自己的这位竹马真是个电灯泡，秦漠已经一把拉起她来，对着程嘉木一笑："把你女朋友先借给我玩儿一会儿。"程嘉木还没反应过来，她已经被他拖进舞池当中。

她感到自己的腰肢被他握住，他身上有酒精的味道。她大胆地抱住他，想这是个渴望了多久的拥抱。他在她的拥抱下顿了十秒钟，慢条斯理地纠正她的动作："洛洛，跳舞可不是这样，你这样抱着我，我没法动了。"

她准备的曲子并没有派上用场。秦漠教会她跳他的曲子，教了三遍就学会，第四遍跳时，她没有走错一个舞步。那个夜晚丝竹乱耳，她却只听到自己的心跳。他们从舞池中退出来，他揉揉她的头发，摸啊摸啊又摸出一根棒棒糖，剥开来递到她手中，他夸奖她："跳得不错。"

她想，他没有从她的拥抱里看出迹象，他知道她很紧张，却以为那不过是初学跳舞的紧张，他仍然只当她是永不会和他发生故事的小姑娘，对她照顾周到。

她以为自己想要的那么少，那么微不足道，经过这个夜晚，却深刻地发现她原来并不只想要一个拥抱。

十一月，她每天晚上多熬半个小时的夜，织了两个月织出来一条围巾，作为圣诞礼物送给他。

他拿着围巾仔细端详，含笑问她：“自己织的？”

她摇头：“商店里买的，本来是五十五块钱一条的，打七折下来三十八块五毛。”

他表示惊讶：“这么丑的围巾居然还能卖三十八块五毛？”

她脸就红了。

他随手从茶几上拿起一盘猕猴桃递给她。

她说：“干吗？”

他说：“回礼啊。”

她说：“谁会拿猕猴桃回礼啊？”

他眼睛里带着戏谑：“如果是手织给我的围巾当然会有更像样的回礼，但你这个不是买的吗？这一盘猕猴桃可比这条围巾贵。”

她捧着一盘猕猴桃怄得要死，也不知是怄自己还是怄他。但到圣诞节当夜，抱着他送给自己的泰迪熊时，又觉得之前自己那么生气真是好笑。

不管他把自己看作什么，在他的世界里，她是离他最近的女孩子，而他也从来没有忽视过她，这就足够了。

程嘉木关怀她：“你是打算永远不告诉他你喜欢他还是暂时不告诉？你现在这样简直就像准备把暗恋进行一辈子了。”

她沉吟一阵：“……现在这样就挺好。”

艺术类院校招生对文化课要求不算高，因而她的高三过得并不像普通考生那样磨难重重，虽然也辛苦，但和程嘉木相比，不免逍遥许多。

高三很快过去，跨过最后的考场，她如愿以偿，进入S美院雕塑系。而对秦漠的暗恋，也仍然以看上去不温不火，实际上轰轰烈烈的态势持续着。

但终于连老天爷也看不下去，即使她想保持现状，转折的一天也终于来临。

那是她十八岁生日，寒假里的情人节，2月14日，她念大一。父母在国外出差，不能立刻赶回来，许诺回家会带给她丰厚礼物。隔壁市的表姐和她男朋友正好到海边玩儿，住在她家。表姐说，十八岁啊，成人的大日子，我们可以办一个小小的派对，就在家里，反正姨父姨母不在家，我们闹一个通宵来庆祝。

父母在这方面对她家教严谨，她从来没参加过通宵派对，听到表姐的提议高兴得不行，大家开始轰轰烈烈准备。

去秦漠家通知他晚上过来捧场的时候，他从一本侦探小说里抬起头来，摘掉眼镜看她："我还打算晚上带你去一个好地方。"沉思了两秒钟戴上眼镜，"那等派对结束之后吧，结束之后再带你去。"

她为难地看他："今天晚上不行，今天晚上我已经打算好了要大醉一场的，我们买了白酒、红酒、黄酒、啤酒，各种各样的酒，我肯定是要喝醉的。"

他脸上出现茫然神色，愣了半天，发出一个单音节："啊？"

她连忙解释："我不是想要学坏，绝对不是。因为表姐说人生总要醉一场的，与其以后被别人灌醉发生点什么不可挽回的事儿，不如在安全的情况下先试出自己的酒量，心里有个底线就不容易喝醉了，也是为了以后参加社交活动的安全着想。好歹我也十八岁了。"

她说到十八这个数字时，特地偷偷瞟秦漠一眼看他的反应。

他微微偏着头，想了一会儿，食指扣着沙发扶手，说："好吧，但事先要把解酒的蜂蜜水准备好。"

这天晚上，她真的喝得大醉。但并没有人事不省，只是头晕，眼前的一切都被笼上一层梦幻色彩，轻飘飘的，像走在云端，她觉得心情很开朗，也很安宁。窗外一直下雨，淅淅沥沥，海面黝黑沉静，天气仍是严冬一般的寒冷。这派对终于还是没能闹够通宵，朋友们相互搀扶着踉跄离开，表姐和她男朋友也回客房休息，回房之前疑惑地问她："洛洛，我刚放这儿的两个装红酒的杯子你看到没？"

她摇头说没看到，表姐表情凝重，欲言又止了一会儿重复："你真没看到？"

她说："的确没看到。"

实际上她不仅看到还把它喝掉，但并没有两杯全喝，其中一杯给了秦漠。可表姐问她的时候，她的确没想起来。

客厅里很快安静，窗帘被拉开，夜色沉沉，透过玻璃窗挤进来。秦漠撑着头，颀长身姿陷进他们家的大沙发里，微微皱着眉，像是沉思又像是克制。她摇摇晃晃指挥他，让他去把 DVD 打开，她要看电影。

那是一部美国文艺片，天空有鸭绒一般的浮云，地上是大片茂盛的葡萄园。客厅里只有电视屏幕泛出蓝莹莹的光。

她和秦漠不知道什么时候开始接吻。

就像电影一样迷离，她一直以为自己是做梦，好比终于把商店柜台里肖想已久的洋娃娃装进口袋。他黑色的头发擦过她的脸颊，她什么都看不清。当他终于进入她的身体，那疼痛真实，满足和疼痛一样真实，她抱住他的脊背，想这梦要慢点结束。她喜欢他喜欢得这样。

半夜她就醒过来，脑袋里一片糨糊，看见客厅里一盏落地灯亮着，发出微弱白光。秦漠赤着脚，衣着整齐地坐在地毯上抽烟。

她咳了一声，大脑还没转过来，不明白发生了什么事。

秦漠握着烟头的手指一颤，烟灰掉在地毯上。

她说："秦漠……"自从十七岁，她就不再叫他哥哥。

秦漠将烟头掐灭，过来掖好她的被角。他表情严肃，声音喑哑，轻声对她说："洛洛，是我的错，你还这么小。"他将头埋入手中，她第一次看到他懊悔的模样，简直都不像他。很久，他抬起头来，苦笑了一下："你肯定恨死我了，我该怎么办呢？"

她终于想起来都发生了什么，在大脑从死机中重启运作之前，她听到自己说："我们在一起吧。"

秦漠答应了。

她只是抱着试一试的态度，但秦漠答应了，他居然答应了。

接下来的半个月她简直要高兴到天上。

秦漠和她在一起，带着她玩儿，把她介绍给他圈子里的每一位朋友，说她是他的女朋友。

他的朋友们会开玩笑：“秦漠，你可真狠，人家还只是个小姑娘。”说完秦漠又来说她，“小妹妹，你是怎么被这个人骗到手的？你实在没有挑男朋友的眼光啊。”

秦漠凉飕飕地笑：“你们就见不得我找一个漂亮女朋友是吧，不过我们俩情深似海，你们谁也别想挑拨我们。”说完看她，“对吧洛洛？”

她就重重地点头：“嗯。”然后翘起嘴角露出一个满足的微笑。满足得那么明显，深恐别人不知道她对于他的喜欢。

在她偷偷爱着他的两年时光里，在他面前，刻意的压抑使她卑微得像百草园里最不起眼的一棵狗尾巴草。而当真正和他在一起后，她简直如获新生，所有的热情和生动都重回到身体里，狗尾巴草一夜长大，华丽蜕变成一株暗香浮动的粉红蔷薇，知情解意，娇艳可人。

这场恋爱得到双方父母的全力支持，尤其是秦太太，似乎认定她就是未来儿媳，特地在秦家为她准备单独的客房，贴乳白色和淡紫色小蝴蝶花的墙纸，摆公主床和洛可可风的梳妆镜，隔三岔五邀她过去小住。

秦太太第一次把专为她布置的房间展示给大家看时，秦漠靠在门边直揉额角，真诚地向他母亲建议：“您怎么不在地板上再铺一层红玫瑰花瓣呢？”

但她已经冲过去扑在床上，高兴得眼睛都放光：“我喜欢这个房间。”她也喜欢秦漠揉着额角的小动作，招呼他坐到自己身边，“你来试试呀，这个床垫可软了。”

他虽然不高兴这个房间的品位，她招呼他，他还是很配合地坐过去，和她打商量：“洛洛，以后咱们的房间不按照这个风格来布置可以吗？”

也许他只是无心之语，但这无心之语中竟含了她长久的梦想，她憧憬着未来，脸颊绯红，赖在床上不愿意爬起来。

总有一个人忙一个人闲的时候，大多数时候是秦漠比较忙，她比较闲，这种时候她就跟着秦太太学厨艺，煲秦漠喜欢喝的山药排骨汤或者奶香豆腐汤。秦太太教她，煲汤最要紧是放诚意进去，想着一定要让汤变好喝，汤就会真的变得好喝起来。她遵循秦太太的教诲，每次都记得往汤里放诚意，导致放盐和味精就比较随意。秦漠笑话她，说在她这里，诚意和盐巴就像鱼和熊掌一样不可兼得，请她每次给他煲汤时可以多点盐巴少点诚意。

秦漠比她大五岁，几乎所有时候都是他照顾她，但靠得近了，才发现原来他也有孩子气的时候，这是她没想到的。比如一忙起来他就会忘记照顾自己的肠胃，非要她端着饭菜到他跟前严厉督促。每当这时候，她就感到自己之于他的不可或缺。她暗暗希望他的这种任性多一些，好让她对于他越来越不可或缺。

她的专业课偶尔会布置一些耗时间的雕塑作业，秦太太在自家二楼专门给她开了一间雕塑工坊，因此做这种作业时她基本耽搁在秦漠家。当她在工坊里做雕塑作业时，秦漠会将自己的工作也搬到工坊里来完成。秦太太身体渐好，喜欢热闹，没有他们陪伴，就将附近的朋友请到家里来聊天打麻将。秦太太打麻将时喜欢听一些轻缓老歌，悠扬的乐声穿过楼梯飘进工坊，像活泼的小孩子在门口探头探脑。

那一夜格外晴好，已近十点，天空仍有银盆似的圆月。客厅里的牌局快要散场，但从工坊里仍能听到乐声，那首歌的调子她很熟，是马修·连恩的《布列瑟农》，她知道那是秦漠喜欢的歌。

她有点困，上下眼皮打架，可今天原定的工作是至少将大造型完成，她转头去看秦漠，见他戴着眼镜坐在电脑桌后专注地进行电脑构图，电脑屏幕的光映在他脸上，使他的脸部轮廓更显光影分明，古典英俊。她就想起那句题在张爱玲与胡兰成婚书后的关于未来生活的有名祝语——“岁月静好”。他们这样相处，同处一个世界做着不同的事情，这是她最喜欢的一部分时光，的确让她感到岁月静好，现世安稳。

秦漠察觉到她的目光，从工作中抬起头来，摘下眼镜，让她到他身边来。她就乖乖地走过去，坐在他的旁边，手叠起来放到电脑桌上，一副乖乖生的模样。楼下客厅里的歌曲又换了一首，他抬手将做大造型时溅在她额角的一个小泥点揩掉，话里有戏谑的味道：“困了就去睡觉，一直看着我算怎么回事，也不能解乏。”

她自诩勇敢，且最近脸皮厚了很多，这样程度的话已经不能让她害羞，她撇嘴道：“就刚才有点困，你陪我玩一会儿，等困意过了我还要给它收个尾。”“它”指的是她的雕塑作业。

秦漠想了想，将无线鼠标放到一边，起身走向门旁的电灯开关座，问她：“要跳舞吗？”

但这并不是个征求她意见的疑问句。她还没有回答，“啪”的一声，他已经关掉了头顶的日光灯。六七十平方米的空间刹那跌进一片黑暗中。又是“啪”的一声，落地窗边的一盏落地灯被打开，晕出一圈一圈昏黄柔软的暖光，像一只发光的橘子，将整个工坊寸寸填满。

他穿着黑色的衬衫，米色的长裤，长身玉立在窗前，一句话也不说，只是朝她伸出一只手，嘴角是她爱的那种笑容。

她就像被妖魔蛊惑，一步不错地走进他怀中，由着他握住她的腰，在她耳边放低了声音问：“华尔兹？”

她小声地赞同：“嗯，华尔兹。”

楼下此刻放的是神秘园的《夜曲》，女声哼唱空旷辽远，和窗外银白的月光婉转相承，而他们踏着乐步，就像漫步仙境。

秦漠提醒她：“步子踩得重一些，慢慢就精神了。”

她懒得管那么多，软绵绵地靠在他身上，恨不得两只脚都踩在他的脚背上，好让她半分力气不花，由他带着走。

他的手指滑过她头顶的发旋，问她：“谁教你这么懒？”

她才不管正统的华尔兹手应该放哪里，脚应该放哪里，干脆两只手抱住他的背，整个头都埋进他胸膛，嘟哝：“我自己要这么懒，你不喜欢我也这么懒。”

他拍了拍她的头顶：“没人说不喜欢。喂喂，踩到我的鞋带了。”

她离开他一点，停下来让他俯身系鞋带，却见他站着不动。耳边仍是悠扬空灵的女声，她偏头想了一下，恍然道：“小气，是要我给你系吗？”说着就要蹲下去。却被他挡住。他眼睛里笑了一下，右手扶着她的脸颊，微微探过去，嘴唇就覆在她的嘴唇上。

窗外有一株二人合抱的黄桷兰树，正是满树花开时节，幽静的花香从微开的落地窗滑入，像浓墨蹚过宣纸，将他们浸出一身仲夏的味道。

她被他亲了好一会儿才放开，涨红着脸：“我就是踩了你的鞋带，你就这样占我便宜。”一看他脚上的拖鞋，傻道，“你这鞋……哪里有鞋带？”

他靠着落地窗，身后是漆黑的夜，漆黑的大海，大自然的所有一切都清醒着，没有沾染丝毫人间睡意。他眼睛里仍然藏着笑，脸上的表情却一本正经，像是特别诚心实意地为她感到遗憾：“我就是想占你便宜随口胡说而已，洛洛，你怎么就上当了？”

看她气得脸色红润，微微探身揽过她，又是一个吻，额头抵着她，忍着笑：“现在是不是觉得精神多了？”

她红着脸大无畏地指责他：“你才不是想要我精神才这么做，你是不是就想亲亲我？”

他的神色简直光风霁月尤其坦荡：“是啊。”顿了一顿，却有些踌躇，“洛洛，你不想？或是……不愿意？”

她抱着他的脖子，整个脸都埋进他的肩膀，不好意思地小声说：“怎么会，我……我很喜欢啊。”他像是放心，又像是要给她一点鼓励，偏头在她额头上吻一吻，轻声道：“我也很喜欢。”

她实在太容易被鼓励到，得意忘形地从拖鞋里退出来，赤脚踩上他的脚背，双手紧紧搂住他的腰，仰着头有点天真又有点诱惑：“我看过电视里可以这样跳舞，”声音软软在他胸前回荡，“我们也试一试。”又补充，“不准嫌我重。”

他的下巴搁在她头顶，声音也刻意地放轻，低低地笑，尾音就像小钩子钩住她的心："好吧，今天暂时不嫌你。"

秦漠这几年一面陪母亲在国内疗养，一面帮家里做事，顺带当她的美术老师，他戏称这三年是大休假。她知道他的计划，来年他就要回美国，和朋友合伙开建筑设计事务所。初得知这个消息时她有点茫然，她爸妈正打算移民去新西兰，她想那时候她和他是不是就要分开？她简直不敢想下去，他是否默认了这种分开？难道那就是传说中的分手？有好一阵子她魂不守舍。

终于有一天，她忍不住试探他："新西兰到美国得飞多长时间？我以后要去看你是不是很不方便？"

他正在给她画小像，听到她的话愣了一愣："你在烦恼这个？洛洛，你当然要和我一起回美国。"

她的心扑通扑通跳："为什么？我……我爸爸妈妈都会在新西兰。"

他换了支画笔："新西兰有什么好大学？你可以到美国来继续念雕塑，如果雕塑念烦了也可以申请一个感兴趣的专业，比如艺术管理，你的艺术鉴赏力一直都不错。"

这不是她想听到的答案，她赌气说："新西兰有奥克兰大学，那也是非常好的大学。美国有的新西兰都有。"

他停下画笔，看着他："可新西兰没有我啊。"

她有点被这句话取悦，却还是抿着嘴："你又不能吃，又卖不了几个钱。"

他高深莫测地笑了笑："我的确是卖不了几个钱，至于能不能吃……"

她呆了一呆，脸上迅速泛起红色，力图镇定：“我去楼下倒杯水。”

他看着她消失在门后的背影，笑着重新捡起笔：“脸皮薄。”

大概是预料到来年的繁忙，不会有太多时间陪她，大二下到大三上这一年，秦漠一有时间就带她出去。是真正的出去，而不仅仅是出门。他带她去草原看星星，去沙漠拉练，去戈壁看胡杨林，最近的一次是驱车数千公里到某个无人区拍栖息的野天鹅。他尽己所能，想让她看到他所观察到的这个世界中最美的那一部分。

秦太太和她聊秦漠：“从 Stephen 七岁起，我们就不再干涉他关于未来的重大决定，他表现出的早慧让我和他爸爸觉得，比起我们来他可能更加懂得自己想要什么，我们只是尽可能提供他所需要的帮助。Stephen 喜欢学习，还经常跳级，有时候会让我们觉得无趣，但好在除了这些，他还有非常广泛的兴趣，不至于像个书呆子。”她笑起来，“Stephen 喜欢有计划的人生，也钟爱生活里凭空出现的各种冒险。有时候这些冒险将他制订的人生计划全部打乱，他也不会觉得烦躁，反而很享受，这是我最喜欢他的一点。”

她自己所看到的、从别人那里听到的秦漠越多，她就越喜欢他。这样的一个人现在是她的，一想到这点她就又激动又自豪，满心都是暖意。她有一种小女孩特有的达观与单纯，刚开始还有所保留，渐渐地就忘记克制，自然而然地将这些特质都表现出来，在他面前撒娇，耍一眼就能让他看穿的把戏。“爱”将她的天真全部激发出来，在他面前展露无遗。

大三的暑假，秦漠带她去草原露营。她去过草原很多次，带着帐篷去露营却还是第一次。

草原入夜风大，草深的地方又有蛇虫鼠蚁，他们开车半天，找了块小山包下面的凹地。《敕勒歌》里说草原是“天似穹庐笼盖四野”，此时穹庐的边缘留下一线血红的残阳，被云絮扯开来，就像金鱼的尾巴。

秦漠搭帐篷，指挥她充气垫床，她充一会儿玩一会儿，光着脚在还没充好的气垫床上走来走去，像这是个多么有趣的游戏，其实只是因为心里高兴。这么大的草原，只有他们两个人。

秦漠搭完帐篷，无奈地看着还没充好的气垫床叹气：“就不能把力气活儿派给你。”

她就笑，颠颠地跑去塑料袋子里翻东西，举起来给他看：“我会点蚊香。”

他说：“我也会点蚊香。”嫌弃她，“有什么是你能做而我不能做的？”装作遗憾的样子，“我就像大老远绑架来个需要人伺候的千金小姐，真是一点用也没有。”

她腻上去：“我能逗你开心嘛。”

他还是嫌弃她：“你怎么逗我开心？连充个气垫床都不会。”

她惊讶：“难道不是我站在你旁边就让你觉得特别开心吗？”

他更加惊讶：“你还有这项功能？”

她捂住胸口，演得十分逼真：“哎呀，你不喜欢我了吗？你要是喜欢我，看我站在这里就该高兴呀！”

他却答非所问，坐在充好的气垫床上，似笑非笑地问她：“洛洛，你说要是我把你扔在这儿，你还能自己找到回家的路吗？”

她愣了片刻，反应过来立刻扑过去："绝对找不到，你别把我扔这儿，我错了！"

他特别温和地问她："哦？你错了？我怎么不知道？你错在什么地方？"

她回答得特别利索："我不该什么事儿都不做让您伺候我，老爷，我这就去给您泡茶！"说完还真去后备厢的大包里翻酒精炉子。

她拎着小酒精炉子和一包铁观音一路小跑回来，手里还拿着个丝绒盒子，献宝似的给他看："我在那个大包的一个小袋子里找到了这个，我没打开，这是你要送我的礼物吗？是什么东西？我最近打了耳洞，你注意到了？是要送给我的耳钉吗？"

他们的头顶已亮起满天繁星，他躺在气垫床上瞟了一眼她手中的丝绒盒子，愣了一愣："你真是个天才，怎么找到的？"

她有点沮丧："很好找啊，一眼就看到了，这个不是送我的吗？"

他坐起来像在考虑什么事情，顿了片刻看着她："嗯，是送你的，你打开看看。"

她惊喜地打开盒子，却瞬间定住，盒子里躺着枚小小的铂金戒指，她喜欢的戒宽，她中意的款式。她喃喃："这是做什么？"

他将戒指取出来套在她手上："求婚啊。本来打算回去再说的，结果被你提前翻出来了。"

她话都说不清楚："求……求婚？"惊喜来得太突然，几乎变成惊吓，她想将戒指取下来，却舍不得，"怎么这样，我想象的求婚场景是在海天酒店最高层的旋转餐厅啊。我们一起吃完烛光晚餐，欣赏完城市夜景，然后你突然不知道从哪里捧出一大把红玫瑰，跪下来特别卑微特别虔诚地问我愿不愿意嫁给你，我要考虑整整三分钟，让你好好担心一下，然后才告诉你我可以嫁给你。”她哭丧着脸，“这和我想象中的差太多了，这个戒指还是我自己从酒精炉旁边的袋子里翻出来的。”

秦漠打开酒精炉子准备烧水泡茶：“哦，原来你想得这么细致，要考虑整整三分钟，让我难受整整三分钟。”

她往后缩了一缩，假装恶狠狠：“今天没有三分钟了，我要考虑三十分钟再回答你。”

他丝毫没有被震慑住：“给你一分钟，不答应我就把你扔这儿不带你回去。”

她说：“你讲点道理！”

他原封不动地搬来之前她的台词，比她演得还要逼真，忧郁地问她：“你不喜欢我了？”

她说：“你……你来真的还是假的？”

他看着她不说话。

她心里一咯噔，赶紧过去握他的手：“我哪里有不喜欢你！”

他说：“那你考虑好没有，要不要嫁给我？”

如果是平常，这时候她已经被哄转回来，顺其自然地掉进他的语言陷阱，就要把自己卖出去了。可今天到这一步她竟然还是很坚决，她说：“我要玫瑰花。”

他失笑：“回去补给你。”

她窝在他怀里：“还要烛光晚餐。”

他笑：“也补给你。”

她得寸进尺："要你做的，不要在餐厅吃。"

他全盘接受，问她："一分钟已经到了，你到底答应不答应？"

她不好意思地用手挡住眼睛，点了点头，又在分开的指缝间看他，嘟哝："你看你占了多大的便宜。"嘴角却忍不住勾起笑纹。她想，其实是她占了便宜，只有她自己知道，她到底有多渴望这个人。

他俯身去吻她，她伸手搂住他的脖子。酒精炉子上咕嘟咕嘟煮着热水，夜风送来青草的芳香和夏虫的絮语。

这段爱情她从十六岁初见他时种下端倪，四年跋涉，在二十岁这一年修成正果。

七月的草原，天空澄澈，暮色安宁，漫天星光闪烁，像在黑色礼服裙摆上绣了大把钻石。

第二十五章 我把回忆弄丢了

程嘉木将故事讲到这里，窗外已经华灯初上。

他所讲的这段过去就像一幕早期文艺片，跟着他的声音，我似乎看到八年前的风景，那女孩扎着马尾，爱穿红裙子，学习艺术。是过去的我。

我将自己代入那个角色，想象自己在十六岁遇到年轻英俊风度翩翩的秦漠，从此一心相许，那幕黑白的文艺片突然就变得有声有色。

我有点恍惚。

门口的店员频频朝我们看过来，程嘉木莫名其妙问我："她也是个文艺爱好者？这阵仗……是认出我来了？这家店还挺有文化。"

我沉默片刻，据实以告："她可能只是好奇，这两个奇葩居然能够只点一杯二十五块钱的焦糖玛奇朵，占据他们店里最好的一个四人座唠嗑一下午。"

程嘉木垂头看了一眼面前的保温杯："这个雪梨汁不是你点给我的？"

我诚实地告诉他："这是外带的。"

程嘉木大怒："你妹，一遇到你就没好事儿，我长这么大都没这么丢人过。"

我说："那怎么办？我没提醒你点单，我以为你响应中央号召力行节约呢。"

程嘉木在苍茫暮色中颓废地戴上他那副2009夏季新款古驰太阳眼镜："怎么办，换家店呗，老子一生英名就毁你手里了。"

我同情他的遭遇，给他出主意：“要不这样，你待会儿结账的时候给他们比大拇指说哟西哟西切克闹，说不定就把这事儿嫁祸给藤木直人了，这样就保全了你的名誉。”

他谨慎地想了片刻，说：“这也不失为一个好主意。”

我们摸黑换了家店，找了个最靠里的位置，点足一堆就算坐通宵也不会再遭受服务员歧视的饮品，继续没有讲完的故事。

每一段爱情都有起承转合，二十岁的我和二十五岁的秦漠也没能逃脱这个文学规律。我记得前一阵初见程嘉木时，他说他和秦漠都没能陪我到最后，这故事的结局注定是分离。

我却难以想象既然那样深爱，到底是什么原因转折了这场爱情。

我想那必然是非常命运的一个原因，绝对不可能是“出现了第三者”或“被打酱油的坏心女配阻挠了”这种庸俗的常规梗。

假如果真是命运，所有的命中注定和无能为力，此时的我都能够坦然接受。我等待着程嘉木为我解惑。

程嘉木叹了口气：“都是因为我，我是个可耻的第三者。”

我说：“……”

他又叹了口气：“还有秦漠表舅家的一个妹妹，叫郑靓靓的，经常挑事儿。”

我说：“……”

我们静坐在咖啡吧的角落，两人都半天没吭声，咖啡吧里应景地响起一首歌，歌词正唱到“所以我不再做，这第三者的第三者，我想现在的她很快乐，希望你晓得这样做不值得”。这真是一首好歌。

我考虑半天，问程嘉木：“你……究竟是谁的第三者？”怕他一时理解不过来，又加了句，“我的还是秦漠的？”

程嘉木一愣，拍桌子跳起来：“你怀疑老子性取向？老子看起来像是个基佬？”

我说：“你文静点，别这么暴躁，上次火车上见你，你就挺文静的，一看上去就像个小说家，现在你这样子说你是隔壁菜市口卖注水猪肉的我都信。”

程嘉木说：“火车上不是有外人在？要注意形象。”

说完这句话皱了皱眉，拨弄他手里的打火机说：“我其实不算个标准意义上的第三者，只是 Stephen 那么看我，他总觉得我是个第三者。”

他看向我：“我是后来才知道他有一阵误会我们是男女朋友，但你从没跟他解释过，他一直以为我们有过一段。你们在一起之后，他其实挺不喜欢你再来找我，但又觉得不能干涉你交友的自由。你那时候要是发现这一点，和他解释清楚也就完了，但你这二百五竟然没发现。Stephen 筹备开事务所那一年，大半时间待在纽约，和你聚少离多，那一年你常来找我玩儿。”他换了个坐姿，“Stephen 的表舅家有个养女叫郑靓靓的，听说和他表舅后来添的亲生女儿相处不太好，正巧也到了读大学的年纪，就被送回了国进 S 大念中文，寄住在 Stephen 家。小姑娘特别不喜欢你，在 Stephen 面前添油加醋讲了我们俩不少坏话。”

我说：“秦漠他不至于听了别人几句是非就……”

话还没说完已经被程嘉木这个话痨截住，他好奇道：“Stephen的确不是那样的人，可你怎么知道？你不是把他给忘了？”

我说：“猜的。”问他，“后来呢？”

程嘉木仍然有一搭没一搭地拨弄手里的打火机，却没打燃，蜂蜜柚子茶的酸甜气味包裹住打火机盖子被无意识掰开的啪嗒声。

他似乎有点难于启齿：“后来……发生了一件事，大三下学期，我被一个同性恋纠缠……”

我从头到脚打量他一遍，理解地说：“哦……”

他说：“你哦什么？”

我说：“没什么，你接着说。”

他飞快地说：“为了摆脱那个变态，我请你帮忙扮我女朋友，你特别仗义，二话没说就答应了。”

我沉默片刻，说：“然后就出事儿了，对吗？”

他惊讶地看我，眉头紧皱：“的确出了事，你怎么知道？我们俩在街头借位拥吻做戏给那变态看的时候，被提前回国打算陪你过圣诞节的Stephen看到了，他……当天晚上他就回了纽约，第二天就去了西非跟一个援建项目。我们都不知道他那天回来过，等从郑靓靓的口里知道这件事，他人已经在塞拉利昂。你赶着想打电话和他解释，却联系不上他。”

他再一次将打火机拨开，蓝莹莹的小火苗中，他低声说：“其实前一阵我还觉得这是他不够气量，不够信任你，你们都已经订了婚……但上次见过你之后，我又想了想，当年你到底有多爱Stephen只有我和你知道，Stephen他本人其实是不知道的，也许他从来不确定你对他的爱，你那时候年纪小，除了对他的感情，对什么事都是一天一个想法。人心是世界上最难懂的东西，爱情是世界上最经不起考验的东西，这世界上有多少爱情没有输给时间却输给了距离，可能他心里早有这样的恐惧。我知道他那时候很爱你，归根到底是我们俩干了一件特别中二的事，而他被自己的眼睛欺骗了。他的离开让你受伤很深，不过他受的伤，可能也很深。”

我将杯子端起来又放下去，说：“那时候我应该在询问过他的意见之后，再决定该不该答应帮你，用什么样的方式帮你。”

他笑了：“蛋挞，你用现在的智慧去苛责过去的自己，这不公平。”

我说：“不，我只是，只是有点难受。”

他关掉打火机，轻轻叹了口气，说：“蛋挞，说真的，你那一阵真是祸不单行。”

“祸不单行”四个字让人心惊，而这幕刚开始黑白后来变成彩色的文艺片又重新回归到一片黑白。

秦漠去塞拉利昂跟进某个医疗服务中心援建项目的次月，塞拉利昂首都弗里敦再次爆发反叛军与政府军的战斗，这座位于弗里敦半岛北部丘陵上的百年老城没入一片战火与硝烟中。

不久传回消息，说秦漠失踪了，生死未卜。消息先到美国，而后到秦漠母亲的耳中。

程嘉木的声音里透出沉重：“这些事情我们是不知道的，只听他们家的保姆张嫂说秦伯母进医院了。当天下午郑靓靓就去你们家找你，哭闹着说你是扫把星，自从和你订了婚 Stephen 就一直倒霉，斩钉截铁地说 Stephen 死在了西非，是你把他害死的，哭闹得不像话。你们家保姆阿姨吓坏了，怕你被欺负，赶紧打电话给你爸妈。我来还借你的书，先进你们家客厅，正看到郑靓靓疯癫地抓扯你的头发，嘴里胡言乱语说洛伯父洛伯母不是你亲生父母，你是孤儿院里领养来的，亲生母亲是个杀人犯，你流着杀人犯的血，所以你也是个杀人犯。”

他顿了顿：“那时候你脸上的表情很空洞，任郑靓靓对你胡拉胡扯，我想上去把你们分开，你突然发狠把郑靓靓从楼梯口推了下去。你们家是那种西式风格的楼梯，”他抬手比了一比，“老长一段，还没铺地毯。郑靓靓一路滚下来摔得头破血流，所幸没摔得多厉害，还能抹着脑门上的血尖叫你欺负她。你爸妈去车库停车，正巧这时候进屋，看到这个阵仗气坏了。你爸爸是个急脾气，当场给了你一耳光，当时太乱了，郑靓靓摸着脑门说头晕，你妈妈慌里慌张送她去医院，你爸爸跟了出去，我那时候傻了，留下来陪你。”

他抬头看着我：“我一直陪你到深夜，你却一句话也不愿意和我说，我从没看过你那个样子，脸白得像纸片，没有表情，也不知道你在想什么。十二点我给你煮好牛奶，哄你喝了，看你躺进被子里。你突然开口说话，说其实你有感觉，可能自己不是亲生的，又说 Stephen 不原谅你，不要你了。我安慰你别听郑靓靓胡说，那时候我还不知道 Stephen 出事儿了，问你怎么知道 Stephen 不肯原谅你不要你，让你别多想，好好睡一觉，明天一切都会好。”

他点燃今天晚上的第二支烟，吸了一口，良久说：“可第二天我再去你们家看你，你已经不见了。那天早上下了很大的雾，天冷得要命，我们到处找你，你却像凭空消失了，家里少了你几件衣服和你的包。我们确定你是离家出走，赶紧去报了警。没过几天，警察拿了枚戒指来找我们辨认，说这枚戒指属于他们正在查的一起抢劫碎尸案中无法确认身份的女尸。我们认出来，那是你的戒指，你和 Stephen 的订婚戒指。”

就算我现在活生生坐在他面前，这段回忆似乎仍然让他感到不快，眉毛蹙得很紧：“我们为你办了葬礼，现在说这个是不吉利的，只是……你爸妈真的很伤心。你妈妈在医院住了大半月，你爸爸问我最后见你是什么样子，他说他那天没搞清楚事实真相就打了你，他都没好好看看你最后的样子，一想到你最后走的时候还生着他的气他就……你爸爸那一阵老了很多。一个月后，他们移民去了新西兰，对他们来说，S 城是他们的伤心之地。”

我记不得程嘉木口中的我的养父母长什么样子，但那一瞬间眼角却有些湿润。我有了颜朗，所以如今更能明白这种舐犊之情。即使他们和我没有血缘关系。

程嘉木掸了掸烟灰，静默了半天，继续道：“你出事的时候，Stephen 在弗里敦的街头冲突中被反叛分子误当作维和人员绑架，二十多天后才脱险，他在二月底回来。可能是他母亲告诉他你出事了的消息，我不知道他得知那个消息时心情如何，我见到他时是在你坟前。”说到“坟前”两个字，他又皱了皱眉。

我握住手里的杯子，尽量使声音平静，说：“你不用顾忌在我跟前提你们给我修的坟，古今中外哪个皇帝不是生前就在给自己修陵，没那么多忌讳。”

他笑了笑：“对，那个坟我们可花了很多心思，还花大劲从你们家院子里移了两棵梅树过去栽着，你妈说这两棵梅树都是从小跟着你长大的，有这些熟悉的东西陪着你也不至于一个人太孤单。”

我又有点忍不住眼泪，赶紧低头。

程嘉木说：“Stephen那时候状态很不好。那天下着特别大的雨，他没撑伞，在你坟前站了一天。那时候我恨他恨得牙痒痒，特想过去骂他一顿，不过看到他半跪在你墓碑前、脸贴着墓碑的表情，不知道为什么也有点替他难受。他那阵完全无法从你的死当中抽身出来，你可能想不到他会酗酒，因为酒精中毒还进过医院。可能有半年，人才正常回来，大概那时候他终于能接受你的死。他来找过我一次，问我最后一面你是什么样，我那时候还是挺气他的，他不理你的那半个月你过得有多苦我是看在眼里的。我跟他撒了谎，说你提都没提他，你对他太失望了，你和我在一起了。”

我心里疼得厉害。

我不知道我曾经留下那么多伤痛给别人，秦漠、我的父母、程嘉木，失忆的头几年，我活得比他们任何人都要幸福。

故事到此为止，缺失的那部分已经没有任何人能够还原。当年为何我要离家出走？我无法揣测那时的心境不是因为我失忆，而是如今这个我已是长大后的我。程嘉木说得对，我们不该用现在的智慧去苛责过去的自己。那时候也许我敏感又冲动，一时惶惑，家不是家，喜欢的人离开了，突然不知道哪里才能安放自己。

也许我是想去寻找我的亲生父母，也许只是想逃脱这突然天翻地覆的生活，总之我买了车票带上行李出门了，然后遗失了自己的订婚戒指，被某个同龄的女孩子捡到，她却成为那起抢劫碎尸案的受害者。

程嘉木拿手轻轻敲一直端端正正摆在桌上的杂志，难为我们换了个咖啡馆这本杂志依然翻在秦漠订婚照那一页。

我看到秦漠在极暗的灯光下笑，眉目间却有忧郁和沧桑。

八年。

八年后他在那个餐厅里再碰到我，那时候，他心里在想着什么呢？八年后他和我相处的每一分每一秒，他都在想着什么呢？对了，他还知道我爱过林乔，他的女孩将他彻底忘记，开启第二次生命，却爱上了另一个人，那些时候，他心里都在想着什么呢？

八年后的重逢，这段爱情一直是他做得最好，我却再一次做得那么糟糕。

街对角的霓虹灯突然熄灭，整个世界都像瞬间安静，程嘉木敲着桌子问我："来，让我们回到现实世界，Stephen要结婚了，新娘不是你，你到底打算怎么办？"

我问他："要是过去的我会怎么办？"

他愣了愣："你会哭。"

我说："我不会哭，程嘉木，赞助我两张飞机票，我去美国和他理论理论。"

海边的S城，我在那里长大成人，那里有蓝的大海白的浮云，漫长夏天里阳光清澈透明，窗台上种着野菊花，那是我的回忆。

我把它弄丢了。程嘉木讲给我的只是我曾经放在他那里的复制品。这世上唯有一份原件，它在秦漠那里。

我知道我要什么，知道什么是我非要不可。我不想朝后看，我得勇往直前。

生活是一场战斗，某些时候爱情也是，我的对手当然不是我爱的那个人，是我自己。

第二十六章

岁月是朵两生花

我开始忙着办理去美国的签证。

周越越听说我和林乔分手，假惺惺地表示了遗憾，听说我要去美国找秦漠，瞬间从沙发上跳起来，激动得就像红四军在公安县看到了红六军。我心惊胆战地扶住这个上蹿下跳的孕妇，问她：“这事儿，有这么赞？”周越越肯定地回答我：“就是这么赞。”

当天晚上周越越就帮我搞来秦漠在纽约的住址，我被她的神通广大震惊，她矜持地告诉我，聪明人都是在关键时刻靠谱，她就是这样一个聪明人，就是这么靠谱。

何大少在那边抢过电话，说出的话令人吃惊：“秦漠走的时候请我们照顾你，我和他一直有些联系。那时候他回美国，我陪越越去送机，临上机前他诚恳地拜托我们，说你要是有什么事，请我们一定第一时间通知他，他不放心你。我觉得这挺难得的，以前这些话不好说，怕给你造成压力，既然现在你想通了，我觉得应该说给你让你知道。”又说，“问秦漠要地址时没和他说你要去找他，只说颜朗有东西要寄给他，宋宋，你好好把握机会。”

我握着电话发愣，本能地跟他道谢，听周越越在电话那边愤怒地抱怨：“何必，你就非得……”感觉话筒似乎被捂住，但周越越中气太足声量太大，还是让我隐约听到全句，全句是这样的：“何必，你就非得挑明是你去要的地址？你就不能让宋宋崇拜我一下？”

何必放开话筒，重新和我说：“宋宋，是越越去跟秦漠要的地址，这个办法也是越越她想出来的。”

我说：“……哦。谢谢周越越，告诉她我们全家都很感谢她，也很崇拜她。”

程嘉木特地带到咖啡馆给我看的那本杂志被我带回了家，无意中被颜朗翻到秦漠订婚的那页彩图，他惊讶地问我：“这个人是干爹？”

我说：“对。”

他说：“他要和这个女的结婚吗？”

我敷衍他：“大概吧。”

他偏头想了想，又看看我：“我觉得这个女的没你长得好看。”

我笑道：“谢谢你啊。”

他半天没说话，良久，抬眼看我时，眼眶红了一半，轻声问我：“以后干爹还会找我吃饭吗？”想了半天，又取下脖子上的玉坠子拿给我看，“这个我一直戴着，你说他和别人结婚了，不会就把我们忘了吧。”

我鼻子一酸，却忍住没有表现出来，我其实并不知道我去美国能不能把秦漠找回来，如果我让他太失望，他果真已另有所爱，不愿意回来……我不能再想下去。

我抚着颜朗的头问他：“你想不想让干爹做你爹地？”最近和程嘉木联系挺多，感染得我说话都有点洋派。

颜朗用了三秒钟反应爹地是什么意思，眼睛一亮：“想！”但又担忧，“可是干爹已经要结婚了。”

我说：“不怕，我们勇敢一点，我们去把他找回来。”

去美国的前一天晚上，一个陌生的国际电话打到我手机上，我接起来喂了两声，电话里却没有声音，正想是不是谁打错电话，听筒里传来一个上了年纪的女声，屏着气息问：“是洛洛吗？”

我本能回答：“是，您哪位？”话出口才反应过来，她对我用的称呼是洛洛。

电话里静了许久，慢慢地漏出一点声音，对方像是捂着嘴在哭。房间里只留了小灯照明，一片昏黄，我握紧了手机，几乎贴在耳朵边上。我直觉地知道她是谁。此前我拜托过程嘉木，看能不能联系到我的养父母。

她果然说：“洛洛，我是妈妈，我是妈妈呀。”短短的一句话，竟有两度哽咽。

我扶着床边坐下，脑子里有一瞬的空白，我说：“您……您别哭。”这句话出口，却再也不知道该说什么。

她平复了嗓音，轻声说：“我听嘉木说你失忆了，已经忘了我们，没有关系，活着就好，洛洛，妈妈和爸爸明天就回来看你，这么多年，你是怎么过的？”说着又开始哽咽。

我说：“这些年我过得很好，你们不要担心。”

她哭起来：“怎么能不担心，你爸爸一直很后悔当年打了你，知道你还活着，我和你爸爸就开始忍不住想，那时候你一定没想过永远不见我们，你一定还回来看过我们，说不定你想回家和我们讲和的时候，才发现我和你爸爸已经离开了S城，你找不到我们该有多害怕，我，妈妈一想到这些，妈妈就……”话语中全是自责，没有一句是数落当年我的任性。

我终于忍不住落泪，我说：“妈妈。”我并不记得她长什么样子，连她的声音都陌生，可这个称呼却脱口而出。

我尽量压抑住哭声，其实听起来和正常声音也没什么两样，我不知道是不是所有做母亲的都有一种特有的敏锐，她在电话那边着了慌："洛洛别哭，别哭呀，你一定受委屈了对不对，这些年一定过得很艰难对不对？妈妈接你回家，妈妈一直给你留了房间，是你最喜欢的装修风格，妈妈还给你做了一面照片墙……"

朦胧的视线里，我看到梳妆镜里自己模样可笑，一手拿着电话，一手捂着嘴，眼眶绯红，眼泪啪嗒啪嗒直往下掉。八年，我长大了，历尽艰辛，遇到什么样的事都能够强忍流泪，可是当这样陌生的声音用着这样惶急的口吻在大洋彼岸迫切地询问我，"你一定受委屈了对不对"，瞬间就让我难过得要哭出声来。

电话那边一迭声地唤我："洛洛，洛洛，怎么了？和妈妈说说话，是不是被妈妈吓到了？对不起，我忘了你记不得妈妈的事了，妈妈只是太高兴……"

我握紧电话，中间隔阂的八年时光瞬间都消失，我能想象那是怎样慈祥的一位妇人在大洋彼端握着电话无奈又着急地安慰她的小女儿。我说："妈妈，我很想你。"

八年前我失去了一个家庭，得到了另一个家庭，那时候我害怕去想弄丢我的父母会怎么样，这么多年我一直害怕去想，那是我的懦弱和自私。

我的离开给他们的生活撕开了一道巨大的伤口，他们养育了我二十年，失去我并不比任何一位失去亲生子女的父母少一分悲伤。

幸好，幸好五年前最艰难的那个时候，我坚持了下来。那是我这一生最勇敢的时刻，我庆幸我这一生有过那样勇敢的时刻。

第二天下午，我一手牵着颜朗，一手拖着行李箱在机场见到程嘉木，我定睛看了他整整三十秒，说："好巧。"

程嘉木拖过我的行李箱："巧你妹，今天一大早你妈打电话给我，担心你一个人去纽约不安全，拜托我陪你去一趟。幸好这趟航班还算空，好歹订到了机票。"

我说："这不好吧，你媳妇儿……"

程嘉木嘴角抽了抽："她一听你是要过去抢婚，差点儿自己跟着一起来。"上下打量我，"你穿这一身就去抢婚？"

我说："这种事其实主要看诚意。"

程嘉木打击我："你要是穿这一身来抢我的婚，我看你这一身打扮，我再回头看看娇艳得跟朵花一样的新娘，我简直能立刻对新娘矢志不渝。"

我说："我还有一招。你读过马克·吐温的《竞选州长》没有？"

他点头："这和你能不能抢婚成功有什么关系？"

我说："要是秦漠他不跟我走，我就让颜朗扑过去抱他大腿叫他爸爸。我也扑过去抱他大腿叫他爸爸。"

程嘉木："……你会把 Stephen 搞死……"

我跟他保证："你放心，不到绝境我不会使出这一招。"

程嘉木一路疑虑重重地陪着我们过了安检登了机，我们坐在不同的位置，飞机起飞前他突然跑来问我："换登机牌前你说的那个打算，不会是说真的吧？"

我莫名其妙地看着他："当然是开玩笑的，我看起来像这么疯？"

程嘉木扶着座椅艰难地点了个头："看着……还行。"

十多个小时的旅程，一万两千多公里，下飞机时我有些恍惚，原来我和秦漠隔着这么遥远的距离。

程嘉木好说歹说拖我去某家专卖店买了一身据他所说的抢婚专用行头，看着这堆衣服，眼前恍然一摞一摞的人民币。程嘉木很郑重地将它们交给我：“蛋挞，听我一句，你穿着这身去抢婚，是对新郎和新娘双方的尊重。”

我说：“……你考虑得真周到。”

我不得不佩服妈妈将程嘉木找来护送我的高明，有他在，我相当于多了一个翻译、一个搬运工和一个 GPRS 定位仪。程嘉木将我送到第五大道秦漠的公寓外，分行李时思考了两秒钟，把颜朗也划拉到他那边。

程嘉木语重心长：“我们就住附近的酒店，你和 Stephen 好好谈谈，实在不行你就用自己为数不多的美色去……他最吃你这一套。”考虑到颜朗在，中间的“……”部分他使用了一个语焉不详的留白，话罢过来大力拍了下我肩膀，严峻道，“蛋挞，马到成功。”

颜朗也有样学样想拍我肩膀，可惜够不着，只好拉着我的手拍了拍，严峻道：“妈妈，马到成功。”

这座灯火通明的不夜城，霓虹灯闪闪发光，照射在高楼的玻璃幕墙上，行走其间，就像在穿行一座摩登的水晶宫。这是我不熟悉的城市，秦漠住在这里。

我告诉公寓守门人自己是二十七楼秦先生的朋友，他露出笑意："哦，秦先生，他回来没多久，我和他打过招呼。"

心里第一块石头落了地。因为电影里遇到这种桥段，为了艺术冲突，基本会安排女主角空跑一趟。如果片子是喜剧，当女主角拖着行李箱孤苦无依地行走在街头时，会突然偶遇同样在街头徘徊的男主角；如果片子是悲剧，就会出现一个黑屏粗暴地告诉你已经两年或二十年后了，接着画面将出现的就是男女主角各自结婚生子或男女主角天涯永诀一生一死。谢天谢地老天没给我安排这种艺术梗，我没有空跑一趟，我会在他的公寓里找到秦漠。

刚踏进电梯，一个女孩子踩着高跟鞋紧随而来。我没太注意，一心在按键上寻找"27"，手刚按下去，听到她失声道："颜宋？你怎么在这里？"

我转头看她，卷发的亚裔美女，化柔和淡妆，穿蓝色连衣裙细高跟凉鞋，手里提一个保温桶。

我点头："好久不见，苏祈。"

究竟是什么样的运气，能够让我们继上回在C市T大附医住院部的电梯发生一场奇遇后，又万里迢迢在纽约曼哈顿第五大道一座公寓的电梯里发生另一场奇遇，我们真是和电梯特别有缘。

苏祈去按电梯楼层，突然惊疑不定地看着我："你也到27楼？"

我被她搞得莫名其妙："这是个很特别的数字？"

她没说话，电梯上行的过程中却一直目光灼灼地打量我。电梯到27楼，"叮"的一声，我礼貌让她先出去，她咬唇看着我："你先。"

她难得有礼貌一次，我懒得再谦让，拖着行李箱出了电梯，开始找门牌号。2702，我站在棕色的防盗门前，深呼吸一口，按响门铃。

我在飞机上想了很多次我和秦漠将如何会面。和他分手时我说的那些话一定伤他很深。我看到他该说什么？该做什么？要怎么做才能让他明白我的悔恨？我甚至在想，按照那些误会重重的小说套路，门打开他身边应该还站着一个女孩，我伤他一次，不对，我伤了他无数次，他最好也伤我一次。

我看着自己的鞋子，短短十多秒却想了很多，手心里都冒汗，门啪嗒一声打开，入目一双拖鞋，浅色长裤，深蓝色的宽松亚麻衬衫，略显疲惫却依旧英俊的一张脸。我有九个多月没有看到他。我一直很想他。

我们一个站在门内，一个站在门外，却谁也没有说话。

我试着笑了一下："不准备让我进去吗？"

他看了我半天，忽然一把搂住我狠狠地吻过来，身上有酒精的气息，他吻得极其凶狠，就像我们分手那个刮风天。我们站在门口拥吻，我不知道他这个吻是为了什么，是思念还是惩罚？我无法辨别，只是尽力地配合他，迎合他，他咬着我的嘴唇，将我抵在门框上，门框将背硌得生疼，我不小心疼出声。他微喘着放开我，却仍将我圈在门框和他的手臂之间，野兽重新蛰伏进他的身体，他的神色像有些清醒，不可思议地看着我："是真的？"又皱眉，"我喝了点酒，可能脑子不太清楚。"

我知道他疑问的到底是什么，平复了喘息说："嗯，真的，能不能先把行李拿进来，让我洗个澡换身衣服？"我抬头看他，"秦漠，我有事情想和你谈谈。”

站在浴室的淋浴喷头下，在温水下淋了好半天，我混沌的思路终于清晰起来。我要和他说清楚林乔的事，告诉他我知道了我们的过去，还要告诉他我爱他，我们订婚了九年，他欠我一个婚礼。

我换好睡衣，吹干头发，推开浴室门。

客厅里开着两盏小灯，茶几上放着一盘三明治和一杯热牛奶，秦漠坐在沙发上，手里是一只威士忌玻璃杯，酒杯里有琥珀色液体，他皱眉像是在想什么。

鉴于这次谈话的正式和重要性，我想还是坐在他隔壁的沙发上好些，走近了却不由自主脱了鞋，赤脚盘腿挨在他身边，我就是控制不住想和他亲近。膝盖碰到他的腿，他没有挪开。我拿起牛奶喝了一口，说：“秦漠……”却只能叫出他的名字，第一句话不知该怎么才能说出口。

他等了我片刻，轻声说：“宋宋，我其实很害怕你说有什么事要和我谈谈。”

他笑了笑，是看不出情绪的一个笑，他说：“上次你说想和我谈谈，却是拒绝我的求婚，告诉我你从来没爱过我。你说你不爱我，你也没有办法，逼我放开你，和我分了手。”

他揉了揉额角：“回纽约后，我控制不住给你打过很多次电话，你从没有接过。那时候我终于相信，你没有爱过我，只是感激我。”

他抬头看着我：“宋宋，我有点害怕这次你想和我谈什么。”

他的眼睛里流露出悲伤，口中的话却一句一句刺得我的心生疼，这是我种的“因”，但我没想到这“果”会让我们彼此都这么痛。

被橘色灯光包裹的温暖寂静里，我听到自己的声音，沉重的，悔恨的，深情的，我问他：“秦漠，如果我说我后悔了，那些都是我的违心话，我从来没有不爱你，你还……你还要不要我呢？”

他愣了好一会儿：“你说什么？”

我鼓起勇气，要把自己的心说给他听，我说：“秦漠，你听过一个关于海妖的故事没有？”不等他回答，已经接着道，“传说塞浦路斯的大海里住着金色的海妖，爱好将自己喜欢的少年掳到海中，可人类不能生活在海底，这些少年全在她身边死去，少年们直到死去的前一刻都痛恨着海妖。”我勇敢地看着他，和他表白，“那时候我就像一只海妖，但我置身的地方却是一片深海，我爱你，可我不能让你淹死在我身边，我想你过得好。我离开你，是因为我找不到和你一起在陆地上生活的办法。”

房间里一片寂静，甚至能听到座钟秒针行走的嘀嗒声。

他深深地看着我，许久，道：“现在呢，现在你找到了吗？和我一起在陆地上生活的办法？”

我重重地点头。

他撑着额头：“那时候为什么不告诉我？”

恐惧蓦然袭来，前一刻的勇敢与淡定一瞬间化为灰飞，我想我的声音一定有些绝望，我颤抖着问他：“已经……已经晚了吗？”

他将我揽入怀中，低声安抚我：“没有晚，你和我说这些话，我高兴得不知道怎么办好。”我的头埋进他胸膛，他下巴抵着我的头顶，轻声问我：“离开我你也很痛苦，是吗？”

我想起那些和他分离的梦，忍不住红了眼眶，再次重重地点头。想到他看不到，“嗯”了一声，又不放心地和他确定：“我们已经和好了，对不对？”

他说：“对，宋宋，我们和好了。”他过来吻我的额头，又吻我的脸颊，我偏过头去，让嘴唇承接住他的吻。他模糊地笑了一声，温柔地在我的嘴唇上亲吻。

躺在沙发上的那一刻，我看见落地窗外的人间灯火通明，这是纽约，不夜城，所有人的大世界。而这小小的空间，这是我们两个人的昏暗却温暖的小世界。

适度运动大概能够促进调整时差。六个小时前我才在飞机上睡了将近十小时，六个小时后竟然再次睡得不省人事。半夜模糊醒来过两次，一次是饿醒的，秦漠起来给我烤吐司。第二次是渴醒的，秦漠起来给我煮了一大杯牛奶。我将他折腾得不轻，可能折腾完了吃饱喝足终于找到满足感，再次沉沉睡了过去。所有的重负都卸下，这是九个多月以来唯一一个没有梦的长睡。

睡饱了起来一看手机，已经是早上十点。

阳光洒满整个房间，秦漠却不在房中，饭厅的餐桌上留了早餐，旁边压了一张字条，说他有事需要出门，让我好好休息，中午会有一位墨西哥大婶过来给我做午餐，右下角留了一串数字，是他的手机号码。

我洗漱完毕叼着面包圈给程嘉木发短信，让他帮我把颜朗送过来。

虽然后续还有一些小问题，那场谈话中途被打了岔，我还没告诉秦漠我已经知道了我们的过去，但既然我们和好了，我什么时候都可以告诉他。

正要将短信发出去，眼睛一瞟，却看到了客厅里的空衣架。昨天那里挂着一套可能才刚做好的崭新的西装礼服。

手指突然变得僵硬。

我哆哆嗦嗦地给程嘉木打电话，劈头问他还记不记得杂志上报道秦漠的订婚时，有没有说他到底什么时候结婚。程嘉木回忆半天，说："好像是近期，地点就定在纽约，似乎是K庄园，怎么了蛋挞？"

我又哆嗦地给秦漠短信，问他在什么地方。

大约五分钟后，我收到了他的回信，短短三个字："K庄园。"

程嘉木的电话适时切进来，我手脚冰凉，不知道为什么声音却无比镇静，我说："程嘉木，你知道怎么才能最快到K庄园吗？你那套行头算是派上了用场，看来我还是得去抢一次婚。"

程嘉木沉默片刻："你们昨晚谈崩了吗？"

我努力地回忆昨夜，却只记得秦漠的温存，自己也感到茫然，不是一切都好好的吗？他原谅了我，我们和好了，我热情地和他表白，以为自己重新将他找了回来，只感到幸福和庆幸。

坐上出租车后，我整个人才冷静下来。

程嘉木脸上挂着硕大两个黑眼圈，颜朗在他怀里倒时差。我深感对他不住，允诺下次他出新书我买一百套支持他。换来他一个白眼："你看你俗了吧，一个好作家绝不在乎他书的销量。"又皱眉向我，"既然你和Stephen谈过了他还是打算结婚，说明他想清楚了还是现在这个未婚妻更重要，我觉得你没必要真去现场抢婚，虽然这倒真是挺罗曼蒂克的。"

我沉默半天，说：“或许有什么误会，我只想当面问清他的误会，要是他有他非结不可的理由，我会祝福他。”

程嘉木说：“蛋挞，你……”

我说：“我相信他是爱我的，如果这件事我们可以共同克服，不管有多困难，我愿意和他一起努力。我好不容易才能够和他在一起，我不希望伤害其他人，我更不想伤害他或者伤害我自己。”

程嘉木用他熊猫一样的眼睛看了我半天，说：“你和小时候真的很不一样。”

我笑着问他：“是不是长成了你们不喜欢的样子？”

他摇头：“不，长成了我们可以放心的样子。”

我终于明白电影里那些抢婚的场所为什么要集体安排在教堂。那毕竟是个公共场所，任何人都可以自由进出。而假如安排在一个美轮美奂保安严密的私人庄园，那么抢婚的男主角首先还得和庄园保安先干上一仗，干赢了才能冲进去抢得新娘。从布景、道具、所需要的群众演员和电影胶片四个方面来说，都显得不够节俭。

我和程嘉木在K庄园大门口面面相觑了至少五分钟现除了打电话给秦漠让他自己走出来以外没有任何其他途径能够见到他。这种方式完全和浪漫沾不上边，但没有请帖我们连庄园大门都进不去，就算站在庄园外面远眺，也眺不到婚礼现场的一个边。从这个角度看，他们的安保措施真的做得很不错也很全面。

程嘉木说：“靠，之前忘了他们是办庄园婚礼了，我不该给你赞助一身行头，应该给你赞助一筐炸弹。”

我说："你气性别这么大，随和点。"

蓝色的天空白云暄软，像撕开一床鸭绒被，空气澄澈，阳光照下来是一种纯粹的金。秦漠从修剪整齐的草坪尽头出现，绕过一排枫树向我们走过来。他今天精心打扮，头发梳得一丝不苟，身上穿的正是那套黑色礼服，整个人英俊挺拔得不像话。

颜朗已经飞奔过去迭声地叫"干爹"。

一棵巨大的山毛榉下，他蹲下来和颜朗视线齐平，眼睛里带着笑意，似乎在问颜朗什么问题，他的手放在颜朗脑袋上。颜朗和他的侧面神似，尤其是嘴唇，就像是从一个模子里刻出来，从前我竟然没有发现，我真是个瞎子。

他抱着颜朗来到我面前，看清站在一旁的程嘉木，嘴角的微笑僵住。他的表情凝重，将颜朗放下来，皱眉问程嘉木："你陪宋宋来的？"我蓦然想起他一直误会程嘉木以前是我男朋友。

程嘉木点头说："对，她英文不太好，又不大会找路，我就送她来了。"

秦漠客气地跟程嘉木道谢，低头看我："我不知道你想来，我以为你想休息。"又问我，"饿不饿？先进去坐一会儿，可能还有半个小时午宴就开始。"他模样坦然，丝毫没有觉得在自己的婚礼上邀请我进去坐坐有什么不合适。

我说："秦漠，我们找个地方谈谈。"

他僵了僵，道："前面水池旁有个可以坐下来说话的地方。"

十分钟后，我们在一座水池旁停步，水池正中是被美化的复仇三女神雕塑，大约五十米开外就是婚礼的礼台，客人们三五成群，谈笑风生。程嘉木带着颜朗在不远处探索一棵老槭树，方圆百米的另一棵老槭树在我和秦漠身后。

秦漠靠着树干，用一个祈使句开启了我们这场谈话，他说：“宋宋，你要和我谈什么？别再给我一个噩梦。”

我看着他，很想问他，你为什么还要结婚呢？却突然不敢问出口。

他看了我一会儿，擅自将话题引到我没料到的方向，低声问我：“你什么时候遇见了程嘉木？你……想起过去的事情了？”他闭了闭眼，“我理解你的矛盾，宋宋，九年前的最后，你喜欢的是他，我的幸运不过在于先他一步找到你……”

我说：“我没喜欢过他。”我忘了，我们之间曾横着一个林乔，而在他心里，其实还横着一个程嘉木。

他愣道：“你说什么？”

我说：“我没能想起过去，但我听说了我和你的事，我从来没有喜欢过程嘉木，那时候搞得我们差点分手的那件事，不过是我帮他忙假装他女朋友帮他摆脱男人的纠缠，你看到的所谓拥吻，也不过是借位而已。”

他怔了怔。

我在他愣怔的当口将程嘉木叫了过来，当着程嘉木的面又重复一遍刚才的宣言，我说：“我真不喜欢程嘉木，但那时候我要不帮他，他现在早被缠得搅基去了，还能娶到一个如花似玉的漂亮老婆？秦漠，你不能这么冤枉我，你觉着我能看上他？成天打扮得跟个基佬似的。”

程嘉木在一旁阴森森地说："喂，不带你这么人身攻击的。"

我说："你先闭嘴。"

程嘉木乖乖闭了嘴。秦漠沉默半晌，脸上却慢慢露出震惊的神色，看向在远处独自玩耍的颜朗，低声道："这么说朗朗是……"

程嘉木一脸莫名其妙："颜朗当然是你儿子。"好笑道，"难不成你以为是我儿子？"而我陡然记起程嘉木曾经有本叫《红裙子姑娘》的小说，里面有个桥段……我无力地看向程嘉木："你先滚一会儿，我现在不想看到你。"

秦漠像是浑身都失了力气般，伸手给我："宋宋，你过来，让我靠靠。"

我走到他身边，他将头伏在我肩膀上，他说："宋宋，我欠你很多，我该怎么补偿你？"

强撑的气势忽然一泻千里，我终于想起来我是来和他谈什么，突然就感到万分委屈，我抱住他，哽咽说："我希望我们彼此信任，彼此坦诚，永不背叛，永不猜忌。我从来都是你的，但你为什么要娶别人呢？"

他抬起头来，指腹擦过我眼角，困惑道："当然，宋宋，我们要彼此信任，彼此坦诚，永不背叛，永不猜忌，我也是你的。但你说……什么娶别人？"

我说："今天不是你的婚宴？"

他神色古怪："我的……婚宴？"良久，恍悟似的笑道，"今天我只是来做伴郎，新娘的确和我传过订婚的绯闻，但我们是清白的。"他抚摩我的脸，"你脸色苍白地来找我，说要和我谈谈，就是为这个？"

得到我的肯定，他像是松了一口气，握住我的手亲了亲：“宋宋，你吓死我了。”

我整个人都像是从油锅里炸过一圈又捞起来，我说：“你也吓死我了。”我抹着眼角，“你真的吓死我了你知不知道，我甚至想过，你要是真的有什么苦衷要抛弃我，我要怎么办，我……”

他认真地问我：“我们昨天晚上才说了已经彼此和好，你为什么会觉得我会在第二天就抛弃你和别人结婚？是我让你太没有安全感？”

我抱着他的腰，在他胸前摇头：“不，是我劣迹斑斑，我让你失望了太多次，和你说了那么多违心话，我以为我终于报应到自己。”

他俯身吻我的额头，轻声说：“宋宋，我爱你，比你想的要深得多。”

我踮脚迎合他，喃喃和他告白：“我也是，你也要对我有信心。”

我们久久地拥抱在一起，仿佛这样天荒地老地拥抱下去都没关系。

似乎有客人走近，不愿打扰我们，又慢慢走开去。

阳光从树叶的缝隙透下来，九月的天空飞过一群鸽子。

我听说这世上有种植物，每年会开两次花，一次盛开在萧瑟的深秋，一次盛开在葱茏的初夏，一朵十月花，一朵六月花，世人给它一个美丽的名字——两生花。

我的人生就像一朵两生花，有过两次花期，开花的过程苦涩又艰辛，但每一次我都尽力开放，我想盛开得长久又美丽，为了我的亲人，还有我曾经遗失，最后终于寻找回来的爱人。

（全文完）

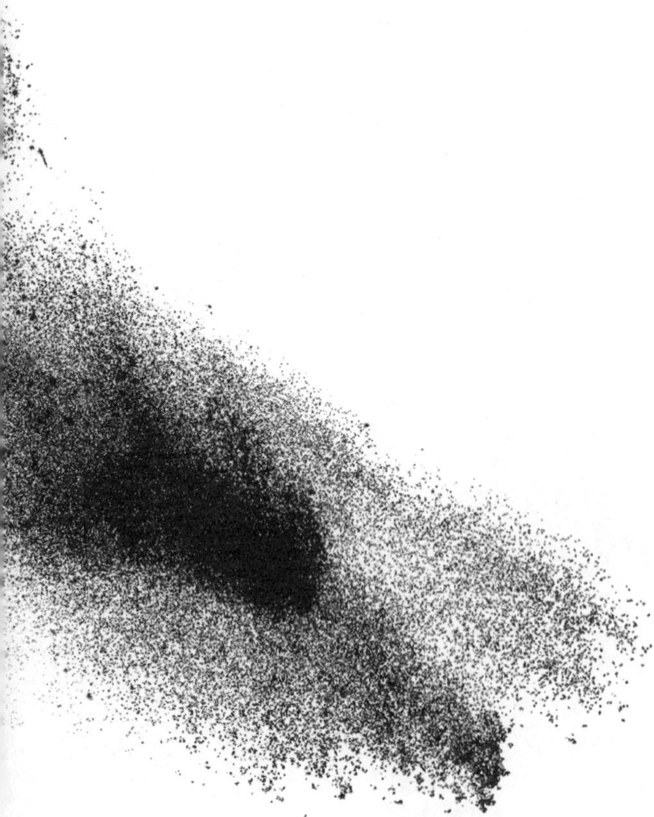